KB001279

별에게로의 망명

록의 황금기를 말할 때 기억나는 이야기

머리글

생소한 리듬이고 멜로디였다. 알아듣기 어려운 노랫말이었다. 그렇지만 이상하게 몸이 저릿저릿했다. 록 음악을 처음 들었을 때를 구체적으로 표현하기는 어렵지만, 묘한 카타르시스를 느꼈던 기억만큼은 선연하다.

그때 나는 주술에 인도돼 새로운 세계와 대면했던 것 같다. 아직 겪어보지 못한 미래거나 기억이 부재하기에 아무것도 모를 수밖에 없는 전생에 우연히 발을 들여놓은 기분이었다. 지미 헨드릭스의 쾅쾅거리는 전기 기타와 밥 딜런의 중얼거리는 노래는 어려서부터 수수께끼 같은 슬픔에 갇혀 지내던 나를 끄집어내 저 드높은 하늘로 훨훨 날아가게 했다.

돌이켜보건대 인류 역사상 전 세계 청년들이 가장 환호한 대중예술이 록 음악 아니었나 싶다. 런던, 뉴욕, 파리, 베를린, 도쿄 같은 앞서가는 도시뿐 아니라 군사독재가 지배한 후진국 서울에서도 록에 열광한 나 같은 청년이 적지 않았다. 이 세상에는 어떤 나라도 없고, 나라가 없으니 국경도 없다고 노래한 존 레논에 우리는 감동했다. 심지어 "보랏빛 안개Purple Haze가 내 뇌에 가득해. 요즈음엔 사물이 똑같아 보이지 않아."라고 읊조린 지미 헨드릭스가 약물에 중독된 상태라 짐작했어도 우리의 열광은 식지 않았다.

록의 황금기라 불린 시대가 지나간 지 수십 년이 됐다. 그사이 우리는 민주주의를 얻어냈고, 선진국을 넘보는 경제적 성과를 이뤄냈다. 그사이 극심한 개인주의가 보편적 정서를 형성하고, 전 세계 어느 나라 사람들보다 고독해졌다. 스마트폰을 아무리 오래 내려다보아도 무엇이 행복인지 알려줄 리 없다. "난 행복한 걸까, 불행한 걸까?" 퍼플 헤이즈의 노랫말처럼 세상은 여전히 알쏭달쏭하다.

2023년 12월 7일
고원영 쓰다

별에게로의 망명

록의 황금기를 말할 때 기억나는 이야기

딥 퍼플은 1972년 일본에서 세 번 공연했다. 도쿄 부도칸에서 한 번, 오사카에서 두 번.
'Live in Japan'은 부도칸 라이브를 담고 있다.

'언어 너머 풍경'을 보다

딥 퍼플Deep Purple이 일본에서 공연했다는 소식을 들은 건 도쿄대 유학생인 사촌 형을 통해서였다. 방학을 맞아 서울로 건너온 그는 공연을 직접 보았다고 했다.

"도쿄 부도칸에 신들이 강림한 거 같았어. 귀로 듣는 것이 문제 아니었지. 정말이지 그들의 사소한 몸짓 하나도 놓치지 않으려고 눈 한번 깜빡이지 않았어. 내 생에 그런 날이 다시 올지 싶어."

몹시 의기양양한 목소리였다. 물론 나는 사촌이 느꼈을 감격을 충분히 이해하고도 남았다. 리치 블랙모어Richard Blackmore의 기타가 불을 뿜고, 딥 퍼플의 보컬 이언 길런Ian Gillan의 목소리가 아아아아아아······. 날카로운 고음역으로 올라갈 때 이 소심한 동양인은 어두침침한 관객석에서 숨을 죽인 채 전율하고 있었을 것이다. 이따금 곁에서 팔을 높이 휘젓거나 무대를 향해 고함을 지르면 눈치껏 따라 했겠지만.

"형, 딥 퍼플이 우리나라에 올 일은 없겠지요?"

"없지."

사촌의 대답은 단호했다. 서울의 명문대에 들어간 사촌은 공부는 안 하고 데모꾼들을 따라다닌다는 소문이더니 갑자기 학업을 중단하고 일본으로 건너갔다. 그러고는 일본인도 들어가기 어려운 도쿄대 건축과에 입학했다.

"박정희가 그들을 허가할 리 없겠죠?"

"박정희 때문이기도 하고 돈 때문이기도 하지. 그들을 초대하려면 어마어마한 돈이 들거든. 일본은 GNP 세계 2위의 경제 대국이야. 우리나라 같은 후진국에서 무슨 수로 딥 퍼플을 모셔 오겠나."

사촌은 LP를 가지런히 세워놓은 전축 위에서 라이브 인 재팬 Live in Japan을 뽑아 들었다. 사촌이 보았다는 딥 퍼플 라이브 앨범의 복제판이었다. 부도칸 무대에 선 다섯 명의 밴드 맴버가 푸른빛 감도는 LP 커버를 걷어차고 바깥으로 튀어나올 기세였다. 모두 장발에다 자유분방한 옷차림새인 그들과 새파랗게 귀를 드러낸 짧은 머리에 흰색 셔츠를 단정하게 입은 사촌의 왜소한 몸매는 확연한 차이를 보였다.

"이 빽판도 청계천에서 구한 거겠지?"

"그럼요."

"대마초 피우는 애들이 듣는 음악이라 걸리면 감옥 갈 텐데 죽기 살기로 찍어내나 보다."

사촌 형이 딥 퍼플의 라이브를 본 것은 1972년이었고, 내가 불법복제 음반을 청계천에서 사다 들은 건 1973년이었다.

고등학교 진학을 앞둔 중학생이었지만 공부와는 담을 쌓고 LP 수집에만 열을 올렸다. 사촌 형이 일본에 가기 전에 내게 주었던 음반 50장이 불씨였다. 그가 서울에 왔을 때는 200장으로 불어 있었다.

그 사이 남베트남에 주둔한 미군이 철수하면서 전쟁은 공산당이 이끄는 북베트남의 승리로 기울었다. 반공을 국시로 내세운 박정희는 국내외 정세가 위급하다는 빌미로 비상계엄령을 선포하고 유신헌법을 통과시켰다. 그 서슬에 정치인과 재야인사뿐 아니라 연예인도 붙들려 갔다.

라이브 인 재팬의 1번 트랙을 듣던 사촌이 피식 웃었다.

"딥 퍼플 게네들은 알까? 이 조그만 동아시아의 후진국에서 지들 음악에 열광하는 중학생 팬이 있다는 사실을 말이야. 확실히 지금은 록의 황금기야. 양키뿐 아니라 쪽바리들도 그렇게 말하더라. 70년대는 록의 황금기라고."

국내에서는 포크 음악이 유행을 타기 시작했다. 한대수, 김민기, 양희은의 노랫말은 낯설고도 신선했다. 나는 구도자처럼 현실을 조용히 일깨우는 그들 음유시인에게 공감하는 동시에, 무기 대신 전기기타를 들고 엄청나게 증폭된 톤으로 현실 타파를 주장하는 록의 전사들에게 여전히 매료되지 않을 수 없었다.

"그런데 형, 왜 갑자기 일본에 갔어요?"

내가 불쑥 묻는 말에 사촌은 당황한 얼굴빛이었다. 내 눈길을 피해 창가로 다가가 한동안 말이 없더니, 새로운 세상을 경험한다는 것은 늘 경이롭잖아, 하고 유리창에 입김을 품듯 중얼거렸다. 묘하게도 그 소리가 마이크에 입을 바싹대고 읊조리는 이언 길런의 애드리브처럼 들렸다.

직접 본 적은 없었지만 형이 화염병이나 돌멩이를 던지는 모습을 상상하면 경외심이 솟아났다. 공부도 그렇거니와 모든 면에서 앞서는 형이 영웅처럼 느껴졌다. 누구나 민주주의를 갈망했고, 심지어 독재자 박정희조차 한국적 민주주의를 내세웠지만, 민주주의로 가는 길은 묘연했다. 일부 대학생들이 대자보를 붙이면서 암약했을 뿐, 대다수 언론은 무슨 암구호를 전달하듯 몇 줄 기사만 올리고 침묵했다.

고도성장과 한국적 민주주의란 명목 아래서 대부분 시민은 묵묵히 생업에 종사했다. 중고등학생을 가르치는 선생님들은 공부만이 살길이라고 했고, 어느새 고등학생이 된 나는 교련 과목을 이수하려 땡볕에 모형 소총을 들고 총검술을 익혔다.

긴급조치가 잇달아 발령되는 불온한 시기에 가난한 고등학생인 나는 호주머니를 털어 틈틈이 LP를 사 모았다. 무슨 요술을 부리는지 청계천에 가면 금지곡들도 손쉽게 찾아낼 수 있었다.

록의 황금기로부터 50여 년이 지났다. 나는 한 라디오 프로그램에 패널로 참여하여 팝을 소개하고 있었다. 내가 찾아다닌 여행지를 소개하는 1회당 30분짜리 방송이었다. 중간에 가요를 하나 내보냈는데, 나는 이 가요를 팝 음악으로 바꾸자고 제안했고, 뜻밖에도 제작진은 흔쾌히 받아들였다.

어느 날 진행자가 방송 중에 물었다.

"팝이나 록 음악을 소개하실 정도니까 영어를 잘하시겠어요?"

그 말에 나는 주춤했다. 곧잘 듣는 말이고, 그때마다 구차하게 변명을 늘어놓아야 하기 때문이었다. 진행자가 계속 말을 이었다.

"저는 노랫말이 무얼까 궁금해서 정작 노래를 끝까지 집중해서 듣지 못할 때가 있거든요. 저하고는 다를 거 아녜요?"

"뭐, 꼭 그렇진 않아요. 저도 놓치는 가사들이 꽤 있거든요. 그런데요, 제가 팝을 들을 때 놓치지 않으려 하는 것은 가사가 아니고 풍경이에요."

"풍경을요?"

진행자가 의아한 표정을 지었다.

"네, 풍경…… 언어 너머에 있는 풍경이지요."

순간적으로 이렇게 대답해놓고 나는 곧 어떻게 의미를 감당해야 할지 걱정했다. 자칫 선문답으로 이어질 우려도 있었다.

진행자는 끝내 궁금증을 감추지 않았다. 그녀는 방송계에서 잘 알려진 중견 연기자이기도 했다.

"어떤 풍경일까요?"

"그야 음악이 보이는 풍경이지요."

나는 별 수식어를 붙이지 않고 짧게 대답했다.

그랬다. 돌아보면 복제 음반으로 음악을 들었을 때, 내가 그 어려운 영어를 잘 알아듣기란 불가능했다. 캄캄한 극장 안으로 들어서서 더듬더듬 발을 놓을 때처럼 건성으로 영어를 들었을 뿐이다.

음악이 보인다니까 무대 공연을 떠올릴 수도 있겠다. 그러나 나는, 내가 좋아한 록이나 팝 음악 스타도 사진 몇 장으로만 보았을 뿐, 그들의 공연을 한 번도 본 적이 없었다. 직관은 물론 동영상으로도 본 적 없었다. 아니 그것이 아예 불가능한 시대였다. 위성방송 수신료를 내고 안방에서 편히 볼 처지는 더더욱 아니었다. 게다가 군사정권은 사전 검열을 통해 조금이라도 불온하다고 느껴지면, 사실 여부를 따져보지도 않고 무엇이든 잘라버렸다.

진행자가 나를 빤히 바라보았다. 아니, 내 눈을 들여다보고 있었다. 그녀는 더 묻지 않고 눈을 몇 번 깜빡이다가 빙긋이 웃는 표정을 지었다.

"역시 말씀하시는 게 달라요. 멋진 표현이라고요."

이내 감탄사를 곁들여 난해한 대화를 끝맺는 노련한 진행 솜씨를 보였다.

나는 영어를 잘하기는커녕 잘 알아듣는 편도 아니다. 물론 영어 회화에 능숙한 편도 아니다. 우리 세대의 방식인 독해력 위주의 영어교육을 탓하는 사람의 하나인 것이다.

그러나 꼭 언어 때문일까. 나는 우리말로 부르는 가요조차도 변변히 따라 부르는 노래가 없다. 이상하게도 즐겨 듣는 노래이긴 한데 가사가 잘 외워지지 않는다. 그러면서도 리듬이나 멜로디에 한 번 빠져들면 중독이라고 할 만큼 반복해서 듣는다. 내가 알아듣지 못하는 노랫말인데도 귀에 익숙해지고, 그 과정에서 희미하지만 어떤 윤곽이 생기고, 어느 땐 구체적인 이미지를 갖춘 풍경으로 떠오른다. 고백건대, 언어가 내게 다가오는 음악을 방해한 적은 한 번도 없었다.

심지어 나는, 나에게 정말 음악다운 음악을 제공한 별표전축도 풍경의 일부로 기억한다.

삼륜차가 대문 밖에 멈춰 섰다. 가사가 재빨리 운전석 문을 열고 나와 트럭 짐칸에 뛰어오르자, 문밖에서 기다리고 있던 아버지도 합세하여 그 거대한 전축을 끌어 내리기 시작했다. 두 사람으로는 힘에 겨워 어머니와 형도 끼어들었던 것 같다.

별표전축을 처음 봤을 때의 강한 인상 때문인지 그 밖의 상황은 잘 기억나지 않는다. 아마도 아버지가 가장 먼저 턴테이블에 음반을 올리고 바늘을 놓았으리라고 짐작한다. 그때 무슨 음악이 들렸을까. 다만 차차차 춤으로 기쁨을 표시한 아버지 모습이 어렴풋이 떠오를 뿐이다.

서울에서 태어나 지금까지 살아오면서 거주지가 여러 차례 바뀌었으나 돈암동 집만이 내가 살던 집으로 여겨진다. 전농동 시장 통에도 살았고, 숨이 차도록 가파른 산동네에도 두 번 살았고, 그 산동네가 재개발된 아파트에도 살았지만, 언제나 내게는 돈암동 한옥집이 또렷이 기억나고, 그 집을 음악에 잠기게 했던 별표전축 소리가 아련히 들려온다.

그 집에서 다른 집으로 이사해서도 나는 가끔 돈암동 집을 찾곤 했다. 대문 앞에 서면 삐끗 돌쩌귀 소리가 났다. 안으로 들어서면 재빨리 빗장을 질러 문단속을 했다. 대문에서 마당 사이, 중문에선 드르륵 도르래 소리가 났고, 시멘트가 잘 발린 마당은 눈부시게 햇빛을 되쏘았다. 꽃밭에는 봉숭아꽃, 나팔꽃, 과꽃, 석류꽃이 피었는데, 집안 형편이 기울면서 꽃들도 자취를 감추었다.

대청마루에서 피아노 소리가 들려올 때가 우리 집 전성기였던 것 같다. 피아노를 치면서 어깨를 넘실대는 누나의 뒷모습은 얼마나 정겨웠던가. 건넌방에는 아버지가 별세한 후 안방에서 옮겨온 별표전축도 있었다. 가까운 동네에 사는 사촌 형이 미군 클럽 록밴드에서 활약한다는 장발의 친구를 데리고 자주 놀러 왔다. 두 사람은 전축을 틀어놓고 누군가로부터 방해받을 때까지 그 앞에 앉아 있곤 했다. 두 사람은 음악을 듣는다기보다 선지자로부터 어떤 계시를 듣는 자세로 전축 앞에 가부좌를 틀고 있었다.

그때 어린 내 귀에 섬광처럼 들려온 노래가 닐 영Neil Young의 카우걸 인 더 샌드Cowgirl In The Sand였다. 닐 영을 처음 들은 집, 다른 어떤 집보다 그 집을 기억하는 건 어린 내가 세상에 눈뜨기 시작할 무렵이기 때문이었겠지만, 무엇보다 음악, 그중 록을 만났기 때문이란 사실을 부인할 수 없다.

그 후 나는 여러 집을 전전해야 했다. 내 집이거나 내 집이 아니거나, 내가 가족의 일원이었거나 등기상 호주인 가장이었거나 집의 평수와 형태가 각각 다른 집에 살아야 했는데, 듣는 음악도 팝, 포크, 록, 블루스, 재즈, 클래식……. 다양했다.

그러나 어디에 살든 내가 살던 집으로 돈암동 한옥집이 늘 처음 떠오르듯, 그 집에서 처음 들었던 록 음악이야말로 내 감성의 본가임을 고백한다.

내게 있어 음악은 언어 너머에 있는 풍경이고, 풍경을 보면 언제나 음악이 흘렀다. 처음에는 눈에 보이는 풍경이었으나 어느새 내 생의 풍경으로 변했다. 그렇다. 풍경은 그것을 바라보는 이에게 생의 일부가 된다.

차례

머리글

프롤로그
'언어 너머 풍경'을 보다 07

1

제1장, 내 유일한 친구였던 록

2

제2장, 여덟 명의 뮤지션에게서 인생을 듣다

4

음악처럼 글도, 한 소절의 멜로디로 기억돼

오래 읊조릴 수 있다면 얼마나 좋을까.

● 일러두기

1. 이 책은 한국문화예술위원회(ARCO)의 2023년 창작지원사업 에세이 부문 선정작이다.

2. 이 책은 록 음악을 들으면서 성장기를 보낸 저자의 기억과 감정에 의존한, 지극히 개인적인 이야기이다.

3. 이 책에 실린 사진은 서촌 '늘 편한 사람들', 잠실 신내 '딱정벌레', 잠실 신내 '핸드릭스', 신림동 '우드스탁', 명륜동 '도어스', 소공동 '좋은전자', LP 음반 소장가 박현중 씨의 도움을 받았다.

제1장 내 유일한 친구였던 록

나는 한동안 음악이 흘러나오는 집을

그냥 지나지 못했다. 걸음을 멈추고

대문 앞이나 낮은 창문 아래 서서 귀를 기울였다.

그 집 앞

어느 날 음악 선생님이 피아노를 쳤을 때 나는 매직 미러Migic Mirror가 생각났다. 그 며칠 전 청계천에서 구입한 리온 러셀Leon Russell의 앨범 카니Carney의 B면, 마지막 곡이었다. 물론 고등학교 음악 선생님이 뻣뻣한 손가락으로 건반에서 또박또박 짚어내는 음계는 리온 러셀에 비교할 바 아니게 단조로웠다.

오가며 그 집 앞을 지나노라면
그리워 나도 몰래 발이 머물고
오히려 눈에 띌까 다시 걸어도
되오면 그 자리에 서졌습니다

음악 선생님이 연주하고, 학생들이 따라 부른 노래는 현제명이 작곡하고 이은상이 가사를 부친 '그 집 앞'이었다. 학생들의 노래는 박자를 제때 맞추지 못해 들쑥날쑥했다. 선생님은 건반에서 손을 떼고 학생들을 둘러보았다. 거기서 멈추지 않았다. 선생님의 눈길은 창문을 넘어 어디 먼 데로 흘러가고 있었다. 야단이라도 맞을 줄 알았던 우리는 평소와 달리 우울한 눈빛을 띠고 먼 풍경에 정신이 팔려있는 그를 의아하게 여기지 않을 수 없었다.

한참 만에야 돌아온 선생님의 눈길이 돌연 나를 향했다.

"가운데 앉은 너, 그 집이 어떤 집인 거 같으냐?"

질문을 듣자마자 얼굴이 확 달아오르는 것을 나는 느꼈고, 그 얼굴을 감추려 죄라도 지은 것처럼 고개를 푹 수그렸다.

선생님은 잘 못 지목했다는 걸 깨달았는지 곧 시선을 거두어 처음처럼 반 학생들 전체를 바라보았다. 뒷자리에서 한 녀석이 묘하게 옥타브를 올린 목소리로 외쳤다.

"짝사랑하는 여학생의 집이요!"

교실이 웃음소리로 떠나갔다. 음악 선생님도 기다렸던 대답이란 듯이 흡족한 표정을 지었다.

지금 생각건대 그 집 앞을 연주할 때마다 선생님은 똑같은 질문을 던졌고, 매년 얼굴이 달라지지만 학생들의 대답은 늘 같았을 것이다. 그러면 떠나갈 듯 웃음소리가 들려올 차례다.

그러한 시간에 유일하게 웃지 않은 학생이 어쩌면 나였는지 모른다. 짝사랑하는 여학생의 집이요! 그로부터 50여 년이 지난 지금도 내 기억 속에서 울려오는 소리다. 그때마다 음악 선생님의 질문에 침묵한 내가 생각나서 여전히 얼굴이 화끈거린다.

그 집 앞. 그랬다. 나는 그 집 앞을 오랫동안 서성이곤 했다. 남들보다 뒤늦게 찾아온 사춘기의 어느 한때 나는 말 한번 섞어보지 못한 여학생, 그녀가 사는 집의 대문 앞을 막연한 기대 속에서 오갔던 것이다. 오가며 그 집 앞을 지나노라면. 짝사랑이라 표현하기도 민망한 낯선 감정에 어쩌면 나는 중독된 상태였다.

그 집 앞을 생각하면 떠오르는 록 밴드가 있다. 짐 모리슨Jim Morrison이 친구들과 만들었다는 도어스Doors란 밴드다. 짐 모리슨은 즐겨 암송한 자작시에서 밴드 이름을 따왔다고 한다.

알려진 사실과 알려지지 않은 사실이 있는데, 그사이에 문들이 있다. (There are things that are known And things are unknown : In Between The Doors.)

이 말의 정체를 지금도 모르겠으되, 문이란 이곳에서 저곳으로, 소문에서 사실로, 현재에서 미래로 가기 위해 반드시 거쳐야 하는 과정, 일종의 통과제의를 뜻하는 게 아닐까. 내가 그 여학생과 구체적인 관계를 맺기 위해서는, 요컨대 짝사랑을 사랑으로 발전시키려면 번거롭더라도 여러 문을 통과해야 한다는 뜻인지도 모른다.

그런데 나는 문밖에서 지나치게 오래 기다리기만 했다. 고등학교를 졸업할 때까지, 그 이후 오래도록 나는 그 집 앞을 막연히 서성거렸을 뿐이다. 그러는 사이, 그녀가 살던 한옥집이 3층 연립주택으로 변하고, 연립주택이 재개발로 수용되기 직전 황량한 공터로 변해 있었지만, 나는 단 한 번도 그 집이 있던 자리를 무심코 지나칠 수 없었다.

설령 그 여학생을 그 집 앞에서 우연히 만난다 한들 50년 전의 그 여학생이 아닌 이상 무슨 의미가 있겠는가. 그런데도 내가 그 집에 미련을 떨쳐내지 못하는 것은 그 시절 애틋했던 내 모습 때문일 것이다. 그 집은 내가 기억하는 집인 동시에, 과거의 내가 미래로 향하는 문 앞에서 어찌할 바를 모르고 서성인 장소였다.

그 집 앞 말고도 내게는 잊히지 않는 기억이 또 있다. 신남역이다. 춘천역에서 한 정거장 못 미친, 지금은 김유정역이라 부르는 간이역이었다.

청량리에서 출발한 기차는 신남역으로 가는 동안 한 차례 기나긴 터널을 지나가야 했다. 터널로 들어가기 전 기차 유리창들은 일제히 심하게 덜컹거린다. 나는 이제 어두운 터널 속에서 환해지는 내 성장기의 실내등을 바라본다. 그럴 때, 밝은 불빛이 성가신 나는 커튼처럼 눈꺼풀을 닫지만, 눈으로 지은 집처럼 새하얀 간이역 하나 멀리 보이고, 신남역의 희미한 간판이 쏟아져 내리는 눈발 사이로 떠오른다. 거기, 거무스름한 궤도를 따라온 경춘선 완행열차가 멈춰 서면 감당할 수 없는 밝기의 추억에 놀라서 눈을 뜬다.

지금은 김유정역으로 이름이 바뀐 신남역은 여전히 내 기억 속에서 새하얗게 눈에 덮여 있다. 멀리 눈보라를 헤치면서 기차가 다가올 때 홀로 역사를 지키는 역무원은 그에게 주어진 임무를 성실히 이행하는 자세로 차단기를 내린다. 물론 짤랑짤랑 위험을 경고하는 종소리가 차단기 곁에서 울린다.

문득 그가 입은 제복이 내가 한때 입었던 교복처럼 보인다. 제복이 교복으로 바뀌자 어느 눈 오는 저녁, 집으로 가려던 발길

짐 모리슨은 윌리엄 블레이크가 쓴, '인식의 문들이 깨끗이 정화된다면 모든 것이 무한히 진실한 모습으로 다가올 것이다'라는 싯구를 마음에 새겼다가 도어스The Doors 란 밴드 이름으로 쓴다.

을 돌려 청량리역으로 가는 내가 보인다. 대합실 먼지 낀 창문에 검은 교복이 비친다. 나처럼 태생서껀 우울을 짊어져 쪼그라든, 마른 체구의 학생이면 누구나 한 번쯤은 타고 싶었을 경춘선 열차를 나는 기다리고 있었다.

춘천에나 다녀올까. 입버릇처럼 중얼거리면서도 내 앞에 단단한 담벼락이라도 가로막은 듯 서울 거리만 맴돌던 시절이 나에게 있었다. 해종일 우울하거나 얕은 잠에도 가위에 눌리고, 야윌 때로 야윈 몸으로 불면의 창가를 서성일 때면 춘천에나 다녀올까, 잠꼬대와도 같은 되뇌임이 무심결 입 밖으로 흘러나왔던 것이다.

무슨 까닭인지 그 시절 어린 나는 희망보다 절망에 익숙해진 모습으로 살고 있었다. 무슨 까닭인지 그 시절 어린 나는 이 지구 위에서 가장 외로운 고등학교 학생이었다.

오랜 되뇌임과 달리 내가 춘천 가는 입석표를 끊은 것은 무엇에게 홀리기라도 한 것처럼 갑자기 결정되었다. 학교 수업을 마친 나는 집으로 돌아가는 대신 고단한 몸을 이끌고 거리를 헤매고 있었다.

하늘이 흐리게 내려앉은 날씨였다. 상점이며 가로수며 아스팔트 위에 희뿌연 공기가 감돌았다. 거리에 사람들이 많은데도 발소리가 드물어 마치 휴일 한때처럼 느껴지는, 이상하게 조용한 오후였다. 종로를 지나 명동 쪽으로 걸음을 옮길 즈음인가, 내 운동화에 희끗희끗 내려앉는 먼지 같은 눈을 보았다. 얼굴을 쳐들자 기다리기라도 한 것처럼 눈송이가 하늘을 조각내기 시작했다.

청량리역에서 기차에 올라탄 나는 눈발이 들이치는 난간에 기대어 눈 덮인 박모의 들판을 넋 놓아 바라보았다. 폭설을 예감해선지 기찻길 옆 미루나무와 전봇대에 앉았던 새들이 빠르게 날아올랐다.

이윽고 몇 년 동안 구경한 적 없는 굉장한 눈이 쏟아져 내렸다. 비집고 내려올 틈도 없어 공중을 헤매는 눈송이가 몰아치는 바람에 이리저리 휩쓸리다가 기차 뒤로 새까맣게 곤두박질치는 풍경을 끝으로 삽시간 날이 어두워졌다. 밤기차는 갈 길을 재촉하듯 앞으로 쭉쭉 뻗어나가면서 흔들렸고 유리창과 실내등, 선반 위의 짐들, 승객들이 따라 흔들렸다. 주위에 교복을 입은 승객이라곤 나뿐이었다.

그 시절을 생각하면 무엇보다 교복이 가장 먼저 떠오른다. 교복 하나로 최소한 일 년은 버티던 시절이었다. 삼 년을 버티려고 일부러 헐렁한 것으로 골라 입기도 했다. 내가 거기에 속해서 교복을 입을 때면 꼭 먹기 싫은 도시락 반찬을 내려다보는 기분이었다. 그런데도 싫은 반찬에 억지로 젓가락을 가져가는 표정으로 교복 단추를 여미고, 내 머리보다 족히 손가락 두 개는 드나들 크기의 모자를 순순히 머리에 얹은 건 반찬 투정이 어울릴 만큼 우리 집 생계가 넉넉하지 않았던 까닭이다.

아침이면 교복 입은 학생들로 버스정류장이 붐볐다. 운두에 달린 갈고리 모양의 호크를 풀거나 모자챙을 구부려 야구모자처럼 쓰고 다니는 남학생들, 주로 그런 복장들이 나팔바지를 펄럭이며 거리를 쓸고 다녔다. 끼 있는 여학생은 짧은 치마를 입어 허벅지를 드러내거나 엉덩이에 꼭 끼는 치마로 양감을 강조하기도 했으니, 그들의 갈망은 교복이라는 질서를 엄수하려는 모범생과 확연히 구별되었다. 질서와 무질서, 학교에서 바른 생활이라고 제시하는 길과 그것에 반항하는 탈사회성이 뒤섞인 거리에서 학교로 가는 내 발걸음은 어디에도 소속되지 못한 채, 빠르지도 느리지도 않았다.

나는 긍정적이지도 부정적이지도 않은 그저 가난한 학생일 뿐이었다. 염색 불량인지 아니면 홀어머니가 너무 자주 빨래를 해선지 색깔이 바랜 내 교복은 남의 눈에 잘 띄지도 않았다. 이따금 학교 가는 길에서 같은 반 학생 몇몇을 만났지만, 그들은 말수가 적은 나를 거리는 기색이었고, 나 역시도 먼저 다가가 허투로나마 친근감을 표시하는 성격이 아니었다. 지금 생각하면 나와 가까운 친구가 아예 없지는 않았는데, 그렇다고 마음을 터놓은 사이가 누구였는지 딱히 기억나지 않는 건 아마도 그런 성격에 기인했으리라.

홀로 거리를 헤매는 버릇이 생긴 건 그 무렵이었다. 나만큼 서울 거리를 구석구석 걸어본 사람이 있을까. 평생 걸어야 할 길을 그

때 이미 다 걸어버렸다. 학교를 마치고 곧장 집으로 돌아오는 날이 드물었다. 길을 걷다 보면 한 뼘씩 길어지는 내 그림자를 느낄 수 있었고, 햇빛과 어둠이 한 데 섞여 거리의 상점들이 묽어지는 저녁이다 싶으면 간판의 불빛들이 명멸하는 밤이었다.

그가 말 위에 올라탔다. 자, 이제 떠날 시간이다. 목적지가 없는데요? 하인이 말고삐를 붙든 채 고개를 갸웃했다. 목적지가 없으니까 떠나는 거야. 나는 카프카의 이런 글에 감동하는 학생이었지만 정처 없이 거리를 헤매던 어느 날 도착한 곳은 고작 청계천이었다.

마리안느를 처음 본 곳은 청계천 레코드 가게였다. 가게 이름이 '장안 레코드'였던가. 거리를 헤매는 내게 유일한 목적지였던 곳이었다. 학교를 마치면 한국일보사에 들러 빌보드 차트에 오른 곡들을 메모지에 적었다. 그러고는 종로를 거쳐 청계천까지 터덜터덜 걸었다.

"찾는 곡이 있어요. 레드 제플린Led Zeppelin의 웬 더 리브 브레이크스When the Levee Breaks."

누가 카운터에서 마리안느 페이스풀 닮은 쉰 목소리를 내었다. 레드 제플린의 앨범Led Zeppelin IV의 수록곡임을 나는 알고 있었다.

그 여학생은 창덕여고 교복을 입고 있었다. 허스키 보이스와 달리 희고 갸름한 얼굴에 목이 길었다. 지금 생각하니 생긴 것도 마리안느 페이스풀Marianne Faithfull의 리즈 시절을 닮았던 것 같다. 카운터 점원이 알아듣지 못하자 여학생은 덧붙였다.

"스테어어웨이 투 해븐Stairway to Heaven이 그 앨범에 같이 들어 있어요."

그제야 점원이 알아듣고 앨범을 찾으러 판매대를 훑어보았다. 라디오에서 빈번히 소개하는 A면의 마지막 곡이었다. 이상하게도 그 여고생은 같은 앨범 수록곡이지만 잘 알려지지 않은 B면의 마지막, 웬 더 리브 브레이크스를 먼저 물어 지금도 그때가 또렷이 기억난다.

누굴까. 나는 여학생을 흘긋거렸다. 존 본햄John Bonham의 드럼과 로버트 플랜트Robert Plan의 하모니카가 북을 치고 메아리치며 시작되는 그 곡을 나도 좋아했기 때문이다. 아니, Led Zeppelin IV의 모든 수록곡에 내 영혼을 맡긴 채 듣고 또 들었었다.

여학생은 점원이 찾아준 앨범을 형광등 아래 쳐들고 흠결이 있나 살펴보았다. 그녀의 가녀린 팔뚝에 흐르는 정맥류에 형광등 불빛이 닿아 시리게 빛났다.

이 세상에 창덕여고생의 교복처럼 매혹적인 옷이 또 있을까. 하얀 옷깃과 검은 웃옷, 아랫단이 넓은 치마는 여느 여고생의 그것과 다를 바 없다. 그렇지만 그네들이 착용하는, 허리를 꽉 조이는 벨트와 비켜 쓴 빵떡모자는 넓은 찻길을 사이에 두고도 확연히 구분되었다. 저기 창덕여고생이 지나는구나. 한 번에 그들을 알아볼 수 있었다.

돈을 지불하고 가게 밖으로 나가는 여학생을 나는 유리창 너머로 바라보았다. 크지도 작지도 않은 키에 허리가 잘록하고 걸음걸이가 빠른 편이었다. 교복만 입고 있지 않았다면 그 몸매로 가게를 나서자마자 모터사이클을 타고 어디론가 가도 잘 어울릴 성싶었다.

점원은 손님을 대하느라 바빴고, 가게 안에서 내게 관심을 기울이는 사람이라곤 없어서 나는 유리창에 바짝 붙어 섰다. 마리안느가 내 시야에서 사라질까 봐 가슴이 두근거렸다. 그녀의 좁은 어깨며 단단한 종아리를 조바심치듯 바라보는 나 자신이 민망했으나 이미 거부할 수 없는 유혹에 발을 빠뜨린 느낌이었다. 사람들로 붐비는 대로변에서 그녀는 여기저기 상점 진열장을 힐끗거리면서 느릿느릿 발을 옮겼다.

혹시 아까 레코드 가게에서 너도 나를 의식하진 않았니? 네가 웬 더 리브 브레이크스를 발음했을 때 나는 동지라도 만난 것처럼 기뻤거든. 신설동 방향으로 걷는 여학생을 눈으로 좇으며 나는 레코드 가게에서 나왔다.

신호등 앞에 서 있는 나를 보지 못했니? 내가 널 뒤 따라가는 건 파란 신호등이 네 등에서 반짝였기 때문이야. 횡단보도를 건너는 마리안느를 뒤따라가면서도 이런 종류의 수사학적 접근법을 입안에 굴릴 뿐, 여학생과의 거리를 한 발짝도 좁히지 못했다.

머리 위로 자동차들이 우릉우릉 지나고 있었다. 시멘트 냄새와 휘발유 냄새가 달큰하게 풍겨오는 청계천 고가차도 아래서 내 눈길은 여학생을 허둥지둥 좇았고, 그녀가 잠시 멈춰 서면 얼른 고개를 돌려 고가 벽에 붙은 포스터 글자들을 중얼거렸다. 헛발을 디뎌 넘어질 것처럼 온몸이 불안했고, 어떤 거역할 수 없는 낯선 감정에 이끌리고 있다는 사실이 당황스러웠다. Led Zeppelin Ⅳ를 옆구리에 낀 그녀는 여전히 거리의 진열장에 한눈이 팔린 상태였다.

갑자기 시장길이 나타났다. 떨이로 처분할 테니 제발 물건을 사

달라고 외치는 소리가 교복을 입은 내게도 향하고 있었다. 좁은 길에 꽉 찬 사람들을 헤치고 자전거가 지나면서 신경질적으로 경적을 울렸고, 마리안느의 뒷모습이 사람들 사이에서 나타났다가 사라지곤 했다.

보문동 주택가 골목길로 접어들자 그녀의 걸음이 빨라지기 시작했다. 그제야 뒤따라오는 발소리를 의식했나 보았다. 그렇게 담장 모퉁이를 돌아가더니 어느 집 앞에서 일순 멈춰 섰다. 얼굴만 돌려 나를 쳐다보는데 호기심인지 조롱인지 분간하기 어려운 눈빛이었다.

잠시 후 대문이 쾅 닫히는 소리와 함께 여학생은 눈에 보이지 않았다. 골목집 낮은 창문마다 불빛이 환했다. 갑작스레 이방인이 되어버린 나는 철조망을 친 담장 곁에서 담배를 한 대 꺼내 불을 붙였다. 실연을 당한 것도 아닌데 알싸한 슬픔이 매운 담배 연기에 섞여 컥컥거리는 기침 소리로 튀어나왔다.

목적지가 없어도 가야 하는 카프카 소설의 주인공과 달리 골목을 벗어나 내가 가야 할 길은 분명했고, 그곳은 길음동 산동네 언덕길에 면해 있는 내 집이었다. 오후에 장사하러 나가는 어머니는 보충수업을 핑계로 늦도록 거리를 헤매다 귀가하는 나보다 늦게 들어오기 일쑤였다. 내 방은 자주 연탄불이 꺼져 냉랭했다. 꺼진 연탄불을 되살릴 어떤 의지도 없이 나는 추운 방에서 사촌 형이 일본에 가기 전 내게 맡겨 놓은 대마초를 찾아내 두꺼운 솜이불을 둘러쓰고 앉아 피우곤 했다. 서울의 명문대에 다니다 일본에 유학 간 사촌은 모두가 인정하는 모범생이었지만, 록을 들으며 남몰래 대마초를 피우곤 했고, 내게 록을 전수한 사부라는 유대감에 나는 누구에게도 그 사실을 발설하지 않았다.

물뱀처럼 기도를 타고 들어가 폐부를 찌르는 연기에 의식이 몽롱해질 때면 추위도 사라지고 어디론가, 진공관 텅스텐 불빛이 붉은 연등처럼 전깃줄에 걸려 인도하는 세계로 끌려갔다. 낡은 전축을 틀어놓고 밤새 휘황한 음악에 귀를 맡겨 몽환을 즐기는 것이 내 유일한 낙이었다.

그러나 그 도취의 순간은 언제나 외로움보다 짧았다. 내 달팽이관에서 음악이 빠져나가고 몽환의 알록달록한 추상화가 지워져 눈에 보이지 않는 순간 나는 텅 비어버렸다. 가끔 나는 잠을 자다가 흐느껴 울면서 한밤중에 깨어나기도 했는데, 누나는 그런 나에게 사춘기를 겪고 있다며 혀를 찼다.

누군가 외로움은 운동성을 지닌다고 했다. 내가 밤늦도록 길거리를 헤맨 것은 누군가를, 아마도 내 결핍을 가까이서 어루만져 줄 이성을 갈망해서였을까. 그렇지만 쉬이 다가오지 않는 이성에 대한 그리움, 그 안타까움에 겨워 춘천 가는 기차에 올랐다고는 지금까지도 구체적으로 정리되지 않는다. 막연한 기대지만 춘천이라는 낯선 도시, 거기에 가면 어디서도 찾아내지 못한 희망이 구름에 가린 해의 밝기로나마 나를 비춰 주리라고 믿었던 것 같다.

그런데 기차가 춘천에 닿기도 전에 그런 기대는 외로움에 지친 희망이 잠시 누울 자리를 찾아가는 데 불과하다는 사실을 깨달았다. 딱히 춘천이 아니라도 누구나 한 번쯤은 그저 아득하게 먼 곳으로만 떠나고파 밤기차에 올랐다가 덕소역, 대성리역, 청평역, 가평역 같은 팻말이 어둠을 뚫고 선명하게 떠오르는 창가에서 아주 멀리 갈 수 없음을 깨달아 난감했던 적은 없었는지?

기차가 멈출 때마다 사람들이 내려서 이제 내가 탄 기차 칸에 승객이라곤 나와 낚시꾼으로 보이는 세 사람뿐이었다. 인제 그만 마셔. 다 왔나? 오늘 허탕 칠 거 같은데 괜히 온 거 아닌지 몰러. 소주병과 새우깡 봉지를 수습하며 그들이 주고받는 얘기가 어쩐지 귀에 익었다. 언제던가? 내가 아주 어려서 말귀를 알아들으려고 눈을 호동그레 뜨고 다녔을 무렵 난데없이 들려온 대화체였는지도 모른다. 그런 느낌 때문인지 어느 간이역에 기차가 잠시 멈춰도 종착역처럼 느껴지는 분위기였다.

마침내 나는 방한모에 고무장화를 신고 배낭을 짊어진 낚시꾼들을 따라 기차에서 내렸다. 어 춰, 몸을 웅크리면서 낚시꾼들은 눈발이 회오리치는 철길을 지나 개찰구 쪽으로 걸어갔다. 무심코, 마치 전생에서 만난 사람을 뒤따르듯 그들 뒤에서 개찰구를 지나고 대합실로 나온 나는 그제야 목적지가 아닌 기차역에서 내렸다는 것을 알았다. 그곳은 춘천역을 한 정거장 앞둔 신남역이라는 간이역이었다.

어쩌다 여기에 왔을까. 내가 뜻하지 않게 기차에서 내려선 밤의 신남역, 그 앞에 서서 내가 온 길을 바라보니 부옇게 장막을 치는 눈발 너머에서 다시는 돌아갈 수 없는 세상처럼 까마득했다.

그 시절 나는, 내 생이 틀림없이 이 세상에 정착하지 못하리라 생각해서 막연히 죽는 날짜까지 헤아렸다. 죽음에 이르는 계기는 갑작스레 발견된 불치병일 확률이 높았고, 혹은 정전처럼 갑작스레 몸 안이 캄캄해지는 자살이었다.

겨울에 죽어 차가운 땅에 묻히는 상상에 치를 떤 나는 어떻게든 내 생을 따스한 봄, 벚꽃이 피고 질 때까지 연장해야 한다며 자못 비감한 생각에 잠기기도 했다. 벚꽃이 지는 날 나도 지리라. 손수 저승에 입고 갈 수의를 지어 놓았다는 옆집 할아버지 이야기를 떠올리며 나는 벽에 걸린 검은 교복을 물끄러미 바라보곤 했다.

그 교복을 언제 어떻게 버렸는지 기억나지 않는다. 고등학교를 졸업하면서 그 즉시 쓰레기통에 던져 넣었을 수도 있고, 더는 입을 필요가 없는데도 한동안 장롱 서랍 깊숙이 간직해 두었다가 다른 옷과 더불어 정리했을지도 모른다. 수수께끼처럼 증발해버린 교복과 달리 단명을 예감했던 나의 삶은 지금껏 벚꽃이 지고 피는 계절을 수없이 지켜보고 있다.

되돌아보면 목적지도 없이 기차에 오른 삶이었다. 어디론가 가야만 한다며 기차에 올랐으나 어떤 종착역도 희망도 나를 기다리고 있지 않았다. 덕소역, 청평역, 가평역 같은 팻말이 내 무의미한 여행의 중간중간에 떠올랐듯이 내가 살아오면서 지나야 했던 모든 장소— 엘리베이터도 없는 5층 사무실과 휴일의 결혼식장, 찜통더위를 무릅쓰고 고속도로를 달려서 찾아간 가족 휴양지 따위가 오래된 영화의 장면들처럼 토막토막 떠오를 뿐이다. 어떻게 여기에 왔을까. 신남역이라는 이름도 생소한 간이역에서 부옇게 흐린 눈발 너머로 바깥세상을 바라봤을 때처럼 지금까지 내가 살아온 삶이 이해되지 않을 때도 있다.

그때 나는 더 이상 낚시꾼들을 따라가지 않고 대합실에 머물렀다. 의자도, 그 흔한 사진이나 벽 거울도 없는, 세상에서 가장 외진 곳이었다. 그때처럼 50여 년이 지난 지금도 나는 출구를 찾지 못해 갈팡질팡한다. 여전히 컴컴한 터널 안이다. 기차 칸의 실내등이 곧 꺼질 듯 명멸하고, 나이 육십이 넘은 내 기억도 실내등을 닮아 가물거린다. 어떤 기억은 아무리 손을 깨물어도 기억이 없고, 어떤 기억은 소름처럼 돋아나서 손가락 끝에서 오돌거린다.

가을이었나? 늦가을이어서 어느 사소한 바람에도 나뭇잎은 떨어지고 있었나? 그 들뜬 축제가 벌어지던 계절이 명확하게 기억나지 않는 건 추억을 구성하는 부품들 가운데 하나가 소리 없이 고장 난 탓인지 모른다. 기이한 것은 그날 내가 언덕에 앉아 바라본 교문만큼은 오려낸 듯 선명히 기억난다는 사실이다.

교정으로 통하는 언덕길 양쪽은 아카시아 숲이었고, 아카시아

나무둥치에 앉아 나는 앉아 있었다. 바깥에서 자세히 숲을 바라보지 않으면 내가 보이지 않을 테지만, 안에 있는 나는 햇살이 비집고 들어오는 나무들 사이로 언제든 교정의 여기저기를 바라볼 수 있었다.

등 뒤 운동장에서는 확성기의 구령과 함성이 섞여 들려오고, 밴드반이 음악당에 모여 저녁에 열릴 연주회를 연습하고 있었다. 간간이 박자를 깨는 어설픈 트럼펫 소리가 음악당 바깥으로 새어 나왔고 그때마다 웃음소리가 따라 나왔다.

언덕길 숲속에서 교문이 보였다. 등하교 때를 제외하고는 늘 닫혀 있던 파란 철 대문이 그날따라 활짝 열려 축제에 참여하는 외부 사람을 드문드문 맞아들였다.

내 눈길은 교문 바깥의 세상, 레고공화국의 조립품처럼 척척 고층빌딩이 생겨나는 광화문 쪽으로 멀리 갔다가, 고도 제한으로 납작 엎드린 청와대 주변의 낡은 건물들로 가까이 돌아오곤 했다.

뭔가 일사불란하게 오와 열이 유지되는 모습이면서도 대열 한 모서리가 무너지는 기분이었다. 유신헌법이 선포되자 풍문여고 맞은편 신민당사를 삼엄한 공기가 에워쌌지만, 내가 다닌 고등학교는 오랜 유적지처럼 학교문화 특유의 풍속들로 고여 있었다. 일제

강점기에 지은 교사는 요지부동, 바깥세상으로부터 멀리 떨어진 성채인 양 낡은 구조물을 유지하고 있었다.

학교가 어떻게 풍속을 유지하는지 관찰하려면 발뒤꿈치를 들어 교실 창문 안을 들여다봐야 한다. 새 학년이면 교실마다 낯익은 얼굴과 낯선 얼굴이 섞인다. 담임선생님이 이름의 가나다순으로, 혹은 키 순서대로 책상을 배정한다. 그렇지만 자기가 원하는 자리와 자기와 가까운 친구 곁에 앉으려는 학생들의 의지가 선생님의 지시를 교묘히 피해 간다. 전선 위의 새처럼 학생들은 책상 위로 떠서 몇 차례 공중재편성을 실시한 후에 스스로 원했던 자리에 내려앉는다.

반장은 어떻게 뽑았을까. 물론 조회 때 담임선생님은 적임자를 추천하라면서 슬며시 교실 바깥으로 나가기 마련이다. 하지만 담임선생님이 지시하기 이전에 이미 누군가 나서서 질서를 당부하고, 학생들은 무의식적으로 그가 곧 반장임을 알아차린다.

그랬다. 누구도 장철민을 반장으로 뽑는 데 주저하지 않았다. 장철민은 키가 크고 눈매가 선량해 뵈는, 어딘지 다른 학생들보다 두세 살은 위로 여겨지는 친구였다. 목소리는 크지 않았지만 발음이 정확해서 뒷줄 창가에 앉아 그가 건네는 말을 교실에 앉은 누구도 알아들을 수 있었다. 교실 창문과 반대 방향, 복도와 면한 벽 쪽의 중간쯤이 내 자리였는데, 교실에서 가장 구석진 그곳까지 장철민의 말소리는 뚜렷하게 다른 말소리와 구분되어 들려왔다. 교실이 어수선할 때도 나는 장철민의 말소리, 심지어 그가 책장을 바스락거리며 넘기는 소리까지 구별해낼 수 있었으니, 그 이유가 불분명한 장철민에 대한 동경심이 언제부턴가 내게 움트고 있었다.

그렇지만 내 동경심과는 아랑곳없이 장철민이 앉아 있는 창가는 내게서 너무 멀리 떨어져 있었다. 그곳에서는 늘 명랑하게 말이 오가고 밝은 웃음이 넘쳐흐르는데, 내가 앉은 벽 쪽은 침묵으로 그늘져 눅눅한 공기마저 감돌았다. 교실에서 가장 볕이 안 드는 그곳에 나 말고도 몇몇이 앉아 있었지만 아무도 기억나지 않는다.

장철민처럼 교복이 잘 어울리는 학생을 지금껏 나는 본 적이 없다. 딱히 교복뿐 아니라 어떤 제복을 입어도 잘 어울리는 몸이었다. 장철민의 넓은 어깨와 날렵한 허리와 긴 다리는 제복을 입는 순간부터 재단과 봉제가 시작되어 한 치의 오차도 없이 몸에 척척 맞아떨어지는 듯싶었다. 틀림없이 종로 화신백화점에 가서 정찰제로 산 에리트 학생복이리라 의심치 않았고, 그런 믿음과 비교해서 떠오르는 건 언제 봐도 초라를 벗어나지 못한 내 교복이었다.

내 손을 이끌어 어머니가 교복을 사러 간 곳은 동대문 평화시장이었다. 어머니가 되풀이해서 몸보다 조금 커야 하고 옷감이 질겨야 한다고 상점 주인에게 강조했을 때 나는 수치심이 달아올라 진열장에 걸린 교복들을 쳐다볼 수도 없었다. 어머니는 상점 주인이 제시한 가격에서 얼마를 깎고서야 후련해진 얼굴로 평화시장을 나섰다.

아무리 생각해도 그 부산스러웠을 축제가 구체적인 풍경으로 떠오르지 않는다. 축제는 창문에서 멀리 떨어진 벽 쪽이 영역인 내게 어울리는 행사가 아니었기에? 아마도 낮에는 편을 갈라 운동장에서 무슨 시합을 벌였고, 밤에는 음악 연주회나 창작시 발표회가 열려 학생들이 모인 강당이 왁자지껄했던 모양이다.

그나마 내가 자신 있게 기억하는 풍경이라야 언덕길의 아까시 숲, 파란색 교문, 그리고 아까시나무들 사이에서 흐린 눈빛을 띠고 나무둥치에 앉은 한 학생뿐이다. 기름한 얼굴에 치켜 올라간 눈꼬리, 빛바랜 교복을 걸쳐 입고 담배를 심하게 피우는, 반쯤은 몽유병자로 보이는 학생, 바로 나였다.

아까시 숲속은 나로 말미암아 더 어둡고 적막해진 느낌이었다. 나무들 사이로 햇빛이 들어와 물비늘처럼 눈가에 어른거렸지만 내 안의 밑바닥에 단단히 응고된 어둠까지 닿지는 못하였다. 어둠의 반대편에서 장철민의 얼굴이 떠올랐다. 장철민이라면 축제 날 이렇게 숲속에 혼자 앉아 있을 까닭이 없겠지.

장철민이 언덕 아래로 내려가는 모습이 보인 건 마침 그때였다. 마주쳐 언덕을 올라오는 서너 명과 뭐라 인사를 주고받으면서 교문 쪽으로 내려가는데 역시 그만이 아까시나무들 사이에서 돋보였다.

교문이 열려 안팎이 소통하고 있었다. 교문 앞에 멈춘 장철민은 누구를 기다리는 기색이었다. 그 사이 교문을 지나는 학생들과 거리낌 없이 인사를 건네면서 창가가 영역인 그답게 환하게 웃기도 했다. 장철민에게는 묘한 친화력이 있어서 몇 마디 주고받지 않아도 오랫동안 사귀어온 친구처럼 여겨진다.

내가 미술대회에서 입상했다는 소식을 전해준 건 미술반 반장이기도 한 그였다. 너 그림을 잘 그리는구나. 미술반에 오지 않을래? 상을 받았다는 소식보다는 장철민이 내게 미술반 가입을 제의하는 말을 걸어왔다는 사실이 더 기뻤고, 기뻤으나 일부러 그런 기분을 얼굴에 담지 않았다. 침묵하는 나를 잠깐 살피던 장철민이 뭔가 덧붙이려다 씨익 웃으면서 되돌아섰다. 어쩐 일인지 그후로 나는 미술반에 가입하지 않았고, 그 일에 대해 장철민과 무슨 말을 나눴는지 까맣게 기억나지 않는다.

교문 앞에서 장철민이 기다린 건 여학생이었다. 장철민에게로 다가가는 여학생이 어느 고교영화의 한 장면처럼 아까시나무들 사이로 보였다. 그 순간 내 몸에서 힘이 쭉 빠져나가는 느낌이었다. 그 여학생은 창덕여고 교복을 입고 있었고, 며칠 전 청계천 장안 레코드점에서 레드 재플린의 웬 더 리브 브레이크스를 찾던 마리안느 페이스플이었다.

이윽고 두 사람이 어우러져 언덕길을 올라오기 시작했을 때 나는 아, 하고 저도 모르게 신음에 가까운 소리를 입 밖에 내고 말았다. 내 안의 저 깊은 곳으로부터 야릇한 슬픔이 경련을 동반하면서 밀려 올라왔다. 길에는 아무도 없고 장철민과 창덕여고생만 걸어오는 느낌이었다. 언덕길을 오가던 학생들이 둘의 테두리 밖으로 까무룩 멀어져갔다.

둘은 다정스레 웃으며 아까시나무들 밑을 걸어 언덕길을 올라왔고, 아까시나무의 처진 나뭇가지 아래를 지날 때는 약속이라도 한 듯 동시에 허리를 굽혔다. 그 모습이 더더욱 아프게 내 눈을 찔러 왔다. 나와 장철민 사이의 경계가 그 어느 때보다 또렷해지고 있었다. 지금껏 그래왔듯이 앞으로도 오랫동안 장철민을 가까이할 수 없을 것 같았다.

장철민은 절대로 우연히 만난 여학생을 골목까지 뒤쫓아 가서 대문이 쿵, 하고 닫히는 소리 따위는 듣지 않았으리라. 한밤중에 자다가 일어나 흐느껴 울어본 적도 없으리라. 그렇게 뇌까리는 동안 내 외로움이 어떤 거역할 수 없는 운명에 포개지는 느낌이었다. 처음으로 그때 나는 운명이라는 두 글자를 외로움에 덧붙여 생각해 보았다.

그 축제의 날, 아카시아 숲에서 내가 발견한 운명의 외로움이 사실이라면 춘천으로 가려다 불현듯 신남역에서 내린 내 성장기의 실내등은 더욱 환해진다.

나는 대합실 창문 너머로 낚시꾼들이 눈발을 뚫고 걸어가는 모습을 물끄러미 바라보았다. 썰매라도 타는 듯 그들은 들판 위를 미끄러져 갔다. 물론 그곳 역시 백색의 폭설이 지배하는 세상이었다. 내가 있는 신남역도 곧 눈에 싸여 고립될 것이 뻔했다. 그렇지만 낚시꾼들과 달리 내가 가야 할 길은 어디에도 없었다. 소실점으로 멀어져간 낚시꾼들이 마침내 회오리치는 눈발 속으로 사라졌을 때 문득 나는 삶을 마감하고픈 충동을 느꼈다.

대합실 문을 열고 낚시꾼들이 걸어간 들판으로 향했다. 들판에는 아무도 보이지 않았다. 온통 눈으로 가득 찬 들판 위에 또 눈이 내렸고, 벌써 무릎까지 차올랐다. 눈 앞을 가리는 눈보라를 막으려 책가방을 머리 위로 올린 채 허벅허벅 눈길을 헤쳐 나갔다. 십 미터를 전진하는 데 일 분은 걸리는 것 같았고 몸에서 땀이 돋아나기 시작했다.

내 몸을 추락시킬 벼랑은 어디를 둘러보아도 보이지 않고, 눈 속에서 솟아 나온 나무들만 드문드문 들판에 서 있었다. 두 발을 눈 속에 빠뜨린 채 나는 어둠과 폭설에 갇혀 있는 나무들을 우두커니 바라보았다. 삶과 죽음의 경계마저 새하얗게 지워버리는 백색의 세상에서는 어떤 선택도 무의미했다. 들판에는 아주 오랜 옛날부터 눈이 내렸는데, 그때부터 나무들은 눈보라를 견디며 그 자리에 서 있었고, 어떤 고통이라도 견뎌내야 하는 것이 또한 운명이라고 말하고 있었다. 그처럼 확실한 침묵으로 내게 건네는 말을 그때 이후 나는 한 번도 들어보지 못했다. 그제야 나는 운동화에 내려앉아 신남역까지 나를 이끈 먼지 같은 눈의 정체를 알 것 같았다.

역사로 되돌아오는 동안 눈보라는 더욱 심해져 내가 들판에 발을 빠뜨리고 있었다는 어떤 흔적도 남지 않았다. 걸음을 옮기려고 했지만 눈에서 발을 빼기도 힘들었다. 온몸에서 땀이 줄줄 흘렀다. 나는 겨우 눈을 뜨고 지푸라기라도 잡는 심정으로 멀리서 가물거리는 불빛을 바라보았다. 역사 바깥에서 누가 랜턴을 들고 서서 가까이 다가오는 나를 비추었다.

"학생, 이 마을 사람 같지 않은데 도대체 이 늦은 밤 어딜 갔다 오는 겐가?"

역무원이 혀를 찼다. 간이역에서 혼자 야간근무를 서다 발소리가 들리는 기척에 랜턴을 들고 밖으로 나온 모양이었다.

새벽에야 겨우 눈이 그쳐 하룻밤을 역무원실에서 보내야 했던 그날이 전생의 기억처럼 내게 남아 있다. 나는 역무원실 전화기를 들었다. 내가 귀가하지 않아 난리가 난 집에 소식을 전했던 것이다.

신남역에 제설차와 인부들이 여러 차례 다녀갔지만, 기다리는

Led Zeppelin Ⅳ는 앨범 이름이 없는 앨범이다. 이 예외적인 상황도 의문스러운데 지팡이를 짚고 땔감을 가득 짊어진 노인이 쳐다본다. 내가 누구냐고 묻는 것 같다.

기차는 오지 않았다. 경춘선은 내가 하룻밤을 더 보낸 이틀 후에나 복원됐다. 그동안 나는 역무원을 따라 눈을 치웠고, 역무원 숙직실에 비축한 라면을 얻어먹었다. 멀리서 기적 소리가 울리고, 차단기 곁에서 다시 종소리가 짤랑짤랑 울릴 때 나는 신남역을 떠났다.

신남역을 다녀온 후에도 여전히 내겐 달라진 게 없었다. 고등학교를 졸업할 때까지, 아니 그 후로도 오랫동안 나는 거리를 헤매는 버릇을 버리지 못했고, 때때로 청계천에 앨범을 사러 가선 돌아오는 길에 그 집 앞을 지나곤 했다.

이상했다. 일부러 나를 피하지는 않았을 텐데 마리안느를 한 번도 그 집 앞에서 보지 못했다. 그 집 함석 차양에서 빗물이 홈통을 타고 내려와 콸콸 쏟아지는 장마철에도 갔고, 어느 눈 내리는 날 그 집 앞에 마치 내가 다녀갔다는 표시처럼 발자국을 깊숙이 남기고 오기도 했는데 말이다.

그 집에 가면 비록 모습이 보이지 않았지만, 그녀가 어디선가 나를 살펴보는 것 같았다. 그런 느낌은 그 집에서 어느 날 흘러나오는 음악 때문에 기정사실로 여겨지기도 했다. 레드 제플린의 웬 더 리브 브레이크스가 문밖으로 흘러나왔을 때 분명히 그랬다. 전주는 역시 둔중한 드럼 소리다. 거기에 맹렬한 하모니카 소리를 이어진다. 무려 1분 10초가 지나도록 두 악기만 조응하다가 기타 소리가 합류하면서 로버트 플랜트의 울부짖음이 시작되는 그 곡을 어찌 잊을 수 있겠는가. 대문 밖으로 아득하게 들려오는 그 곡을 더 잘 들으려 문 틈서리에 귀를 댄 채 서 있던 나를, 나는 또 다른 내가 그 모습을 등 뒤에서 지켜보기라도 한 것처럼 생생히 기억하고 있다.

내게 주어진 시간은 예정대로 흘러왔다. 다른 사람과 마찬가지로 예외 없는 시간이었다. 내가 결혼하고 이른바 생활이란 걸 하느라 바빠서 오랜만에 가보니 그 집은 3층 연립주택으로 변해 있었으며, 다시 꽤 오랜 시간이 지난 후 가보니 '보문동 재개발구역'이라는 현수막 아래서 공터로 변해 있었다.

장철민 소식은 자주 들었다. 그는 대기업에 다니다 퇴직하여 작은 무역회사를 운영했다. 당연한 수순이겠지만 졸업생들의 친목을 다지는 첫 번째 동창회장도 그의 몫이었다. 그의 아내는 공중파 방송국 아나운서 출신이었다. 물론 내가 아는 그 창덕여고생은 아니었다.

나는 무엇이 되었을까. 나는 여전히 희망을 찾아내지 못해 지금도 눈 오는 날이면 어디 멀고도 아득한 곳으로 기차를 타고 떠나고 싶은 사람이다. 그렇지만 폭설에 잠긴 신남리 들판을 무작정 걸어갈 만큼 무모하게 죽음과 가까워지려고 다시는 하지 않겠다. 눈보라 치는 들판을 헤매는 순간에도 어쩌면 나는 벼랑보다는 내 삶을 구원해 줄 무엇이 나타나 주기를 갈망했는지 모른다.

나는 가끔 희망이라는 것을 이 세상에서 정말 찾아낼 수 있을지 의심스러울 때가 있다. 희망을 찾아 춘천역으로 가려다 다른 역에서 내렸을 때처럼 말이다. 그 혹독하게 눈이 내리는 들판에서 나무들은 오로지 견딤으로만 삶을 드러내고 있었다. 견딤이 삶이라면 그 어떤 나쁜 상황도 절망이라 여기지 말아야 하겠지.

마리안느가 살던 보문동 집, 웬 더 리브 브레이크스가 흘러나온 집이 초고층 아파트로 변해버린 후로 나는 더 이상 그곳을 찾지 않는다. 길음동, 내가 살던 산동네 집에도 아파트가 들어섰다. 층간 소음을 의식하지 않을 수 없는 아파트에서 볼륨을 줄이고 록을 들어봤자 별 감흥이 생기지 않는다. 생뚱맞은 생각이지만 거주 환경이 달라져서 록의 시대가 일찍 저문 건 아닐까. 가난하고 내성적이었던 성장기의 나는 록을 든든한 친구로 여겼다. 록의 저항 메시지는 내 귀에 희망과 용기를 잃지 말라는 격려의 소리로 들렸고, 록의 장중한 이펙트는 내 가슴 저 밑에서 알 수 없는 기운이 분출돼 드높은 하늘로 내 영혼을 훨훨 날아오르게 했다.

나중에 알고 보니 웬 더 리브 브레이크스는 미시시피강 대홍수의 위협에 처한 사람들에게 어서 빨리 살길을 찾아 떠나라는 메시지를 담고 있었다. 오래전 폭설이 내린 신남리 들판의 나무들이 내게 건넨 침묵의 말도 그와 비슷하지 않았을까. 그럴 수만 있다면 그 말을 다시 한번 듣고 싶다. 아무래도 이번 겨울에는 기차를 타고 지금은 김유정역으로 바뀐 신남역에 가봐야겠다.

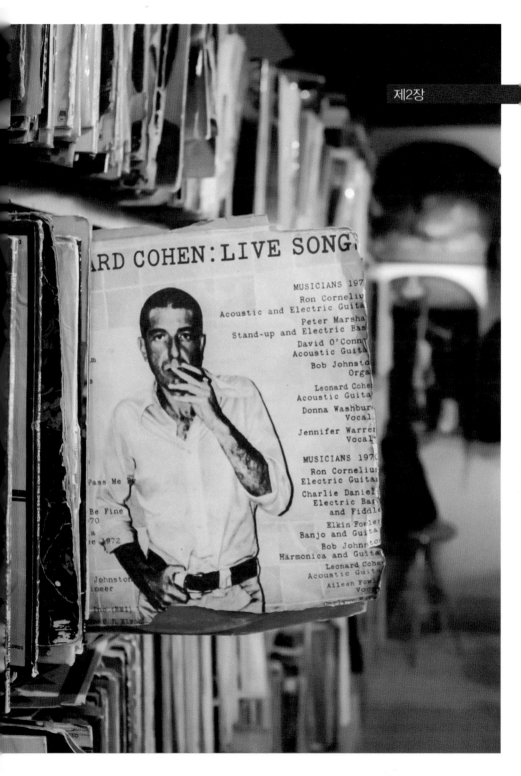

∷

제2장

소설가 올더스 헉슬리는, 침묵 다음으로

표현이 불가능한 것을 최대한 표현해 주는 것이

음악이라고 했다.

바람의 목소리로 세상을 변주하다

_밥 딜런

너만의 노래를 불러라

노래를 잘 부르려면 발성법을 배워야 한다. 성악이란 그래서 생겨났다. 발성법을 절대적으로 중요하게 여길 뿐 아니라, 노래 부를 때 견고하게 균형 잡힌 자세를 요구한다.

오른손잡이는 왼발을, 왼손잡이는 오른발을 앞으로 내미세요. 허리를 똑바로 펴고, 가슴은 약간 올린 채 머리를 정면으로 향하세요. 무엇보다 가슴을 편안한 높이에 두고 적정량의 호흡이 기도에 드나들게 하십시오.

노래를 배우려는 사람은 성악 교사의 이런 말에 귀를 기울여야 한다. 성악에서는 공기를 들이마셔서 폐부에 저장하는 것보다 아껴서 내쉬는 것을 중요시한다. 정말로 위대한 성악가는 이 기교를 지극히 자연스럽고 우아하게 적용하는데, 쉽사리 그것을 눈치챌 수 없는 까닭은 그들이 고도로 숙련된 연습을 통해 레가토를 창출해내기 때문이다. 그러나 연습만으로 모든 사람이 노래를 잘 부를 수 있을까. 그렇지는 않다.

언제나 타고난 재능이 각고의 노력을 압도한다. 때로 그것은 성실하게 노력하는 예술가의 전 생애를 근원적으로 모욕하는데, 모욕당하는 자로서는 사무치게 신을 저주할 수밖에 없다. 영화 아마데우스에 등장하는 궁정 음악장 살리에르가 모차르트에게만 천재의 자격을 부여한 신의 불공평성을 저주했듯이.

이 세상에는 노래를 잘 부르고 싶어도 부를 수 없는 사람들이 더 많다. 성악을 배우는 사람도 어느 정도 능력을 인정받은 사람임이 틀림없다. 발성법이 호흡과 긴밀한 관계를 맺고 있다면, 공기가 폐장에 잘 드나드는 호흡기관을 지닌 사람에게 유리하리란 추론은 과학적 근거를 동원할 필요조차 없다. 후두암에 걸려 숨통을 수술한 사람에게 가수에 버금가는 음역을 기대할 수는 없는 노릇이다. 이 세상에서 가수로 불리는 사람은, 비록 마리오 란자 같은 위대한 성악가의 경지에 이르지 못했을지라도 그만한 재능 정도는 지니고 태어난 재주꾼이다.

1941년 미네소타의 툴루즈에서 '로버트 앨런 짐머만Robert Allen Zimmerman'이란 본명으로 태어난 밥 딜런Bob Dylan에게도 그런 재능이 있었을까. 있긴 있되, 위대한 경지는 꿈도 꾸지 못할 수준의 재능이었다.

　모름지기 가수를 꿈꾸는 그에게 정직한 충고를 건네는 주변도 한둘은 있었으리라. 네 목소리는 화물열차가 기차역에 정지하면서 궤도 위에서 끽끽거리는 소리 같구나.

　비록 딜런의 노래가 노래의 기본요소인 리듬과 박자를 잃지 않았더라도 그의 목구멍에서 나오는 소리는 금속의 뾰족한 끝부분 같았다. 더 어이없기는 고음부에 이르러 기차 바퀴에 눌린 못대궁인 양 납작 엎드려 내려가는, 도무지 예측하기 어려운 높낮이의 목소리였다.

　소년 로버트가 학예회 때 피아노 곁에서 부른 노래는 절규에 가까웠다고 한다. 갈라진 혀가 아니라면 도저히 나올 수 없는 목소리에 학부모들은 경악했다. 변성기 소년의 목소리를 들으면서 여성의 소리넓이로 노래하는 바로크 시대의 카스트라토를 떠올린다는 건 너무나 끔찍한 상상이었다. 교장은 재빨리 커튼을 닫아 이 기괴한 목소리를 바깥세상으로부터 차단했다.

밥 딜런으로서도 자기 목소리에 미래를 확신했을 리 없다. 포크Folk의 거장이자 훗날 정신적 사부였다고 회고한 우디 거스리Woody Guthrie를 찾은 건 아마추어 가수로서 어떤 조언이 듣고 싶었기 때문이리라.

우디 거스리, 유럽에서 건너온 포크 음악을 미국에 정착시킨 원조 포크 뮤지션이다. 포크 음악의 발원지로 미국을 꼽을 만큼 왕성하게 활동했던 그는, 언제부턴가 기타를 치면서 미국의 모순을 비판하기 시작했다.

기타는 여민동락如民同樂의 악기이다. 기타를 치면서 반정부적인 견해를 드러내면 자칫 세상을 조롱하는 것으로 의심받을 수 있다. 그건 미국의 이익을 위해 바람직한 자세가 아니다. 마침내 미국은 매카시즘McCarthyism의 서슬로 그를 처단했다. 철벽을 쌓아 좌우를 구분한 냉전의 시대에 공산주의자로 몰린 그가 빠져나갈 구멍은 없었다.

밥 딜런이 우디 거스리를 찾았을 때, 세상의 단맛 쓴맛을 골고루 섭렵한 고령의 포크 달인은 헌팅턴 무도병이라는 희귀유전병으로 이중고를 겪고 있었다. 그때 우디 거스리는 한눈에 알아보았을 것이다. 오른쪽 삶이 보장하는 평화로운 삶을 거부하고, 왼쪽

가슴에 지닌 불온성을 운명처럼 드러내고 말, 이 발칙한 상상력의 청년이야말로 자신을 고스란히 빼닮았다는 것을.

목소리의 결함과 뛰어나지 못한 기타 솜씨를 걱정하는 딜런에게 그는 평생을 두고 잊지 못할 잠언을 전한다.

"너만의 노래를 불러라."

나만의 노래를 노래하겠다

너만의 노래, 우디 거스리가 알아챈 건 밥 딜런의 내면에 잠재한 언어였다. 신은 목소리 대신 언어를 내려 주셨으니, 소수의 천재에게서 발견되는 과다하게 예민한 감성을 밥 딜런도 예외 없이 지니고 있었다. 그는 왼쪽 가슴에서 채굴한 언어에 그만의 음표를 적용하여 악보로 완성하는 데 탁월한 재능을 발휘하기 시작했다. 비록 대중음악의 빠른 유행성을 채용하는 악보이긴 해도 하류 감성의 발원자로는 누구도 그를 평가하지 않는다. 그의 내재율은 그런 사람들과 확연히 변별되는 종류의 것이었다.

일찌감치 두 사람의 죽은 시인들과 영혼을 거래한 그였다.

딜런 토마스Dylan Thomas와 아르튀르 랭보Arthur Rimbaud가 그들

1963년에 나온 밥 딜런의 두 번째 앨범 'The Freewheelin' Bob Dylan'에 그의 출세작
'바람만이 아는 대답Blowin' in the Wind'을 수록했다. 전무후무한 시적 상상력을 지닌 싱
어송라이터로서의 자질을 보여준 앨범이다. 앨범 자켓의 여인은 수지 로톨로.

이었다. 그들에게서 시를 건네받고 그는 무엇을 주었을까. 모름지기 그들 두 사람과 동등한 자격의 천재성을 부여받은 사람만이 거래할 수 있는 몹시 비밀스러운 것이었으리라.

웨일즈의 시인 딜런 토머스에게서는 이름의 반쪽까지 얻었다. 세상에 이름을 알린 후에도 그는 살아있는 시인 앨런 긴즈버그 Allen Ginsberg와 교류하면서 시에 대한 긴장감을 잃지 않는다.

시를 쓰는 여자인 수즈 로톨로Suze Rottollo와의 관계도 그 연장선으로 파악된다. 연인 사이임이 공공연히 알려진 포크 가수 조안 바에즈와 달리 수즈 로톨로와는 친구로만 알려졌는데, 1963년 그리니치빌리지의 겨울 거리를 몹시 추운 몸짓으로, 그러나 행복하게 팔짱을 낀 모습으로 거닐 정도로 가까웠던 사이다.

그리니치빌리지의 사진은 딜런의 출세작 'The Freewheelin' Bob Dylan'의 표지를 장식한다. 연출된 장면이었을까? 연출된 장면치고는 너무도 티 없는 모습이어서 밥 딜런에게서 느껴지는 진지함과 무거움을 한순간 의심하게 된다.

앨런 긴즈버그는 모르겠으되, 딜런 토머스와 랭보는 해독하기 어려운 시를 썼던 시인들이다. 그러나 시의 깊이를 관통해 본 사람은 그들이 본질을 위장하려고 의도적으로 난해한 시를 쓰지 않앗다는 사실을 발견한다.

어떤 의미에서 독자가 느끼는 난해함이야말로 좋은 시인됨의 본질이다. 시에 대한 섣부른 이해를 경계하는 상징과 암유, 구문의 파괴는 세상과 사물에 대한 선입견을 배제하여 생명의 근원적인 아름다움을 취득하려는 노력이다. 그런 노력이 결실을 보려면, 때로는 감정을 엄정하게 통제해야 하고, 때로는 감정을 표현하는 언어의 수위를 조절해야 하는 데에 시 쓰기의 어려움이 있다.

바로 이런 차이가 시인과 작사가를 확연히 구분한다. 시인의 특권은 숙련된 봉제공처럼 감성을 양산하는 작사자의 능력을 단호히 거부한다. 좋은 시인의 좋은 시는 의도된 모호함을 본령으로 삼는다. 일반 독자들이 난해하다고 느끼는 좋은 시는 의도된 모호함을 알아차리지 못하는 데서 온다. 당연히 좋은 시인과 독자 사이에 괴리감이 생기겠지만, 그것이 좋은 시를 쓰는 좋은 시인의 책임은 아니다. 딜런 토머스와 랭보가 거기에 속하는 시인이었다. 딜런 토머스의 시, '초록 도화선으로 꽃을 몰아가는 힘이'의 일부분을 인용해 보자.

초록 도화선으로 꽃을 몰아가는 힘이

내 초록 나이를 몰고 간다

나무의 뿌리를 말리는 그 힘이

나의 파괴자이다

하여 나는 구부러진 장미에 말할 수 없네

내 청춘도 똑같은 겨울 열병으로 굽어버렸다는 것을

꽃에 영양분을 공급하는 나무의 줄기를 '초록 도화선'으로 비유하였다. 폭발물에 연결된 전선을 식물의 줄기를 변용한 이미지다. 나무에 생명력을 공급하지만, 다른 한편으로는 나무를 죽음이라는 종말(폭발)을 향해 서둘러 가는 도화선이다. 그것은 나무를 살리면서 동시에 나무를 죽이는 '나무의 뿌리를 말리는 힘' 이다. 그것은 내 '초록 나이'를 가능하게 하는 힘인 동시에, 나를 파괴하는 힘이다. 이 초록 도화선의 지배를 받는 장미의 운명과 내 청춘의 운명은 크게 다르지 않다. 둘 다 '똑같은 겨울 열병wintry fever'으로 굽어 있는 까닭이다.

삶과 죽음은 서로 다른 것이 아니라는 딜런 토머스의 도저한 사유! 삶을 몰아가는 힘과 죽음에 이르는 힘이 동등하다는 것이 시인의 통찰이며 세계관이다.

그런데 밥 딜런의 출세작 'The Freewheelin' Bob Dylan'의 음악들은 딜런 토마스나 랭보보다는 알렌 긴즈버그에 좀 더 접근해 있다. 비트제너레이션Beat generation을 대표하는 저항 시인이라 불리는 긴즈버그의 시는 우리의 70년대 반체제 시인과 유사하지만, 어디까지나 유사할 뿐 두 나라를 지배했던 역사적 배경에는 분명히 차이가 있다. 기본적인 인권조차 내세울 수 없는 독재의 시대에 저항한 우리의 반체제 시인과 달리, 긴즈버그의 시는 미국 역사의 모순, 반전과 평화, 자본주의에 대한 비난을 그려내는 거대 담론이다. 공통점이 있다면 직접적이고도 노골적으로 시의 대상을 언술한다는 점이다. 그럴 수밖에 없는 것이, 좋은 시의 의도된 모호함으로 도탄에 빠진 대중을 구제하거나 선동하기란 몸에 맞지 않는 옷을 입는 행위와 다름없기 때문이다. 자전거 바퀴를 자유에 비유하는 정도의 상징과 직유법만이 목적에 여하히 접근할 수 있는 기법이라고 긴즈버그는 생각했을지 모른다.

'The Freewheelin' Bob Dylan'은 데뷔 앨범과 비슷한 내용이거나 그 연장선에 있었고, 1964에 나온 'The Times They Are A-Changin'은 긴즈버그의 시보다 훨씬 노골적인 언술로 화염병과 돌이 날아다니고 최루탄 냄새로 가득 찼다. 그때까지만 해도 우디 거스리가 딜런의 정신을 지배하던 시기였다.

> 햇빛이 빛나는 아침이 오고 구호소 뾰족탑 그늘에서
> 나는 사람들을 보았네
> 배고픔에 길게 줄을 서 있있네. 나도 끼어 줄을 섰다네
> 이 땅이 너와 나를 위해 생겨났는지 의문이라네

우디 거스리가 부른 'This land is your land'의 마지막 부분 이다. 누구나 거스리가 이 노래를 부른 까닭을 곧바로 짐작한다. 그가 지적한 빈부의 차이 뒤에 평등한 권리라는 숨은 그림을 찾 아내지 못할 바보란 흔치 않기에. 거스리의 노래는 산문에 가까운 정직성을 담고 있다.

원주민인 인디언을 몰아내고 건설한 아메리카합중국이란 나라 의 주인은 누구인가. 나라를 세웠으되, 가진 자와 못 가진 자로 나뉜 이 현실은 또 무엇인가. 거스리의 노래들은 대부분 하층계 급의 열악한 처지를 고발하면서 기득권층을 공격한다. 미국은 기 득권을 가진 소수 백인만의 나라가 아니라, 모든 사람의 나라라

고 선언하는 것이다.

우디 거스리의 선언은 유행으로 번진 비트제너레이션 풍조로 말미암아 관성을 유지한다. 기이한 현상은 미국의 모순이라는 거대 담론이 공격적인 허무감, 혹은 허무적 공격성을 드러내는 집단에 의해 뒤틀렸다는 사실이다. 술, 마약, 재즈, 동양의 선(禪)이 난무하고, 심지어는 누구나 예술가의 이름으로 무정부주의를 찬탄한 시기였다.

우디 거스리의 저항성을 승계한 밥 딜런의 노래는 이 광기의 시기에 등장했다. 그런데 그가 거스리의 정신에서 선을 빼내 광기의 콘센트에 접속시킨 플라그에선 이상한 전류가 흐른다.

얼마나 더 먼 길을 가야만 사람들은 사람다워질까?
얼마나 더 멀리 바다를 날아가야만
비둘기는 쉴 수 있을까?
얼마나 더 많은 포탄이 터져야만 피비린내 나는
전쟁이 끝날까?
친구여, 묻지 마세요. 그 대답은
오직 바람의 노래 속에 있으니까요

'바람이 불러주는 노래Blowin' in the Wind'에서 그는 모든 의문을 바람에 맡겨버린다. 우디 거스리적 선언이려니 생각한 사람들은 귀를 의심할 수밖에 없었다. 바람에 맡긴다고 해결될까? 그런데 묘하게도 이상한 희열이 온몸을 감싼다. 바람에 감전된 것처럼. 밥 딜런만의 노래, 일찌감치 시인들과의 영혼 거래를 통해 그의 몸속으로 들어온 시가 발전(發電)하는 순간이었다.

바람은 형체가 없다. 그러므로 눈에 보이지 않는다. 바람은 바람에 흔들리는 사물을 통해 목격될 뿐이다. 보이지 않으나 실재하는 바람, 실재하지만 보이지 않는 바람이야말로 시의 모호함을 고스란히 빼닮지 않았을까.

동양에서는 바람을 신을 암시하는 존재로 여긴다. 바람을 카미(神)라 부르는 일본에서는 바람이 곧 신이다. 사람의 생로병사를 주관하는 신의 또 다른 이름인 바람. 캄캄한 밤에 문득 창밖을 보라. 마당에 와서 조용히 나뭇가지를 흔드는 바람이 있다. 밤공기와 가볍게 마찰하는 나뭇가지 소리, 순간 공포감이 엄습하지 않는가. 눈에 보이지 않으나 몹시 가까운 곳에 삶과 죽음을 제도하는 절대자가 와 있는 것이다. 의심할 바 없이 절대자인 바람, 그러나 보이지 않기에 모호하기만 하다. 신의 존재가 모호하듯이.

피비린내 나는 전쟁이 언제 끝날지, 바다 위를 나는 비둘기가 언제 날개를 접을지, 먼 길을 가는 사람이 얼마나 더 멀리 가야 사람다워질지 바람만이 안다. 하지만 바람에 대답을 구하는 질문은 부질없는 짓이다. 바람은 그 모호성을 간직한 채 어디에선가 와서 어디론가 사라질 뿐이므로.

우디 거스리와 마찬가지로 그는 기타를 치면서 미국을 조롱한다. 여전히 잘하는 노래는 아니었지만, 비음에 섞여 나오는 가날프고도 뾰족한 목소리는, 은유와 풍자로 가득한 가사에 귀를 집중시키는 독특한 전파력을 유지한다. 'The times they Are A-Changin'은 전집의 연장선에서 조롱의 농도가 더 짙어진다. 동시에 그는 마치 혁명을 꿈꾸는 선동가처럼 사람들에게 움직이라고 외쳐댄다. 단지 'Restless Farewell'만이 이복형제처럼 이 앨범의 주류인 정치적 성향 주변을 빙빙 돌 뿐이었다.

시인의 영혼으로 돌아가다

'Restless Farewell'은 그러나 변화를 예고하는 전주곡이었다.

갑자기 어떤 계시를 받은 사람처럼 밥 딜런은 달라져 버렸다. 적어도 그를 모르는 사람은 그렇게 느꼈다. 지금까지 해온 모든 정치투쟁을 포기하는 대신 사소한 일상에 집착하기 시작했다. 케네디의 암살이 그를 변화시킨 요인이라고 하지만, 그를 아는 사람은 그가 딜런 토머스와 랭보 쪽으로 되돌아오고 있음을 쉽사리 눈치챈다.

어쨌든 그는 변했으며, 변화를 노래한 앨범의 제목이 'Another Side Of Bob Dylan'이다. 음악은 어두워졌고 노랫말은 알아듣기 난해했다. 세심하게 귀를 기울여도 도무지 잠꼬대 같은 가사였다. 'Motorpsycho Nitemare'는 미쳐 돌아가는 세상을 냉소하고, 'My Back Page'는 '인생이 흑백 두 가지뿐이라는 거짓이 내 머리를 울리던 때'를 담담히 반성하는 어조이고, 'It Ain't Me Babe'는 '네가 차기 전에 내가 먼저 그만둔다' 라는 식으로 뒤틀린 의식을 보인다.

얼핏 랭보가 떠오른다. 그가 랭보의 시뿐 아니라 인생 역정에서 자신의 정체성을 찾으려 했으리란 추측은 무리일까. 기록을 보건대, 랭보는 1871년 파리 코뮌을 지켜보면서 혁명의 기운을 온몸으로 느낀다. 그러나 혁명이 좌절되는 동시에, 혁명에 공감한 랭보의 희망도 좌절되었다.

그러자 랭보는 혁명을 통해서가 아니라 혁명적인 시 쓰기를 통해 자유를 꿈꾼다. 랭보의 시 세계를 포괄하는 '견자(見者·voyant)로서의 시 쓰기'는 이때 태동한다. 견자는 무한한 시공을 꿰뚫어 볼 줄 아는 전지전능의 인물이다.

견자는 인간에게 삶을 보장하는 대신 인간 사이에 정해진 약속을 지키라고 요구하는 사회와 법률 위에 존재한다. 신의 목소리를 전달하는 예언자나 주술사도 견자의 몫이다. 견자가 되려면 모든 감각을 타락시켜야만 한다고 랭보는 말했다. 랭보의 시 '취한 배'와 '지옥에서 보낸 한 철', '채색 판화집'은 고도의 상징으로 착색된 불경스러운 잠언들이다. 초현실주의의 전조라고 부를 만한 단어들을 기묘하게 조합하고, 질서를 거부하듯 맘껏 뛰노는 어휘는 음악가가 순식간 써 갈긴, 정리되지 않은 악보를 보는 느낌이다.

이 모두가 타락의 결과물이다. '가장 높은 탑의 노래'라는 시의 마지막 연을 보자.

나는 사막, 불타는 과수원, 시들은 상점, 미지근한 음료를
사랑했다. 나는 냄새 나는 거리를 기어다녔고, 눈을 감고
불의 신, 태양에 몸을 바쳤다.

"장군이여, 황폐한 성벽에 낡은 대포가 남아 있으면,

마른 흙더미로 우리를 포격하라.

대단한 가게의 거울에! 살롱에! 온 마을이 먼지를 뒤집어쓰게 하라.

배수구를 산화시켜라. 규방이 타는 듯하다 홍옥 화약으로 가득 채

우라."

오! 주막의 공중변소에 취하는, 날개벌레여,

서양지치 식물을 그리워하며 한 가닥 광선에 녹는 날개벌레여!

"예술의 정치적 잠재력이란 오직 그 자체의 미학에 달렸다. 예
술과 실천의 관계는 냉혹하게도 중재되고, 단절된 것이다. 예술작
품이 정치에 빠져들수록 갈등과 변화에 대처하는 가변성의 힘을
상실하게 마련이다."

브레히트의 희곡보다 보들레르와 랭보의 시 속에 좀 더 거대한
혁명적 잠재력이 있다고 발언한 허버트 마르쿠제Herbert Marcuse의
'미학의 차원'은 주목할 만하다.

케네디의 암살을 파리코뮌의 실패와 비교하는 건 여러 정황으
로 보아 무리이다. 무엇보다 케네디란 인물이 혁명을 추구하지 않
았기 때문이다. 다소 진보적인 개혁정치를 표방했을지 몰라도, 쿠

바사태를 해결하는 과정에서 드러났듯이 미국의 권력, 미국의 이익을 도모한 미국의 역대 대통령 가운데 하나일 뿐이라는 것이 그에 대한 정평이다.

밥 딜런이 케네디 암살로 좌절하여 변화를 꾀했을지 모르겠으되, 어디까지나 그를 포위하고 압박했던 프로테스트적 포퓰리즘에서 벗어나기 위한 명분이었을 가능성이 짙다. 밥 딜런의 출세는 포퓰리즘의 열렬한 지지 덕분이었으나, 어느 때부턴가 그것은 거추장스러운 외투로 변해 있었다. 시인은 잠자리 날개보다 가벼운 옷을 입고 싶어 한다. 네 번째 앨범 'Another Side of Bob Dylan'은 의심할 여지 없는 시인의 내면이다.

'Another Side of Bob Dylan' 이후 딜런의 내면은 앨범들을 통해 계속 증폭되는데, 'John Wesley Harding'에 수록한 'All Along the Watchtower'의 마지막 연은 얼핏 랭보의 시풍과 비슷하면서도, 랭보가 살았던 시기보다 훨씬 이전에 살았을, 어떤 정체 모를 견자의 목소리를 흉내 낸다.

망루 위에서 왕자들이 사방을 감시하고 있네
여인네들이 오가고, 맨발의 종들도 오가네

하지만 저 멀리 추위 속에서 야생 고양이가 그르렁대고

두 사내가 말을 타고 달려오네

바람은 성난 목소리로 울부짖고

밥 딜런이 이처럼 모호한 노래를 불렀을 때 미국은 이미 무엇을 노래해도 상관하지 않을 만큼 자유로웠다. 공연장과 히피족이 넘쳐나고, 라디오와 텔레비전에선 별별 해괴한 몰골의 가수들이 출몰했다. 직역이 어려운 밥 딜런의 노래를 듣기란 고통스러웠으나, 모호함은 자유의 이름으로 용서받을 수 있었고, 모호함을 느끼는 자들 또한 용서받을 권리가 있었다. 과연 딜런 토마스나 랭보의 시를 읽고 곧장 감동하는 독자가 몇이나 되겠는가.

외장 또한 증폭하라

내면의 증폭은 외장으로 나타난다. 이 가설이 사실이라면 밥 딜런의 노래를 들어야 한다. 정확히는 'Bringing It All Back Home'이라는 제목의 앨범에 귀를 기울여야 한다. 복잡한 심사를 거치지 않고 사람의 변화를 확연하게 눈치챌 수 있는 요소는 아무래도 겉모습이다.

밥 딜런이 전기기타를 매고 무대에 올랐다. 통기타의 깨끗한 공명과 하모니카 하나만으로도 충분하다고 그를 보아온 사람들은 놀라지 않을 수 없었다. 전기를 발명한 에디슨은 미국인이다. 문명을 바꾼 혁명적인 발명품인 전기야말로 미국의 자랑거리인데, 역설적으로 일부 미국인들은 밥 딜런의 몸에 전기가 흐르는 것을 원치 않았다.

이 포크의 순정파들은 뉴포트 공연에서 전기기타를 연주하는 딜런에게 돌과 계란을 퍼부었다. 전기 문명이 닿지 못하는 청정 지역으로 포크 음악을 영원히 남겨 둬야 한다는 이유에서였다.

모든 감각을 타락시키려면 고통을 감수해야 한다. 밥 딜런은 씁쓸하게 웃으며 'It's All over Now, Baby Blue'를 마지막으로 포크 순정파에게 결별을 고한다. 그렇지만 끈질기게 비난이 따라다녔다. 마틴 스코시즈Martin Scorsese의 다큐멘터리 'No Direction Home, Bob Dylan'은 1966년 미국에서보다 더 심한 곤욕을 치르는 영국 맨체스터의 프리트레이드 홀에서의 밥 딜런을 보여준다. 야유와 휘파람, 사기꾼이라고 외치는 소리가 난무하더니 누군가 "유다!"라고 밥 딜런에게 손가락질했다. 그때까지 유대교인이었던 밥 딜런을 예수를 팔아먹은 가룟 유다로 지목하는 건 지독한 모욕이었다. 미국과 영국뿐이 아니다. 우리나라에서도 지금까지 딜런을 변절자로 지목하는 사람이 적지 않다.

그들 이야기를 들어보면 단순한 전기 알레르기가 아니라, 시대의 모순에 저항한 사람들에 교활하게 편승한 죄를 딜런에게 묻고 있다. 저항 전선에 싸운 사람들의 귀를 즐겁게 해준 덕분에 출세한 비양심적 음악가라는 게 밥 딜런에 대한 뿌리 깊은 불신이다.

포크의 발원지는 본디 영국이다. 영국인을 미국 포크의 아버지라 불러도 항의할 수 없는 역사적 뿌리가 영국에 있다. 밥 딜런에게 모욕을 견뎌야 한다고 가르친 장본인도 영국인이었다. 비틀스 Beatles, 영국에서 등장한 네 명의 비틀이 록을 네 바퀴에 달고 거침없이 고속도로를 달렸다. 고속도로는 하늘로 이어지고 대서양 위를 가로질러 미국에 상륙했다. 그들 비틀스의 변화무쌍한 리듬은 딜런 토마스와 랭보의 언어와는 다른 차원의 감동을 생산해내고 있었다. 밥 딜런은 회고한다.

"그들이 어린 10대를 위한 어릿광대이며 곧 사라질 것이라는 말은 옳지 않다. 그들이야말로 음악이 가야 할 방향을 제시하고 있다. 내 머릿속에는 비틀스가 전부였다."

록과 타협해야 했다. 록의 뿌리는 본디 블루스Blues 아닌가. 미국에서 태어난 흑인이 저들 영국인의 아버지 아닌가. 이미 음악의 줄기들이 서로 섞여 새로운 뿌리를 탄생시키는 혼종 교배의 시기였다.

타협은 포크와 록을 결합하는 방법으로 이루어졌다. 포크 록Folk Rock이라는 새로운 분야를 창시한 밥 딜런을, 혹자는 상업성에 민감한 기회주의자로 깎아내린다. 그렇지만 인기 순위와 자본이 결탁하고 변덕스러운 음악 팬들이 넘쳐나는 것이 대중음악의 속성일진데, 본디 대중음악가로 출발한 그가 자기 음악의 청취 볼륨을 증폭시키려 록을 수용한 이유로 비난받아야 할까.

어떻게든 예술가로 살아남으려면 타협할 수밖에 없었으리라. 무기를 낙타 등에 싣고 아프리카 사막을 횡단한 랭보만큼 절박하진 않았겠지만. 팝 음악사의 흐름을 관찰하건대, 록을 채용한 그를 이해하는 사람은 명백히 많았으며, 누구보다 그에게 영향을 끼쳤던 비틀스가 그를 이해했다.

1965년 비틀스 앨범 'Rubber Soul'의 수록곡인 'Norwegian wood'는 자신들에겐 없는 밥 딜런의 의식 세계를 수용한 대표적 음악이다. 밥 딜런이 비틀스에게 배우고, 비틀스가 밥 딜런에게서 영감을 얻은 포크와 록의 접목은 시대를 견인한 절묘한 무브먼트였다.

무엇보다 딜런은 포크록을 창시한 이후 그의 음악 생애 전체를 통틀어 최고의 걸작이라는 'Highway 61 Revisited'와 'Blonde On Blonde'를 낳아 그에 대한 의심이 쓸모없는 것임을 입증했다.

1965년과 1966년 작품인 두 앨범은 그를 부정하는 사람조차 그를 의식할 수밖에 없는 상황으로 이끈다. 우연한 결과인지 모르지만 밥 딜런이 포크록을 창시한 이후 민중의 저항성을 견지하는 포크 음악은 저항 영역의 확대와 수요자의 확충이라는 두 마리 토끼를 잡는다. 록 음악을 들으며 무질서한 반항 정신에 물들어 있던 하류 계층이 포크 음악의 내력 깊은 저항성을 제대로 바라보기 시작했기 때문이다. 1960년대 중후반을 휩쓴 '히피즘'도 포크록과 떼어낼 수 없는 흐름이다.

'Like a rolling stone'은 포크의 저항성에 히피즘의 보헤미안적 정서를 접목한다. 히피즘은 비트제너레이션의 또 다른 융기인데, 기성세대가 구축한 틀이라면 어떤 선량한 것도 깨버려야 한다는 공격적 자유주의를 표방한 히피들에게 'Like a rolling stone'은 성경책이나 다름없었다. 'Highway 61 Revisited'와 'Blonde

On Blonde'는 게다가 밥 딜런이 꾸준히 견지해온 시의 미학을 유감없이 과시했다.

'Highway 61 Revisited'의 노랫말이 그 증거이다.

그래, 맥 더 핑거가 루이 더 킹에게 말했네

나는 마흔 개의 붉고 희고 푸른 신발 끈이 있어

울리지 않는 천 개의 전화도

이것들을 없애려면 어딜 가야 하는지 아느냐고

루이 더 킹이 말하네, 잠깐 생각 좀 하세

옳아! 쉽게 처리할 수 있는 곳이 있지

물건들을 다 61번 고속도로로 갖다 놔

역시 내면의 증폭을 드러내는 이 시는 록의 날개를 달고 외장마저 증폭하고서도 결코 그 장력을 잃지 않는다. 오히려 외장의 증폭과 더불어 그의 시는 무한한 확장을 꿈꾼다.

그 시기 그는 사라 로운즈Sara Lowndes와 결혼한다. 포크와 결별하고, 오로지 포크만을 열렬히 노래하는 오랜 연인 조안 바에즈와도 결별한 후였다. 결혼은 계약을 의미한다. 이성이 가족을 이루기로 합의하여 계약을 맺는 행위가 결혼이다. 결혼한 남자는 가족 부양의 확실한 의무를 짊어지고 사회에 나가 돈을 벌어 와야 한다. 결혼한 남자 누구에게나 부여되는 이 의무는, 태생서껀 특별한 감각을 지녀 특별한 방법으로 살아야 하는 예술가로서는 감당하기 버거울진대, 밥 딜런이 별 이의 없이 사라와의 혼인계약서에 서명했다는 사실은 일면 놀랍다.

그도 그럴 것이, 'Blonde On Blonde' 앨범 트랙에는 행복한 결혼 생활의 질감이 고스란히 스며들어 있기 때문이다. 과연 딜런은 가장의 의무에 충실하기로 작심한 듯 공연장을 순회하며 돈을 벌어 왔다. 2003년 그가 쓴 자서전의 한 대목은 평범한 가장으로서의 고백 같기도 해서 독자의 눈을 의심케 한다.

'나에겐 사랑하는 아내와 아이들이 있었다. 나는 그들을 지키고 먹여 살려야 한다.'

공연이 길어질수록 사라의 공백은 커졌다. 어두운 빈방에 홀로 앉은 사라의 얼굴이 텔레비전 불빛에 흔들리곤 했다. 딜런의 바람기가 발각 난 적도 있었다. 파경은 예정된 것이었다.

그런데 사라와의 파경이 또한 밥 딜런에게 하나의 명반을 선물한다. 'Blood On The Tracks'는 아내와 헤어지고 나서 불행한 심경을 담은 앨범이다. 이혼을 선택할 수밖에 없었던 불행한 여자 사라, 그러나 아내의 불행마저 놓치지 않으려는 집요하고도 잔인한 음악적 기록이 'Blood On The Tracks'이다.

Blood on the Tracks는 이혼한 아내 사라 로운즈와의 결혼 생활을 고백하고 있다. 그들 사이에서 태어난 아들 제이콥 딜런은 이 앨범 수록곡들의 '나의 부모님이 말하는 것.'이라고 표현했다.

죽음 뒤에 은둔해서 되살아나다

밥 딜런은 입버릇처럼 중얼거렸다. 다 그만두고 싶다. 포크 순정파들의 공격은 여전했고, 예언자나 선지자로 자신을 부르며 따르는 열성 팬들도 지겨웠다. 그의 입버릇은 신의 귀에도 들렸다. 이내 신의 노여움을 탄 탓일까, 1966년 7월 29일 대형 모터사이클 할리 데이비드슨을 몰고 눈 오는 우드스톡의 고속도로를 달리다 죽음의 문턱에 닿는 사고를 당한다.

그 사고 이후 1년 반 동안 아무도 만나지 않았다. 그 사고 이후 8년 동안 라이브 공연을 하지 않았다. 지하실Big Pink에 은둔하면서 자신과 마지막까지 함께 공연한 더 밴드The Band와 녹음 작업에 열중했다.

소문으로만 알려진 이 녹음을 1975년 일부 발췌하여 '지하실의 테이프들'이라는 이름으로 발표한다. 세간에 잠시 모습은 드러낸 건 1967년 12월이었다. 뉴욕의 컬럼비아 스튜디오에 와서 사흘 동안 'John Wesley Harding'을 녹음한다. 여전히 시적인 노랫말로 충만하지만, 무겁고 음울한 분위기가 지배하는 리듬이었다.

뜻밖에도 딜런이 이 음반을 통해 실험한 건 컨트리였고, 컨트리와 록을 실험적으로 접목한 컨트리록Country Rock이었는데, 컨트리 음악치고 그토록 심각한 주제를 담은 앨범은 역사상 달리 없을 것이다.

그 무렵 미국은 베트남의 수렁에 빠져들었고, 반전 운동가와 히피들이 준동하였고, 미국의 꿈을 보았다던 마틴 루터 킹이 총에 맞아 죽었다.

그러나 밥 딜런은 두문불출, 이해하기 어려운 시를 쓰는가 하면, 'Nashiville Skyline' 앨범을 통해 'Lay lady Lay' 같은 멜로딕한 노래를 불렀다. 한결 쉬워진 노랫말이었고, 날카로움이 거세된 목소리로 별 고뇌 없이 70년대를 맞이하는 듯싶었다.

그에게 우호적이었던 평론가들은 이런 그를 보고 "혁명은 끝났다."라며 실망감을 드러냈다. 그를 반대했던 사람들은 포크를 버리고, 포크를 사랑하는 마음으로 출세를 도왔던 연인 조앤 바에즈를 버린 변절자로 그를 일제히 부각했다.

사실이지 딜런의 천재성은 눈 내리는 우드스톡의 고속도로에서 정지된 것인지도 모른다. 가혹한 상상이지만 모터사이클 사고는 그에게 천재를 부여한 신의 지시이지 않았을까.

밥 딜런이 거기서 죽었거나 다시는 노래할 수 없는 치명상을 당했더라도 그때 이미 그는 자기 몫을 다한 천재였다. 일찌감치 생을 마감한 딜런 토머스와 랭보가 그랬듯이. 그는 추앙받을 게 뻔한 인물이고, 그 자신도 그걸 알고 있었다. 잘 알려지다시피 그는 일개 딴따라에서 노벨문학상 수상자라는 기적을 일으키지 않았는가! 자신이 죽으면, 위스키를 머리에 붓거나 술에 만취해서 백화점을 어슬렁거린 일로 사람들이 수군거리리라 예상하기도 했다. 일본의 소설가 다자이 오사무는 그런 수군거림이 못마땅했는지 매우 기발한 문장을 썼다.

내가 거짓말쟁이인 척하면 사람들은 나를 거짓말쟁이라고 수군거렸다. 내가 부자인 척하면 사람들은 나를 부자라고 수군거렸다. 내가 냉담한 척하면 사람들은 나를 냉담한 녀석이라고 수군거렸다. 하지만 내가 정말 괴로워 나도 모르게 신음을 냈을 때, 사람들은 나를 괴로운 척한다고 수군거렸다. 자꾸만, 빗나간다.

밥 딜런도 수군거림이 못마땅했을 수 있었으나 어쩌면 타인의 수군거림을 즐거워했을지도 모른다. 왜냐하면 지금은 21세기이고, 우드스톡 사고 후에 60여 년을 더 살았기 때문이다. 눈빛은 여전히 날카롭고 목소리는 카랑카랑하다. 대관절 그 분홍빛 지하실에서 무슨 일이 벌어졌기에! 아마도 신의 지시를 거부하는 작업을 도모하지 않았을까.

난해 소설인지 실험적인 산문시인지 알 수 없지만, 1971년 발표한 '타란툴라'는 분명히 저자의 의도를 반영한 소설로 분류되며, 그가 쓴 단 하나의 픽션이라는 기록을 남긴다. 그는 몇 편의 영화에 배우로 출연하거나 감독을 맡기도 했는데, 진지한 어조로 오의(奧義)를 묻는 기자들에게 '돈을 벌고 싶어서'라고 냉소했다. 자서전에서 밝힌 자기 이름에 관한 에피소드는 그보다 훨씬 어이없다. 딜런 토머스의 시를 좋아하기보다 그냥 딜런이란 발음이 좋아서 이름으로 끼워 넣었다는 것이다.

밥 딜런은 심각한 상황을 하찮은 것으로, 희극적 상황을 심각한 것으로 역전시키는 데 명수다. 유리창 하나를 사이에 두고 소용돌이치는 바깥과 단절한 채 분홍빛 지하실에서 행한 비밀스러운 작업은 스펙트럼처럼 그가 내놓은 70년대 음반으로 펼쳐진다.

영화 음악 'Pat Garrett and Billy the Kid'의 'Knockin' On Heaven's Door'로 미국 싱글 차트 1위를 처음 차지한다. 아내와 결별하고 만든 'Blood on the Tracks'는 앨범 차트 1위의 각광을 받았고, 'Desire', 'Self Portrait' 같은 명반이 줄을 잇는다.

견자로서의 그가 전혀 손상되지 않았음을 여실히 증명한 것이다.

70년대 후반에 기독교에 귀의한 것도 견자의 품위를 손상한 행위로 보아 넘길 순 없다. 주변 사람들은 또다시 원칙 없는 변신을 주목하여 비난했지만, 오히려 사고의 깊이를 실험하려고 종교를 선택했을 개연성이 짙다. 전형적인 가스펠인 'Street Legal'를 필두로 'Show Train Coming', 'Saved', 'Shot Of Love'로 선보인 종교 풍 음반은, 뒤집어 판단하면 음악을 통해 삶의 근본을 탐구하고자 했던 흔적이다.

그는 처음부터 그 무엇이든 원칙을 믿지 않는 사람이다. 원칙이 지배할 만큼 세상은 간단하지 않다는 그의 생각은 확고부동하다.

처음의 끝은 처음이다

백지 위에 동그라미를 그리면 처음과 끝이 맞물린다. 80년대의 밥 딜런이 돌연 60년대로 돌아간다. 구체적으로 'The times they Are A-Changin'를 발표했던 때나 그 이전으로 돌아간다. 'Infidels', 'Empire Burlesque', 'Oh Mercy'는 70년대의 사변적인 앨범들과 명백한 분리선을 긋는다. 날카로운 보컬은 통기타를 치면서 세태를 조롱했던 60년대 모습에 가깝다. 어느 시기보다 미국이 안정됐을 무렵에 저항 전선에 복귀한 것이었다.

일련의 납득하기 어려운 행보는 90년대 소련의 붕괴로 냉전이 해체된 후에도 전혀 아랑곳하지 않는다. 93년 앨범인 'World Gone Wrong'은 옛날처럼 기타와 하모니카가 주류이고, 95년에 발표된 'MTV Unplugged'도 제목에서 보듯이 전기의 개입을 처음부터 차단한다. 그러나 이제 그 이유를 직접적으로 묻는 사람은 흔치 않다. 그가 얼마나 쉽사리 변해버리는 사람인지 익히 아는 까닭이다.

그는 'Never Ending Tour'라고 부르는 전국 순회공연을 다니면서 어떤 장르의 음악, 어떤 장르의 뮤지션들과도 쉽사리 어울렸다. 음악에 관련해서 원칙, 계통, 질서를 따지는 일을 무의미하게 여기는 행위였다. 포크와 록의 경계를 허물어야 한다는 그의 통찰은 옳았다. 특정한 음악을 특정한 장르에 두고 구별하는 방법이 점점 무의미해지고 있었다.

인간이 정한 약속을 지키라고 요구하는 사회와 법률 위에 견자가 존재하듯이, 단지 음악을 구분하기 위해 서류를 정리해 놓은 데 불과한 모든 장르 위에 밥 딜런이 존재했다.

컴퓨터와 AI가 발달하면서 서류들이 일시에 무용지물로 전락하는 시대에 관청 서기 같은 음악이 무슨 소용일까. 랭보의 초현실주의 시처럼 음악은 그 뿌리가 다른 것들이 서로 교배하면서 변종과 이종을 생산해내고 있었다. 팝과 오페라가 엉기고, 재즈와 클래식이 섞이고, 동서양의 음악이 교차하고 있었다.

뮤직비디오가 넘쳐나서 예루살렘의 통곡의 벽 앞에서 찍은 다큐멘터리 'Don't Look Back'에서 밥 딜런이 노래 가사가 적힌 큐카드를 던지는 장면은 웃음을 자아내는 전설로 회자된 지 오래다.

그는 물론 살아있는 전설이다. 그에겐 크고 작은 전설들이 목록을 이루고 있다. 노벨문학상을 수상한 어마어마하게 특이한 이력도 있다. 2016년 스웨덴 한림원은 '귀를 위한 시'라고 비유하며 "노래 안에서 새로운 시적 표현을 창조했다."며 그의 수상 이유를 밝혔다. 뮤지션에게 주어진 세계 최고의 권위의 문학상에 의문을 품는 문학인이 적지 않았다. 히피에게 문학상이라니? 그러나 의외라는 것은 없다. 시와 소설에만 정통성이 있다고 여겨온, 고답적 시각이 잘못이다. 아무리 텍스트가 고고해도 독자가 공감하지 않으면 의미가 없다.

하버드대 고전문학 교수 리차드 토마스는, "그는 단순한 가수가 아니다. 그는 문학과 음악이라는 이질적인 영역을 통섭한 문화 현상 그 자체"라고 딜런이 노벨문학상을 타기 이전부터 강조했다.

고도성장을 빌미로 군사독재가 횡행한 시기에 반전과 평화를 담은 밥 딜런의 노래는 당연히 규제 대상이었지만, 청계천에 가면 불법 복제판으로 그를 만날 수 있었다. 전세계가 밥 딜런을 흉내 내며 그를 포크의 아버지라 부른다.

세상은 간절히 변화를 요구하고 있다. 이산화탄소가 지구를 겹겹이 둘러싸고, 북극과 남극에서 빙산이·녹아내려 해수면이 높아지고, 지구의 허파 아마존 삼림이 점점 줄어드는 것이 변화가 아니고 무엇인가. 지구가 곧 폭발할 것처럼 도화선이 타들어 가는데도, 세기말적 엄살이라 비웃으며 자동차 운전대를 붙잡은 사람들이 세상에는 너무 많다. 문학인들의 영역에 밥 딜런 같은 혁명가가 등장한 까닭을 곰곰이 헤아려 봐야 한다.

일관된 창법이란 없다

밥 딜런의 노래는 제행무상(諸行無常)을 예증하듯 지금도 가변한다. 반항하듯 목청을 돋워 올리다가 체념하듯 낮게 중얼거리고,

게처럼 물 밑바닥을 기어다니다가 티티새처럼 빠르고 가볍게 공중으로 솟아오른다. 무언가에 억눌린 창백한 지성이 더듬거리며 말을 전달하려 애쓰다가 말끝을 씹어 흘리는 허무감 속으로 갑자기 잠적해버리기도 한다.

밥 딜런의 노래에 감동하는 건 메시지 때문만은 아니다. 영어권 사람조차 직역이 힘든 그의 노래를 한글로 풀이하기란 더더욱 어려운 노릇이다.

그렇다면 감동은 어디에서 오는가. 일차적으로는 대부분 음악이 그러하듯 리듬이 청음자의 감성을 자극하는 데서 온다. 리듬은 청음자의 회화적 경험이나 정서를 불러오기도 하는데, 가수의 목소리는 악기 소리와 마찬가지로 리듬에 덧붙이는 채색이다. 거기에는 명도와 채도, 질감과 농담이 배어 있다.

딜런의 목소리는 어떤 채색일까. 가볍고 명랑한 색감은 분명히 아니다. 'Lay lady Lay'의 목소리가 아무리 부드러움을 강조해도 냇 킹 콜의 유연한 화풍과 비교할 수 없다. 그렇다고 레너드 코헨처럼 지하실 석벽으로 어둠이 짙게 스며드는 목소리도 아니다.

창문 밖에 사나운 바람이 불어 천장에 매달린 전등이 흔들린다. 언제든 전등을 꺼버릴 바람, 그러나 바람이 잦아들면 언제 그랬느냐는 듯 전등은 전선을 수직으로 세우고 방 안에서 빛을 머금고 있을 것이다. 밥 딜런의 노랫소리는 바람의 변주곡이다. 공연 때마다 자신의 노래를 달리 부르는 까닭은 바람의 속성 때문이 아닐까. 그의 노랫소리는 빛과 어둠 사이를 넘나드는 바람이지만, 이 세상에 바람을 직접 그려내고, 거기에 색깔까지 입힐 화가가 어디 있으리고. 바람 속에서 검은 레코드가 돌아가고, 트랙에는 피가 고여 있을지 모른다.

세상에는 그보다 노래 잘 부르는 가수가 많고, 신기를 발휘하는 성악가도 많다. 그러나 다듬어지지 않은 목소리라야만 내면을 고스란히 드러낼 수 있다. 딜런의 매력은 거기에 있다. 원석의 감동!

오래전부터 그의 어린 시절이 궁금했다. 때때로 가계에 얽힌 사연이 한 사람을 수수께끼를 푸는 열쇠이기 때문이다. 그러나 그가 쓴 자서전으로는 도무지 그를 알 길 없다. 자서전은 총 3부작이라 한다. 그는 이제 1부를 썼을 뿐이다. 남은 페이지에서 그는 토마스 만의 토니오 크뢰거 같은 성장소설을 써서 완곡하게나마 자신을 알릴지도 모른다. 그러기 전에는 그의 오랜 연인이었던 조안 바에즈 정도로만 그를 알 수밖에 없을 것이다. 이 세상에 만난 어느 사람보다도 복잡한 사람이었다고.

천사는 아직도 지상에서 노래한다

_조안 바에즈

노래하는 뿌리

천사가 나타날 때면 먼저 노래를 부를 것이다. 어렸을 때 나에게 다가온 천사도 그랬으니까. 그렇지만 노래가 들리는 곳을 찾아 창문 밖을 바라보지 마라. 처음에는 나도 먼 하늘에 새처럼 떠서 천사가 노래 부르는 줄 알았는데, 아니었다. 소리가 들려오는 곳은 내 방에 있는 별표전축이었다.

천사는 이미 지상에 내려앉아 음향 기계와 어울리고 있었고, 고향을 간절히 그리워하는 목소리로 하늘을 향해 목소리를 피워 올리고 있었다.

그때 나는 보았다. 별표전축 위에 내려앉은 천사의 모습을. 뜻밖에도 크리스마스카드에서 보던 얼굴이 아니었다. '검은색도 색깔Black is the Color'이라고 노래하는 천사의 머리카락은 길고 기름진 검은 색이었고, 눈썹도 눈동자도 검었다.

검은 천사. 내가 기억하는, 아니 기억하고픈 조안 바에즈 Joan Baez의 모습이다. 들판에 가을이 오면 꽃이 꽃대에서 사라지듯, 젊음이란 한갓 덧없는 꽃이라는 게 적실한 비유일지는 몰라도, 조안 바에즈를 기억할 때면 나는 왠지 검은 천사의 모습에서 단 1mm도 벗어나지 못한다.

특히 흑요석처럼 빛나는 눈동자는, 내가 바라보는 것이 앨범 사진이라는 사실조차 잊을 만큼 내 머릿속 깊이 박혀버렸다. 그녀의 가늘고 기다란 매부리코는 검은 잎들을 받쳐 주는 나무줄기이고, 그것은 물론 뿌리인 입술에 닿아 있었다. 그 때문인지 그녀의 노래에 귀를 대면 나무뿌리가 땅을 뚫고 솟아오르는 소리가 들린다. 뿌리가 노래한다. 조안 바에즈의 목소리에서 감지되는 깊은 울림은 뿌리가 노래하기 때문이다.

우리나라에 불법 복제된 조안 바에즈의 대표적 앨범이다. 수록곡 '솔밭 사이로 강물은 흐르고 The River In The Pines'를 라디오와 음악다방과 거리, 어디에서건 '국민가요'처럼 들을 수 있었다.

본디 나무란 하늘과 땅을 매개하는 형상이니, 뿌리라 해서 땅속으로만 잠입하란 법은 없다. 게다가 조안 바에즈의 음악에는 뿌리가 있다. 그녀의 뿌리인 어머니는 미국으로 이주해 온 스코틀랜드 여자이다. 당연히 스코틀랜드가 뿌리이고, 어머니의 뿌리인 스코틀랜드는 조안 바에즈에게도 뿌리이다. 그녀가 무얼 노래하든 고향을 간절히 그리워하는 목소리로 들리는 까닭은 뿌리가 땅을 뚫고 하늘로 오르는 이미지와 겹친다. 동시에 그녀의 그리움은 미국인들의 그리움이고, 미국인들이 열렬히 좋아하는 포크 Folk의 뿌리이다.

알다시피 포크의 고향은 영국

이다. 비애와 저항의 유전인자를 동시에 지녔다는 포크는, 영국의 고대사를 들춰야 할 만큼 그 역사적 배경이 오래됐다. 영국 문헌 상에 최초로 등장하는 고대 민족은 켈트족이다. 이 켈트족은 게 일족과 브리튼족으로 나뉜다. 게일족은 현재의 아이리시와 스코 티쉬의 선조이고, 브리튼족은 웨일스의 선조이다. 흔히 영국 하면 '앵글로 색슨Anglo-Saxon족'이 떠오르는데, 이 족속은 영국의 본토 박이가 아닌 정복자다. 정복의 직접적인 원인은 게르만족 대이동 이다. 로마제국 멸망 후 게르만계의 앵글로족과 독일 작센 지방의 색슨족이 지금의 영국을 침범하여 본토박이인 켈트족을 험한 산 악지역과 섬으로 내몰고 영국 본토Angle land의 주인이 된다.

변방으로 내몰린 켈트족은, 고향 상실의 슬픔에도 불구하고 어 떻게든 싸워 이겨야만 고향을 되찾을 수 있다고 믿었다. 그들의 의지는 21세기인 지금까지 이어지는 현재형이다. 19세기에 태동 한 이 포크의 정신은 대서양을 건너 신대륙 미국에도 이어지는 데, 아일랜드와 스코틀랜드 이주민들은 그 당시 미국을 지배했던 영국에 포크를 통해 적대감을 표시한다. 조안 바에즈의 어머니가 바로 스코틀랜드계이므로, 내력 깊은 저항의 피가 조안 바에즈에 게 흐르는 셈이다.

조안 바에즈의 노래는 이처럼 슬픔과 싸움의 밑그림에서 태어났고, 그 위에 여러 색깔을 입히면서 완성돼간다. 특히 '프로테스크 포크Protest Folk'란 이름으로 싸움의 의지가 결연해진다. 현실에 대한 비판과 선동, 개혁이라는 단어를 덧붙이고, 흑백 갈등, 베트남전 반대, 자본주의와의 불화라는 구체적 행위로 이어진다.

무엇이 이 가녀린 천사를 돌과 화염병이 난무하는 거리로 내몰았을까.

1941년 1월 9일, 조안 바에즈가 출생신고서에 올린 이름은 존 산도스 바에즈Joan Chandos Baez이다. 산도스 바에즈란 이름이 붙은 건 멕시코 태생인 아버지 때문이다. 아버지는 유능한 물리학자였지만, 멕시코계라는 이유로 인종차별로부터 자유롭지 못했다. 어리지만 감수성이 예민한 조안 바에즈가 아버지의 불행을 눈여겨보지 않았을 리 없다. 조안 바에즈의 비브라토, 3옥타브를 넘나드는 그녀의 타고난 소프라노에는 혼혈 소녀의 복잡한 감수성이 배어 있었던 것이다.

조안 바에즈의 몸에 노래가 깃든 건 아주 어려서부터, 아니 천국에 있을 때부터지만, 여러 사람 앞에 본격적으로 재능을 드러내기 시작한 건 캘리포니아에서 고등학교를 다닌 1956년이었다.

14살인 그녀는 합창부에서 들어가 기초적인 발성법과 기타 연주법을 배운다.

그녀의 몸에 들어와 작은 씨를 틔운 노래는 마틴 루터 킹 목사의 비폭력 시민불복종 운동과 만난다. 킹 목사의 강연을 듣고 감동한 것은 그리움의 노래가 어떻게 줄기를 뻗어내야 하는지 깨달았기 때문이 아닐까. 이듬해에 만난 간디주의 철학자인 아이라 샌드펄Ira Sandperl은 꽃으로 피어나기 전에 줄기로 흡수한 자양분이었을 것이다.

조안 바에즈는 그리움의 전도사가 되어 두 선각자에게서 느낀 감동을 표현하고자 했다. 그 소망이 얼마나 간절했냐면, 고등학교를 졸업하자마자 자신의 데모 테이프를 음반사에 보낼 정도였다. 그렇지만 천사의 출현을 눈치채지 못한 음반사는 바에즈의 데모 테이프를 거절한다.

그녀는 아버지를 따라 자주 이사했다. 물론 백인 남자가 지배하는 사회에서 제대로 정착하기 어려웠던 유색인종의 지난한 삶을 의미한다. 그해 아버지를 따라 매사추세츠로 이사해 보스턴 대학에 등록한다. 그러나 그녀가 원했던 건 평범한 학생이 아니었다.

사람들이 천사의 출현을 목격하는 데는 그리 오래 걸리지 않앉다. 역시 그때에도 천사는 노래를 불러 자신의 출현을 알렸다. 1959년 케임브리지의 포크 음악 클럽인 '클럽 47'에서 조안 바에즈의 목소리는 이내 빛나기 시작한다. 조안 바에즈는 곧 생애 첫 음반 'Folksingers Round Harvard Square'를 보스톤의 지역 음반사인 베리타스에서 발표했다.

그때 미국은 소문이 지배하는 사회가 아니었다. 켈트족의 신화가 한 앳된 여자의 입을 통해 구전되는 모습이 라디오와 TV를 통해 전국으로 퍼졌다. 미디어들은 앞다투어 1959년 개최된 '제1회 뉴포트 포크 페스티벌The Newport Folk Festival'에서 밥 깁슨의 백업 보컬로 나선 조안 바에즈가 오히려 밥 깁슨을 압도하는 장면을 생중계했다.

눈이 입을 대신한 전파 문명의 시대에서 지상에 내려온 천사의 모습은 또렷이 목격되었다. 대박을 예감한 포크블루스 전문 레이블인 뱅가드는 즉시 바에즈에게 달려가 전속 계약서를 내민다. 이후 앨범은 12년 동안 놀랄 만한 성공을 거둬 8장의 골드 앨범과 한 장의 골드 싱글을 기록한다.

문학이냐, 싸움이냐

그래요, 당신은 불쑥 내 인생에 끼어들었지요

오래된 전설 같지만 씻어내야 할 신비로운 현상처럼

원초적 방랑자여, 어쩌다 내 품으로 흘러 들어와서

잠시 머물다 가버린 사람

마치 항해 중에 길을 잃은 것처럼

여인Madonna은 당신 것이 되어 허물어졌답니다

조개껍질 위의 연약한 여인은

당신을 보호해주려고 안간힘을 다했죠

'Diamonds & Rust'는 조안 바에즈가 직접 쓴 1975년의 노래다. 그녀는 그때 뱅가드 레이블을 떠나 A&M 음반사로 옮겼고, 목소리와 기타 연주만으로 청음자를 대하던 방식에서 일탈하여 전자악기를 배경음으로 삼았다. '시가 형편없다My poetry was lousy you said'고 밥 딜런에게서 혹평을 들었던 그녀가 직접 쓴 노랫말이기도 해서 이 곡은 눈에 띈다.

이 곡에 흐르는 이야기는 그리니치빌리지의 한 누추한 호텔에

묵었을 때 느닷없이 걸려 온 밥 딜런 전화다. 울새알처럼 푸른 눈인 밥 딜런과 연인 관계를 청산한 지 10여 년 만에 부른 이 노래는 조안 바에즈의 추억담이기도 하다. 그녀는 밥 딜런에게 한 쌍의 커프스단추를 선물한 것을 회상하며, 추억은 'Diamonds and Rust'라고 정의한다. 오랜 세월이 흐르면 '더러운 숯은 아름다운 다이아몬드로 변하고, 빛나는 쇠는 보기 흉한 녹으로 변한다'는 뜻이다.

"그래요, 당신은 불쑥 내 인생에 끼어들었죠." 밥 딜런이 조안 바에즈에게 다가온 건 1961년 4월 그리니치 빌리지였다. 조안 바에즈의 뱅가드 앨범이 날개를 달 무렵 나타난 이 스무 살 청년은, '귀를 위한 시'처럼 들리는 노래를 잘 부르지만 아직은 무명이었다.

바에즈는 그를 뚫어지게 바라볼 수밖에 없었다. 놀랍게도 밥 딜런은 자신이 부르고 싶었으나, 방법을 몰라서 부를 수 없던 노래를 부르고 있었다. 밥 딜런이 부르는 노래는 모호하기 짝이 없었으나 바에즈에게는 없는 시였다.

조개껍질 위의 여인은 이 남자를, 아니 시를 널리 알리고 보호하려고 무던히 애를 썼다. 밥 딜런을 여러 공연에 데리고 다니면서 대중에게 소개했다. 두 사람은 의기투합하여 인종차별에 반대하는 노래를 부르기도 했다.

조안 바에즈와 밥 딜런보다 인종차별에 앞장선 사람은 마틴 루터 킹 목사였다. 간디의 비폭력노선을 추구한 그는 바에즈와 더불어 1963년 3월, 200만 명이 넘는 군중을 이끌고 흑인의 공민권 확보를 촉구하며 워싱턴 거리를 누볐다. '우리 승리하리라We Shall Overcome'는 그 시절의 운동가였다.

그해 8월에 흑인 노예 해방선언 100주년을 기념하는 워싱턴 대행진이 벌였고, 그 자리에서 킹 목사는 너무도 유명한 연설의 서두로 "나에겐 꿈이 있습니다.I have a Dream"를 외친다.

조안 바에즈와 밥 딜런도 이 행진에 함께 참여했다. 두 사람은 시민연대의 동지이자 연인이었다. '숨결은 찬 공기 속에서 흰 구름을 피우고, 같이 죽을 수도 있을 만큼' 사랑했다. 그러나 '원초적 방랑자'인 밥 딜런은 '어쩌다 내 품으로 흘러 들어와서는 잠시 머물다 가버린 사람'이었다. 1963년 11월 밥 딜런의 희망인 케네디가 댈러스에서 암살당했다.

밥 딜런은 현실 참여의 한계를 절감했다. 그 때문에 동지인 조안 바에즈를 멀리할 수밖에 없었을 거라고 사람들은 짐작하지만, 한때 그의 연인이었던 조안 바에즈의 시각은 달랐다. '원초적인 방랑자'이기 때문에 자신을 떠났으리란 것이다.

밥 딜런은 현실 참여보다 문학을, 더 정확히는 시에 버금가는 노래를 창작하기에 바빴다. 조안 바에즈는 시인인 밥 딜런을 끔찍이 사랑했지만 현실 참여 쪽으로 노선을 굳힌다. 항해 중에 길을 잃어 밥 딜런에게 이끌렸지만, 다시 싸움의 바다로 나아가기로 결연한 의지를 다진다.

1965년은 조안 바에즈에게도, 그리고 미국에도 매우 중요한 해였다. 1965년 6월 미국의 B-52 폭격기가 북베트남을 대대적으로 폭격하여 베트남전은 전면전으로 치달았다. 베트남전이 치열해지면서 미국 정부는 막대한 전비를 국민의 세금으로 충당했다. 조안 바에즈는 자신의 수입이 베트남인을 죽이는 총탄으로 원천 징수된다는 사실에 분개했다. 그녀는 세금 징수에 불복했고, 존슨 대통령에게 베트남에서 철수할 것을 요구했다. 그리고 자신의 주장을 좀 더 널리 알리려 무료 공연도 마다하지 않았다.

그해 연말 조안 바에즈는 '원초적 방랑자'와 결별한다. 뉴스위크지는 한때 '포크송의 여왕 조안 바에즈가 밥 딜런을 왕자로 책봉했다'고 대서특필하기도 했다. 그러나 왕자인 밥 딜런은 1965년 공연 때 조안 바에즈를 초대하지 않음으로써, 조안 바에즈에게 '

상처In Hurt'를 주었다.

훗날 밥 딜런은 이 부분을 언급했는데, '그녀는 이해했을 것'이라고 모호하게 넘어간다. 조안 바에즈의 항해는 계속된다. 아이리시의 포크 천재 도노반Donovan과 함께 런던에서 베트남전 반대 운동을 벌이기도 했다. 바에즈는 시종일관 약자를 대변해서 싸웠다. 반전 시위 현장은 물론 흑인의 인권을 위한 시위 현장에서도 쉬지 않고 노래했다. 조안 바에즈의 노랫말 가운데 가장 빈번히 보이는 단어가 '가난Poor'이다. 이는 약자를 위해서 노래하겠다는 결의와 무관하지 않다. 그녀는 늘 힘없고 상처받은 사람들을 어루만지고, 그들을 각성하게 했다. 가난한 이민자들로 대표되는 사회적 소수의 정서를 노래에 담았고, 그들이 정당한 권리를 찾도록 부추겼다.

그녀의 노래는 소외당하는 민중들의 실탄이었다. 미국의 보수층은 이런 조안 바에즈가 달갑지 않았다. 특히 대표적인 우익인 독립유공자협회는 불편함을 표시하다 못해 적대감까지 공공연히 드러냈다. 1967년 그녀는 젊은이들의 입대를 반대하여 오클랜드 입소대 정문을 무단 점거했다가 10일 형을 받는다.

그해 10월 자유인의 상징인 체 게바라가 볼리비아의 밀림에서 전사한다. 이듬해에는 인권 운동가 킹 목사가 암살당한다.

그러나 2차 대전 이후 서구를 지배한 냉전논리에 강하게 저항하는 세력이 미국뿐 아니라 전 세계에 형성된다. 서구권인 프랑스에서는 68혁명이 일어나고, 동유럽 체코는 프라하의 봄을 부르짖는다.

혁명을 요구하는 목소리는 점점 커졌다. 서구의 젊은이들은 냉전논리로 무장한 기성세대의 권위에 혐오감을 느꼈다. 그들은 서구 문명이 합리주의를 내세워 조작해 낸 모든 권위에 저항했다. 관리들이 지배하는 사회를 부정하고, 아버지 세대가 주장하는 도덕을 파시즘에 버금가는 지배 논리로 여겼다.

미국의 젊은이들은 징집영장을 불태워 버렸다. 혁명의 목소리가 이처럼 드높아지는 시기에 조안 바에즈는 시민연대의 구루인 데이비드 해리스David Harris와 결혼한다.

누구보다 강한 행동주의인 데이비드 해리스는 징병을 기피했다가 3년 형을 받아 투옥된다. 조안 바에즈는 'David's Album'을 발표하여 감옥에 있는 남편을 위로한다.

1969년에는 임신한 몸으로 히피들의 전당대회인 우드스톡 페스티벌에 참여한다. 60년대를 마무리하는 광란의 제전이 끝나자

조안 바에즈는 천사의 몸으로 아들 가브리엘 얼Gabriel Earl을 출산한다.

이 폭풍노도의 시절에 전기기타를 목에 걸어 '순수의 추락'이라는 비난을 한몸에 받았던 밥 딜런은, 예기치 않은 모터사이클 사고로 자기 집 지하실에 굳게 은거한다. 밥 딜런은 자신을 지지하는 소수의 세션Session을 챙겨 지하실 안에서 빗장을 지른다. 젊은 이들이 기도한 혁명이 실패했지만, 지하철은 출퇴근 때마다 전철을 타려는 사람들로 붐볐다.

밥 딜런에게서 "시가 형편 없다."는 혹평을 들었던 조안 바에즈는 1975년 'Diamonds & Rust'를 직접 쓰면서 싱어송라이터로 거듭난다. 인권운동가 데이비스 해리스와 이혼하고 혼자 지내면서 옛 연인 밥 딜런을 회고하면서 부른 노래다.

모든 것은 변한다. 마침내 조안 바에즈마저도 변하기 시작했다. 어떤 의지로도 변하기 마련인 속성인 변화시킬 수는 없기 때문인지 그토록 열렬히 지지해 온 남편과도 헤어진다.

1970년대에 들어서면서 바에즈는 단순한 가수가 아닌 싱어송라이터Singer-songwriter로 차츰 변화를 시도한다. 트래디셔널 송에서 시작하여, 밥 딜런을 비롯하여 다른 사람이 건네준 노래를 부른다. 포크 싱어로서 한계를 지적당해온 그녀이기에 송라이터로의 발전은 중대한 변화가 아닐 수 없었다. 밥 딜런 음악의 또 다른 출구인 그녀가 조안 바에즈라는 독자적인 뮤지션으로 거듭나는 순간이었다.

사실 그녀는 밥 딜런과 결별한 후에도 꾸준히 그의 노래를 불렀었다. 딜런의 포크록 계승자인 더 밴드The Band의 'The Night They Drove Old Dixie Down'을 불러 첫 차트 탑10을 기록한 데서 알 수 있듯이, 일렉트릭 기타를 비롯하여 제도권 대중음악을 수용하였다. 그녀가 직접 노랫말을 써서 발표한 'Diamond & Rust'는 그 결과였다.

만일 데이비드 해리스와의 결별이 지나치게 공격적인 행동주의자에 대한 실망이라면 'Diamond & Rust'는 그러한 감정의 표출인지도 모른다. 조안 바에즈의 'Diamond & Rust'에서는 남편을 만나기 전 연인 사이였던 밥 딜런에 대한 애증을 적지 아니 드러난다.

아, 그러나 이제 모든 게 분명해져요
그래요, 난 당신을 끔찍이 사랑했어요
그리고 당신이 또 diamonds and rust를 주시는 거라면
난 이미 그 값을 치렀어요

지상에 내려온 천사

조안 바에즈의 음악이 바뀌고 세상이 바뀌었다. 이 변화의 시간에도 바에즈는 최선을 다해 가난한 사람들 편에 서서 싸웠다.

그녀의 무기는 그리움이고, 그리움의 바탕은 슬픔이다. 검은 천사는 군사정권 아래 고통받는 그리스 국민을 위로하려고, 국제사면위원회인 앰네스티의 기금을 마련하려고, 독재자 프랑코에게 항의하려고 계속해서 슬픔을 노래했다. 그리움의 전도사인 자신을 부르는 곳이라면 그 어떤 위험도 무릅쓰고 노래를 불렀다. 베트남의 하노이, 북아일랜드, 튀니지, 아르헨티나, 레바논에서 억압받는 사람들의 슬픔을 노래했고, 78년 상트페테르부르크 공연이 특별한 이유 없이 취소되자 모스크바를 방문해 사하로프 박사를 위해 노래했다.

1979년에는 인권 기구인 인본주의 국제인권위원회의를 설립하여 회장직을 13년 동안이나 맡았다. 이 위원회는 캄보디아 긴급구조 기금을 결성하여 100만 달러 이상 기금을 모았다. 이 과정에서 몇 차례나 생명의 위협을 받았다. 핵무기 사용 중지 시위에 참여하였고, 밥 딜런과의 LA공연, 폴 사이먼의 보스톤 공연, 잭슨 브라운의 워싱턴 공연에 참여했다. 유럽 투어에 나서서는 프랑스 파리의 콩코드 광장에서 파리의 비폭력주의에 바치는 무료 콘서트를 개최하여 군중을 모았다.

87년 자서전 'And a voice to sing with'를 출판하고는 이스라엘과 가자지구를 여행했다. 또한 카네기 홀에서 니카라과 콘트라 반군에 대한 미국의 지원을 반대하는 자선콘서트를 열었다.

이처럼 성실하고도 투철하게 현실 문제에 관여하여 몸으로 행동하고 저항한 뮤지션이 조안 바에즈 말고 또 있을까. 반전, 군비축소, 인종차별 반대, 환경보호, 빈곤과 기아로부터의 탈출, 인권⋯⋯. 이렇듯 전선을 확대하면서 그녀는 말뿐인 지성이 아니라, 실천하는 감성으로 불의와 싸웠다.

뿌리에서 울려 나오는 그녀의 목소리는 현실의 악과 충돌하면서 묘한 감동을 불러온다. 그 감동은 절대 권력과 울면서 싸울 수밖에 없는 약자 사이에서 화해를 촉구하는 목소리다. 밥 딜런은 '포크하기에 어울리지 않은 목소리'라고 조안 바에즈를 평가했다. 그러나 총을 쏘지 않는 비폭력의 목소리로 조안 바에즈만큼 어울리는 포크 가수가 또 있으려나. 바로 그 포크에 어울리지 않는 목소리를 들었기 때문에 여전히 나는 조안 바에즈를 기억한다. 싸움하는 슬픔을, 어둠을 일깨우는 어둠인 흑요석처럼 빛나는 눈동자를. 마틴 루터 킹, 체 게바라, 마오쩌둥, 두브체크 같은 영웅이 죽었지만 조안 바에즈는 지금도 노래하고 있다.

천사는 아직도 지구에 거주하고 있다.

순수한 마음을 찾아다니는 방랑자

_닐 영

설탕산을 떠나며

스무 살이 되면 떠나야만 하는 마을이 있다. 왜, 라는 의문은 진부하기 짝이 없다. 스무 살이 되면 마을을 떠나야 한다는 건 그 마을의 법칙이었다. 잘못된 관습이거나 불문율일지 모르지만 어쨌든 살던 곳을 떠나야 했을 때 닐 영Neil Young은 노래했다.

아, 호객꾼과 형형색색의 풍선이 떠다니는 마을
그렇지만 스무 살이 되면 슈가마운틴을 떠나야만 해

너무 일찍 떠난다는 생각이 들지만 '설탕산Sugar Mountain'은 그림 동화책에나 나올 동네 이름이다. 어디 가나 호객꾼과 형형색색의 풍선이 떠다니는 축제 분위기고, 어디 가나 설탕이 넘쳐나서 장터를 오가는 아이들의 이빨 사이에 사탕 조각이 반짝인다. 소녀들

117

은 무럭무럭 자랄 때가 되면 결혼한다. 단맛은 혼인 서약과 신부의 웃음소리가 들리는 결혼식장에서 절정에 이른다.

왜 이렇게 빨리 떠나야만 하지? 마을을 등지고 떠나는 길에서 닐 영은 담배 한 대를 피워 문다. 처음으로 피워보는 담배다. 행복했던 시절을 담배 연기의 쓴맛이 단번에 지워버린다. 이 현실의 쓴맛은 다가올 미래에는 더욱더 쓰디쓸 것이지만 어떻게든 견뎌내야 할 삶의 쓴맛이다.

닐 영은 설탕산을 스무 해 생일날에 테이프 리코더를 앞에 놓고 통기타를 치면서 작곡했다고 한다. 어른으로 살아가려면 쓴맛에 적응해야 한다. 단맛에서 쓴맛으로 넘어가는 통과의례의 노래라선지 서글픔이 배어 있다. 왜 이렇게 빨리 떠나야만 하냐며 반복해서 읊조리지만, 인간으로서 짊어져야 할 고통에 예외란 없다. 모든 시대의 청년이 그러하므로 얼핏 엄살처럼 들리기도 하는 이 노래는, 그러나 타고난 싱어송라이터 닐 영을 입증한다. 때때로 가수란 다른 사람의 감정을 자기 것인 양 노래하는 직업 아닌가. 닐 영의 고통은 다른 사람이 느끼는 고통이고, 다른 사람의 고통은 닐 영이 느끼는 고통인 것이다.

고통을 바라보는 닐 영의 시선은 낮은 쪽으로 향한다. 문명 반대쪽에서 자연에 기대어 생계를 유지하는 경작민이거나 소 떼를 모는 하류 인생에게로 말이다. 지수화풍(地水火風)이 생명의 근원임을 깨달아 그들의 일상은 하늘을 쳐다보는 것으로 시작한다. 그렇지만 제때 쏟아지는 햇빛, 원할 때 내려주는 빗줄기가 어디 있겠는가. 곡식이 자라는 땅에 발을 딛고 서서 하늘을 올려보는 기다림의 직업으로는, 빠르게 성장하는 산업화 문명에 뒤처지기 마련이라는 사실을 깨닫기 전까지 닐 영이 태어난 나라 캐나다도, 미국과 마찬가지로 거대 농장이 지배하는 사회였다.

그리고 거대 농장을 백인이 지배하고 있었다. 그들 백인은 자연계의 느림을 수용하기엔 너무나 욕심이 많은 인종이었다. 하늘이 땅에 내린 질서를 거스르기로 작정한 그들은, 노동 집약이 필요한 농장에 흑인을 비롯한 이주민과 멸종 위기에 처한 인디언을 강제로 동원했다.

농장 노동자들은 가파르게 햇빛이 쏟아지는 들판에서 짐승처럼 네 발로 기어다니다시피 일해야 했다. 닐 영의 목소리에서 농기구가 땅을 파헤치다 자갈에 부닥치는 금속성이 나는 것도 그 때문인지 모른다. 죽을힘을 다해 땅을 파헤쳐봤자 자기 땅이 되는 것도 아니다. 한낱 노동자일 뿐 농부라 부를 수 없는 그들에게는 햇빛이나 빗줄기를 기다리는 것조차 남의 희망에 불과했다. 그들은 다른 차원에서 희망을 갈구하며 발바닥에 붙은 고통을 경작해야만 했다.

닐 영은 그들의 고통과 깊숙이 대면한다. 남부 사람의 회개를 촉구하는 '서젼맨Southern Man'은 그래서 나왔다. "남부 사람들이여, 나는 들었네. 채찍 갈기는 소리와 비명 소리를."

닐 영의 하이톤은 흐느낌에 가까운 소리로 농장 노동자의 고통을 노래했다. 우디 거스리와 비슷한 노래를 불렀구나! 그렇지만 닐 영 또한 쉽사리 자신을 드러내지 않는 가수에 속한다. 1960년대 프로테스크의 반열에 올려놓는 순간, 닐 영은 기타를 들고 일어나 홀연히 자리에서 일어난다. 문을 세게 닫고 밖으로 나가는 그. 그가 사라진 문에서 이명처럼 바람 소리가 들려온다.

문을 나선 그는 벌써 티끌이 이는 바람에 삼켜진다. 자욱한 티끌 속으로 멀어져가면서 얼핏얼핏 보이는 뒷모습이 사람인지 늑대인지 구분하기 어렵다.

티끌이 걷히면 그가 사라져버린 곳에서 박모의 들판이 펼쳐지거나, 말라비틀어질 대로 말라비틀어져 더 이상 증발할 게 없는 사막이 나타날지 모른다. 별명이 늑대인 그를 나는 문명 바깥을 맴

도는 종족으로 여기고 싶다. 늑대가 자유로이 다닐 수 있는 세계일수록 오직 언어로만 소통할 수 있다고 믿는 사람을 비웃으리라.

닐 영의 불안한 테너는 언어의 지배력을 불신하는 소리거나, 언어와 소리 사이를 진자처럼 오가는 그 무엇이다. 신기루처럼 석연치 않은 그 무엇, 굳이 여기에 사람의 형상을 빚어내자면 아메리카의 원래 주인인 인디언이다. 늑대와 문명인 사이에 걸쳐 있는 친동물적이고 반문명적인 존재로서 그 형상을 구체화한다면 말이다.

인디언이 되고 싶은 마음

진짜 인디언이라면, 달리는 말에 서슴없이 올라타고, 비스듬히 공기를 가르며, 진동하는 땅 위에서 이따금 짧게 전율을 느낄 수 있다면, 마침내는 박차 없는 박차를 내던질 때까지, 마침내는 고삐 없는 말고삐를 내던질 때까지, 그리하여 앞에 보이는 땅이라곤 매끈하게 다듬어진 광야뿐일 때까지, 벌써 말 목덜미도 말머리도 없이.

프란츠 카프카의 '인디언이 되고 싶은 마음' 전문이다. 카프카처럼 진짜 인디언이 되고 싶은 마음에 닐 영이 인디언의 목소리를 빌어 노래했으리란 생각은 추론에 불과할 것이다. 우선 나는 닐 영이 사라져가는 종족인 인디언을 연민했는지, 그로 말미암아 인디언이 누렸던 삶의 방식을 동경했는지 알지 못한다. 그러나 닐 영에 대해서 말할 수 있는 부분을 오로지 음악에 한정한다면, 악보를 모른다고 곡을 연주하거나 들을 자격이 없다고 말하는 것과 무엇이 다르겠는가.

어떤 음악에 공감한다는 것은 기법보다는 음악을 듣는 순간 떠오르는 자기 삶의 궤적 아닐까. 흔히 이걸 교감이라고 하는데, 교감은 청음자가 체험한 회화적 감정의 다른 표현이라고 나는 생각한다. 닐 영의 낑낑대는 목소리를 들으며 흥보가를 떠올린다고 해서 잘못된 청음은 아닌 것이다. 어쩌면 닐 영에 대한 사전 정보나 지식이 없을수록 다른 사람이 몰랐던 닐 영 음악의 묘미를 발견할 가능성이 높을지도 모른다. 일종의 교외별전(教外別傳)이다.

박차 없는 박차를 내던질 때까지, 마침내는 고삐 없는 말고삐를 내던질 때까지 닐 영은 형식에 얽매이지 않는 음악을 구사한다. 록을 기반으로 거짓 세상을 향해 거친 돌팔매를 던지더니, 세 번째 앨범 'Harvest'에 이르러서는 갑작스레 참된 사랑을 찾아 방랑할 가치가 있는 것으로 세상을 미화한다. 어쿠스틱 기타 리프에 스틸 기타와 하모니카, 밴조가 어우러져 달짝지근한 느낌의 컨트리 그루브를 형성할 때 사람들은 그제야 닐 영의 낙천성을 알아보고 편안하게 웃었다.

이 앨범 세 번째 수록곡 'Heart Of Gold'의 성공은 닐 영이 그동안 여러 번 시도했던 실험이 무위함을 일깨우는 듯싶다. 모두가 새로운 컨트리 싱어 닐 영에게 쏟아지는 햇빛을 축하했다. 'Harvest'의 마지막을 장식하는 'The Needle And The Damage Done'이 햇빛과 대척점에서 먹구름을 예고한다는 사실을 알아차리지 못한 채.

닐 영이 의도했든 의도하지 않았든, 헤로인에 젖어 비틀거리는 동료 기타리스트에게 드리운 죽음의 그림자를 예견한 이 곡이, 다섯 번째 앨범으로 이어지면서 딱딱하게 응고된 어둠의 전모를 드러내는 데는 그닥 오랜 시간이 걸리지 않는다.

그사이 닐 영은 편치 않은 시간을 보내야 했다. 'Heart Of Gold'에 적용한 3분으로 라디오 주파수를 고정하는 데 성공하지

Harvest에는 닐영을 우리나라에 알린 대표작 Heart Of Gold 가 실려 있다. 세익스피어의 희곡에서 영감을 얻었다는 이 곡을 밥 딜런은, 자신이 불렀다면 더 좋았으리라며 탐냈다.

만, 말을 타고 들판을 누벼야 할 인디언이 세속의 말고삐에 붙들려 말뚝을 빙빙 돌아야 했기 때문이다.

그때부터 나쁜 징후가 생기기 시작했다. 목과 등에 혹이 돋아나고, 아들이 뇌성마비 걸린다. 죽은 동료들처럼 자신 또한 헤로인을 상용했기에 죽음은 다만 순서를 기다리고 있을 뿐이었다. 'Tonight's the Night'가 집요하게 채용한 블루노트는 당연히 검은색을 띤 블루스로, 죽은 넋을 달래는 레퀴엠이다. 거기에 괴롭고 병든 세상, 종기와 같고 화살과 같은 삶을 비탄하는 소리가 뒤섞인다.

하고많은 음악이 그렇거니와, 닐 영의 음악 또한 리릭에 가깝다. 마음의 속성은 바람이나 구름처럼 끊임없는 움직임이다. 마음은 천변만화(千變萬化)를 더듬는다. 'Tonight's The Night'로 밤새워 통곡한 상주에게도 아침은 밝아온다. 'On The Beach'는 상갓집 창문에 새벽빛이 희붐하게 번져오는 시간이다. 햇빛이 밝아질수록 서서히 지난밤의 숙취에서 풀려나기 시작한다. 'On The Beach'는 어둠과 햇빛이 교차하는 지점의 심경을 솔직한 필체로 그려내고 있다.

이 앨범을 자세히 들어보면, 어둠과 햇빛이 극명하게 교차하는 지점에서 놀랄 만큼 담담한 자세를 견지하는 독백조가 예사롭지 않다. 일종의 애이불상(哀而不傷)이랄까. 슬퍼하되, 더는 상처받지 않으려는 자의 의지를 읽을 수 있다.

마치 병고로써 약을 짓는다는 유마 거사의 깨달음과 동일한 경지에 이른 듯하다. 여기에 문득, 안톤 체호프의 비가(Lament)라는 단편소설이 생각난다. 졸지에 아들을 잃은 마부 이오나는 마차에 탄 손님에게 슬픔을 토로한다. 아무도 관심을 기울이지 않자 이오나는 마차를 끄는 말에게 비통함을 전달한다는 이야기다.

이 소설의 부제는 '누구에게 나의 슬픔을 이야기할까?'이다. 마부 이오나의 슬픔을 이야기한 이 소설에서 체호프는 가혹할 정도로 감정개입을 억제한다. 단지 그림을 그리듯 객관적 장면만을 묘사하거나 작중인물의 대화만으로 자신의 비통을 독자의 몫으로 돌려놓는 데 성공한다.

애이불상, 애상이 깊어지는 걸 경계하여 독자를 더욱 슬픔에 접근시키는 작법은 음악에서도 유효하다. 담담하고 잔잔한 어조로 슬픔에서 벗어난 삶을 묘사한 'On The Beach'는 그런 의미에서 닐 영 음악의 깊이에 천착한 청음자에게는 더할 나위 없는 절창으로 들린다.

닐 영에 천착한 나로서도 어쩌면 그의 음악이 여기서 멈췄으면, 도어스의 짐 모리슨처럼 울림의 파장이 내 마음에 깊은 웅덩이를 파놓았지 않았을까 생각한 적이 있다.

그러나 인생이란 짧지도 길지도 않은 것. 죽음을 앞둔 사람에게는 한여름 밤의 꿈과 같지만, 너무 오래 서 있거나 걸어왔다고 생각하는 사람에겐 해도 달도 없는 사막과 같다. 신이 닐 영에게 부여한 삶은 짐 모리슨보다 오래 세상에 발붙이고 살아야 하는 자의 길 아닐까.

온갖 만다라가 펼쳐지는 그 길이야말로 나를 포함해 누구나 감당해야 하는 행로인 것이다. 닐 영과 함께 가야 하는 그 길에서 온갖 번뇌 망상이 건물처럼, 정거장처럼, 강 위의 다리처럼 불쑥 불쑥 나타나고, 때때로 늑대가 출몰한다. 어둠이 내려앉을 때 동네 어귀에 나타나는 늑대는 얼핏 개와 구별되지 않는다. 낮 동안 개였다가 밤이면 늑대로 탈바꿈하는 변종이 있을지도 모른다. 닐 영이 거기에 속하지 않을까.

온음과 반음의 경계를 허물어 불규칙한 소리를 자아내는 창법은 예사이다. 애악인 레스폴 기타를 한 단계 낮춰 튜닝하여 거친 풍경을 그려내기도 한다. 변칙 튜닝이 조성하는 둔탁한 기타 음에 얹히는 구슬프거나 청승맞은 음색이 닐 영 음악의 전매특허이다.

'On The Beach'는, 닐 영이 시련과 슬픔에서 벗어나 담담한 어조로 노래를 불렀던 시절의 앨범이다. 앨범은 바람에 뜯겨나간 모습이지만 그 시절의 닐 영처럼 늘 영원했으면. 닐 영이 아니라 늘 영이었으면.

박차도 고삐도 없는 이런 행태는 말 목덜미와 말머리마저 생략하기에 이르고, 마침내 맨몸으로 들판을 질주한다. 그런데 말없이 두 다리로 달려서일까, 'On The Beach' 이후 그가 만든 앨범은 말 아래로 내려온 인디언이 두 다리로만 들판을 달릴 때 겪어야 하는 좌충우돌을 온전히 그리고 있다. 요컨대 닐 영의 변화무쌍한 음악은 무언가를 끊임없이 버리는 동시에, 무언가를 끊임없이 취득한다. 그러니까 버리기 위해서 취득하는 것이란 기묘한 변증법의 반복인 것이다.

이 같은 현상을 불교식으로 확대해석하면 제행무상이다. 물과 불 사이에 휘발유가 있어 물에서도 파란 불꽃이 피어나니, 음악에도 변치 않는 상(常)이 있을 리 없다. 닐 영의 음악이 예측불허이고, 여러모로 굴절을 거듭하는 것처럼 보이는 까닭은 변증하는 상이 예외 없이 음악에도 적용되기 때문이다.

그가 새롭게 시도한 블루스에 심취하려는 순간, 귀에 쏙 감기는 리프와 아기자기한 배킹, 첫 소절부터 기억에 쏙 남는 선명한 멜로디가 라디오에서 흘러나오고, 또다시 스탠더드를 답습한다고 생각할 때면, 느닷없이 펑크록을 시늉한다는 소문이 들린다.

1976년 유럽 투어를 마치고 돌아온 닐 영은 'Rust Never Sleeps'라는 앨범으로 70년대의 마지막을 장식한다. 'Rust Never Sleeps'는 거대한 앰프와 마이크 장치의 울림을 그대로 전달한 앨범이다. 일설에 따르면, 날로 기업화되는 록 음악의 환경 아래 쪼그라드는 뮤지션의 행색을 표현했다지만, 그런 풍자성보다 닐 영의 변화 욕구를 다시금 드러낸 앨범이라는 게 내 생각이다. 라이브 트랙만으로 정규 음반을 구성한 것은, 펑크록의 본질이 날것의 질감이라고 파악한 닐 영식 견해일 것이다.

이 앨범 앞뒤로 분리된 'My My, Hey Hey(Out Of The Blue)'와 'Hey Hey, My My(Into The Black)'는 어쿠스틱과 일렉트릭을 명확히 구분하면서, 진자처럼 두 세계를 오고 간 닐 영의 음악 세계를 확연히 보여준다. 이 가운데 피드백이 분노하는 'Into The Black 편'에 아무리 적응하고 싶어도 번번이 튕겨 나오는 느낌은 왜일까. 거친 일렉트릭 음향은 닐 영이 초기부터 꾸준히 추구해온 음악인데도 낯설고 물설기만 한 것은 나만의 느낌일까.

닐 영에게 맞지 않는 거추장스러운 의상이라는 느낌은 아무래도 내 감성이 'Out Of The Blue 편'에 어울리기 때문일 것이다. '닐 영 = 컨트리 싱어'라는 등식은 '닐 영 = 로커'라는 등식에 일대

혼동을 야기한다. 하지만 이 두 가지는 선택 사항이 아니다. 닐 영을 보다 깊숙이 이해하려면 괴롭더라도 자기가 싫어하는 취향의 음악 또한 들어야 한다는 사실에 직면한다.

이 곡은 영국 펑크록의 선두 주자인 섹스 피스톨즈The Sex Pistols의 말썽꾸러기 자니 로튼을 옹호하는 노래다. 그런데 이 곡이 더 유명해진 것은, 권총 자살로 삶을 마감한 희대의 문제아 커트 코베인Kurt Cobain이 노랫말 일부, '서서히 사라지느니 불꽃처럼 타버리는 게 낫다. It's better to burn out, Than to fade away'를 유서로 남긴 사건 때문이다. 커트 코베인의 죽음이 닐 영과 연결 고리로 조니 로튼에 닿아 있는 것이다.

자연의 위대함을 노래한 닐 영의 위치는 기이하게도 세 사람 가운데 꼭짓점에 해당한다. 이건 커다란 혼동을 야기하거니와, 도무지 갈피를 잡기 어려운 사람으로 닐 영을 보게 된다. 그렇지만 보이는 것보다 보이지 않은 것에 진실이 있다는 이 곡의 마지막 노랫말은 세상살이를 거친 분노로 일관하는 후배들에게 전하는 어른스러운 충고다.

이봐요, 이봐요

로큰롤은 절대 죽지 않아요

눈에 보이는 것보다

그 이상의 것이 있어요

이 가사를 성찰했다면 커트 코베인이 지금까지 살아 있었을지 모른다. '로큰롤은 절대로 죽지 않는다'라는 메시지에서 보듯 어떤 이유로도 록은 이 세상에 살아남아야 할 가치가 있고, 그 연장선에서 펑크족들이 혐오한 레드 재플린을 닐 영이 존경한다고 말한 까닭을 어렵지 않게 이해할 수 있다.

포크, 록, 하드록, 사이키델릭, 컨트리, 블루스, 그런지록……. 닐 영의 좌충우돌은 여기에 그치지 않는다. 독일의 전위음악 밴드 크라프트베르크Kraftwerk를 자기식으로 표현하려다가 소속 음반사와 법정 공방에 휘말릴 위험에 휩싸이기도 했다. '일부러 음반을 비상업적으로 만든다'는 음반사의 소송은 설득력 있는 것이었다. 1982년 소속 음반사인 게펜에서 나온 닐 영의 'Trans' 앨범은 뜻밖에도 컴퓨터와 신시사이저를 동원한 전자음악이었다. 엄청난 자본을 쏟아부어야 하는 음반사로선 닐 영의 태연한 실험을 수수방관할 수 없었다.

닐 영은 그래도 당당하다. 조금도 흔들림이 없이 자신은 감정에 충실할 뿐이라고 말했다. "난 그저 내가 연주하고 싶은 것을 한다. 그러나 때때로 잠에서 깨어나 딴 것을 연주하고 싶어진다." 불규칙 바운드로 일관해온 앨범들에 대해서도 자평한다. "얼핏 레코드들이 전부 다른 것처럼 보인다. 그러나 전혀 그렇지 않다. 30년간 똑같은 노래였다. 다만 그것을 때와 장소에 따라 다르게 불렀을 따름이다."

닐 영, 이 변화무쌍한 인디언은 이드에 충실할 뿐이다. 그는 결코 이데올로기에 자신을 종속시키지 않는다. 천변만화를 그려내는 그의 음악은 어떤 논리도 선악도 작용하지 않는 순진무구의 세계이다. 그러므로 닐 영 음악을 깎아내리는 건 오줌이 마려운 어린아이를 책망하는 데 다름 아니다. 그는 음악을 통해서 꿈꾸는 사람이다. 꿈에서 그 무슨 합리적 선택을 기대할 수 있겠는가. 그의 음악이 철학성 빈곤의 횡설수설이라 해도 꿈은 단지 꿈일 뿐이다. 확고부동한 철학을 음악에 기대한다면 굳이 닐 영을 택할 필요가 없다.

들판의 끝은 언덕이나 벼랑과 이어지기 마련이다. 그를 대신해서 죽은 친구들을 위한 진혼곡이었던 'Tonight's The Night'을 작곡한 젊은 날 그는 미친 듯 들판을 질주하며 욕계(欲界)를 경험한 것처럼 보인다. 욕계란, 우리 대부분의 삶처럼 번뇌 망상이 들끓는 세계다. 언덕으로 올라가 아무것도 남아 있지 않은 허허로운 세계인 무색계(無色界)를 만나지 못하고 벼랑 아래로 추락할 위기에 놓인 그를 구한 건 역시 음악이었다.

음악은 그에게 고통과 동시에 치유의 힘을 제공했던 것이다. 욕계를 질주하면서 바람에 부닥친 눈동자를 두꺼운 결막이 보호했다. 늑대처럼, 말처럼, 여진족처럼, 카우보이처럼, 인디언처럼 눈을 섬벅이며 지금도 그는 설탕산을 노래하고 있다. 설탕산은 통기타를 치며 부른 노래를 테이프 리코더에 녹음한 자작곡이다. 그때 그 단순함의 기쁨을 잊지 못해선지 지금도 닐 영은 설탕산만큼은 통기타를 치며 노래 부른다고 한다.

세상의 모든 아침

1945년 캐나다 토론토에서 출생한 닐 영Neil Percival Young은 7살 때 미국 플로리다로 이주하였다. 아버지는 스포츠에 관한 글

닐 영은 순수를 찾아
아스팔트가 끝나고 흙
길이 시작되는 지점으
로 건너왔다. 순수가 눈
에 잘 띄지 않아 방황
해야 했지만, 문명과 자
본주의보다 햇빛과 인
간애를 그는 줄곧 찾아
다녔다.

을 쓰는 작가였고, 어머니는 평범한 가정주부였다. 이들 부부가 이혼했을 때 닐 영의 나이 12살이었다. 이후 닐 영을 양육한 건 어머니였다.

고등학교 때부터 록을 연주한 그는 우여곡절 끝에 솔로로 데뷔한다. 데뷔 앨범의 뒷면을 보면 들판의 외딴집, 컨테이너로 보이는 집에서 홀로 식사를 준비하는 그를 볼 수 있다. 앨범으로는 볼 수 없지만 거기서 나는 닐 영의 또 다른 모습을 본다. 창가에 기대 서서 하늘을 올려다보는 모습이다. 하늘을 올려다보는 것은 닐 영의 오랜 버릇으로, 햇빛이나 빗줄기를 기원하는 농부의 마음에 닿아 있으리라.

그러나 제때 내려주는 햇볕이나 빗줄기가 드물다는 사실을 닐 영은 알고 있다. 기다리는 수밖에 뾰족한 방법이 없을 때 모든 희망은 천천히 다가온다. 닐 영의 그런 모습을 상상하면 어떤 이유로도 자연계의 느림을, 느림의 미학을 일찌감치 체득하여 달관을 미덕으로 삼는 사람이라 여겨진다. 자연에 기대어 생계를 꾸려가는 사람으로서 지켜야 할 수칙을 일찌감치 터득한 그이기에, 가장 널리 알려진 앨범 Harvest(추수감사절)이라는 표제어가 자연스러워 보인다. 얼핏 풍겨오는 카우보이 이미지도 닐 영이 준수하는 삶의 방식과 무관하지 않을 것이다. 닐 영은 뉴욕이나 L.A 같은 대도시에는 웬만해선 가지 않으려 한단다. 그 이유를 묻자 무뚝뚝하게 답한다.

"무언가 오염되는 느낌이 들어서요."

나이 들수록 어려진다고 한다. 어느덧 나이 78세에 이른 닐 영이다. 그의 근황을 알지 못하지만 내 생각엔 지금도 설탕산을 그리워하며, 들판의 외딴집에 거주할 것만 같다.

'상처입은가슴'이라는 이름의 델라웨어족 인디언이 쓴, '세상의 모든 아침'이란 시를 한 편 소개한다.

특히 이른 아침이면 홀로 깨어
평원에 어리는 안개와 지평의 한 틈을 뚫고
비쳐오는 햇살 줄기와 만나야 한다
어머니인 대지의 숨결을 느껴야 한다
가만히 마음을 열고 한 그루 나무가 되어 보거나
꿈꾸는 돌이 되어 봐야 한다

거울, 겨울

_제니스 조플린

추녀

가수는 노래하지 않는다. 가수의 자격이 주어지는 순간 노래 불러야 할 의무는 정지된다. 요즘 그런 가수가 너무나 많다. 꽤 오래전 일이다. 무붕이란 신조어를 초대장이나 무대 현수막에 올린 중견 가수들이 있었다. 수족관 붕어처럼 입만 벙긋거리지 않겠다고 결의함으로써 노래하지 않는 가수와 변별하려는 의도였다.

어떤 가수가 노래 불러야 할 의무를 저버리는가. 두개골을 비롯하여 인체의 뼈들을 뒤덮은 섬세하고 균형 잡힌 살가죽만으로도 충분히 관객을 끌어모을 수 있다고 믿는 자들이다. 이들의 거짓 입술에 무대 아래서 환호와 비명이 뒤섞인다.

통계로 나와 있지 않지만 가수의 나이가 점점 어려지고 있음이 분명하다. 성형수술을 시작하는 연령도 점점 낮아지고 있다. 심하게 표현하면 자동차 경주하듯 서로 먼저 수술대에 얼굴과 몸을 맡기고 있다.

아름다운 외모에 대한 찬미가 극성을 부리는 사회는, 청춘이 헤게모니를 장악한 사회다. 그런 사회일수록 아름다운 얼굴을 젊음의 최대 공약수로 여겨, 늙음과 죽음을 경멸하며 현세적 삶에 강한 집착을 드러낸다.

그래서 나는 K팝을 좋아하지 않는다. K팝을 부르는 세대의 너무 일찍 가공화된 노래, 춤, 퍼포먼스를 볼 때마다 우리 사회의 모순을 직관하는 느낌이라 기분이 언짢다. 우리나라 K팝이 아무리 세계화로 간다고 해도 인간애와 연민이 없다면 내겐 단지 세계적인 소음으로 들릴 것 같다.

나처럼 K팝을 혐오하는 사람들이 적지 않았다. 하지만 언제부턴가 K팝 가수에 대한 비난을 중단한 기색이다. 아름다움이 지배하는 특별한 권력을 인정했기 때문에? 설령 수술용 칼이 빚어낸 아름다움이라 해도, 그 희소성의 가치에 접근하려는 눈물 어린 소망을 전심으로 이해할 수밖에 없기 때문에?

도처에 수술용 칼이 난무한다. 성장기에 코를 세우는가 하면, 쌍꺼풀 수술쯤은 수술로 여기지도 않는다. 불구자로 전락할 위험을 무릅쓰고 턱을 깎는 톰소여와 소공녀도 적지 않다. 수요가 많으니 공급도 늘어난다. 성형 수술비는 나날이 저렴해져서 휴대폰 가격과 맞먹는다.

아름다움을 갈망하는 수요가 넘치는 건 불가사의하게도 신께서 여전히 소수에게만 특권을 부여한다는 뜻 아닐까. 성형수술로 머리카락 한 올까지 아름다움을 모방하기란 아직도 요원하다. 신의 권력에 비하면 그 어떤 첨단 성형 기술도 속악한 짝퉁이며 키치일 뿐이다.

그러므로 우리 모두는 소수의 등장 앞에 무력해질 수밖에 없다. 짧은 순간 신호등 앞에서, 전철 안에서, 사무실로 가는 복도에서 복병처럼 나타나서 우리를 당황케 하는 소수자들. 아름다운 원형질이 발산하는 저 느닷없는 광채에 한순간 방전이 돼버리는 다수자들. 물론 소수자가 단숨에 권력을 차지한다.

권력은 객관성을 담보한다. 권력은 남이 나보다 뛰어나다는 것을 인정할 때 생긴다. 아름다움의 권력도 우열을 객관화하는 순간 극명해진다. 거울은 우열을 객관화하는 데 쓰이는 요긴한 도구이다. 거울은 상을 반영하거니와, 나를 제대로 바라보고자 하는 욕구를 또렷이 반영한다. 나를 제대로 바라볼 때 남과의 우열은 분명해진다. 거울은 권력을 탄생시키는 도구이다.

1943년 텍사스에서 태어난 제니스 조플린Janis Joplin도 당연히 거울을 바라보며 성장했을 것이다. 거울이 없는 집은 없다. 집은 사람과 거울이 동거하는 곳이다. 거울은 사람과 대등하게 취급받기도 해서 집에 들어서면 방마다 거울이 있다.

어느 심리학자가 이르길, 바깥세상을 구경하기 전인 유아기 집 안에서 가장 빈번하게 바라보는 사물 가운데 하나가 거울이라고 한다. 심지어 어떤 어머니는 기어다니는 아기에게 손거울을 쥐여 주기도 한다. 어린 제니스 조플린 곁에도 손거울 한 개쯤은 있었으리라.

제니스 조플린이 자기에게 없는 권력을 발견한 것은 언제였을까. 유치원이나 초등학교에 다닐 때였을까. 예민한 감성을 지닌 어린아이였으므로 그 이전이었을 수도 있다. 다른 아이들처럼 거울을 보며 자라난 제니스 조플린은 자신이 절대로 예쁘지 않다는 사실을 차츰 거울 앞에서 깨닫게 된다. 그냥 예쁘지 않은 정도가 아니라 다른 아이에 비해 터무니없이 못생겼다는 사실을 깨달은 곳도 거울 앞에서였다.

대놓고 못생겼다고 놀림을 받았을 때보다 더 끔찍한 건 아무 말

없이 자신을 바라보는 눈들이었다. 성장할수록 그런 눈들을 겪어야 하는 일로 괴로울 때가 많았다. 그밖에 어떤 일을 겪어야 했을까? 열정적으로 펜팔로 주고받다 처음 만난 남학생의 눈동자 위로 지나가는 싸늘하고 비릿한 유리막을 보았을까?

제니스 조플린은 확실히 못생긴 학생이었다. 그러나 못생겼다는 이유로 부모에게서 버림받은 사생아거나, 동네 개들이 기이한 움직임을 감지하고 짖어대는 불구자는 아니었다. 놀림을 이겨낼 특별한 신념이 생기길 그녀를 낳은 부모는 안타깝고도 간절한 마음으로 기도했을지 모른다. 그리고 그 신념은 텍사스 대학 시절 조플린에게 붙은, '교내에서 제일 못생긴 남학생'이라는 별명을 거뜬히 이겨낼 정도라야만 했다.

과연 그녀에게 그런 신념이 있었을까.

파티를 즐기는 추녀

그녀는 어려서부터 남들보다 노래를 잘 불렀다. 노래를 잘 부른다는 칭찬을 들었을 때 어쩌면 노래를 통해 악조건을 극복할 수 있으리란 신념이 그녀에게 생겨났는지 모른다. 거울 앞에서 남들보다 월등하게 노래를 잘 불러 세상의 모든 남자로부터 주목받겠다고 다짐하는 그녀를 상상해본다.

그렇지만 자기 모습을 너무나 사실적으로 묘사하는 거울이 원망스럽다. 축 처진 눈매, 여드름, 벌렁코, 이마의 주름살……. 거울 앞에 설 때마다 번번이 얼굴이 일그러진다. 아흐, 하는 탄식이 자신도 모르게 입술 밖으로 새어 나온다. 탄식의 순간에도 거울은, 또래들이 남학생들과 콜라를 마시면서 영화를 보고 있는 모습을 숨김없이 비춘다.

라디오에서는 오데타와 레드벨리의 블루스 음조가 들려온다. 그녀의 탄식이 블루스의 애달픈 음조와 자연스레 섞인다. 블루스는 고향과 생이별하고 낯선 대륙을 떠도는 흑인의 노래. 블루스의 이유 있는 애환은 추녀의 이유 있는 비의를 반영한다. 마치 거울처럼. 그녀는 핏줄을 기타 줄로 튕기듯 절절히 노래 부른다. 목소리는 어느 것이 탄식이고 노래인지 구별하기 어려울 정도다. 그녀의 블루스에 깔린 느낌은 흐느낌이다.

흐느낌은 비통을 관통한다. 흐느낌은 제니스 조플린의 노래를 지배하는 슬픔이고, 발버둥 쳐 벗어나려 해도 제자리를 맴돌 뿐인 몹쓸 운명이다. 그녀의 노래 어디를 들어도 흐느끼고 있는데,

어디를 가도 집요하게 길을 막아버리는 거울 때문이었다.

도대체 거울을 피해 어디로 가야 한단 말인가! 그녀는 새로운 희망을 찾아 샌프란시스코로 도망치지만, 거기에도 막다른 골목처럼 거울이 막아섰다. 제니스 조플린은 점점 거칠어졌다. 자신을 흉보거나 깔보는 사람들에게 똑같이 대해줘야 한다는 처세술을 터득했다. 오직 노래 부르는 것만이 거울로부터 탈출할 수 있는 유일한 통로라고 믿었다. 그녀의 그런 신념에 응답한 건 빅브라더 앤 홀딩컴파니Big Brother & The Holding Company라는 장황스러

1969년에 발매된 음반, I Got Dem Ol' Kozmic Blues Again Mama! 제니스 조플린의 신들린 노래는 새로운 여성 록커의 시대를 열었다.

운 이름의 밴드였다. 밴드는 그녀의 폭발하는 흐느낌을 위해 기꺼이 배경음이 되어 준다.

1967년 몬터레이 팝 페스티벌Monterey Pop Festival이 연쇄 폭발의 진원지였다. 그녀를 본 사람들은 경악하지 않을 수 없었다. 이 백인 여가수는 이제껏 들어보지 못한 목소리로 거울을 산산조각 내고 있었던 것이다. 노래라기보다 절규에 가까웠다. 목소리가 23살 여자의 목구멍을 통해 입술 바깥으로 나온다기보다 몸 전체에 뚫린 구멍에서 일시에 쏟아져 나왔다. 심지어는 미친 듯이 머리를 저어 마구 헝클어진 머리카락 끝에서도 나왔다.

"그녀의 고통스러운 외침은 노래가 아니었다. 그녀에게 그것은 귀신 쫓기 의식이었다." 그 시대의 음악평론가가 전한 이 글이야말로 무대 아래서 제니스 조플린을 처음 본 사람들의 충격을 고스란히 전달하고 있다.

충격은 음반으로도 전달된다. 그녀의 데뷔 앨범은 메인스트림이라는 무명의 레코드사가 급조한, 완성도가 높지 않은 앨범이었으나 그녀를 흉보거나 깔본 사람들을 향한 복수의 시동이었다. 열광하는 팬에게 그녀는 마음껏 자신을 과시했다.

그해 유명한 컬럼비아 레코드사로 이적하면서 그녀는 담당자가 '잘하는 남자'여서 계약서에 서명했다고 말한다. 모두가 자신에게 열광한다는 자신감을 섹스와 연관 짓는 발언은 이후에도 입버릇처럼 계속한다. 물론 사람들은 그녀의 말투에 도사린 혼돈의 정체를 안다. 당연히 그녀는, 동경하는 얼굴이어서 자신에게 열광하지 않는단 사실을 알았어야 했다. 조플린의 목소리가 아무리 특별해도 아름다운 얼굴, 가공되지 않은 저 물질의 낯선 놀라움이 일상에 파놓은 파열구를 뒤바꾸지 못할 만큼 아름다움에 대한 동경은 원초적이기 때문이다.

물론 제니스 조플린도 충분히 선망의 대상이었다. 여자의 몸으로 노래하는 가수들, 특히 로커라면 누구나 그녀처럼 되고 싶었을 것이다. 그녀의 목소리를 공공연히 시늉하는 가수들이 늘어났다는 것이 이를 입증한다. 특히 70년 이후에는 여성 로커 모두가 제니스 조플린이었다.

하지만 누구도 진정으로 제니스 조플린으로 거듭나지 못한 건 운명으로 타고난 비극마저 복제할 수는 없었기 때문이리라.

1968년, 'Piece of My Heart, Summertime, Ball and Chain'을 수록한 2집 앨범 'Cheap Thrills'가 뿜어낸 조플린

1971년 1월 11일, 제니스 조플린의 첫 솔로 앨범이자 유작이며 시대의 명반으로 꼽히는 Pearl이 발매되었다. 그녀의 시신은 화장 후 캘리포니아 해변에 뿌려졌다.

의 아우라는 미국 전역을 흔들어 놓기에 부족함이 없었다. 의심할 바 없이 그녀는 전성기를 구가한다. 그녀를 비추는 거울은 이제 텔레비전이라는 크고 화려한 입체 거울로 바뀐다. 그 변화무쌍한 거울에 비친 그녀의 광기 어린 모습이 안방에 속속들이 침투한다. 미국에서 가장 보수적이라는 텍사스 출신의 여자가 거침

없이 내지르는 통속어와 비속어가 텔레비전 앞에 모인 사람들의 귀에 작열한다.

문제는 오래전부터 알코올과 헤로인 중독에 빠진 그녀가 미디어 시대의 공인으로 자리매김하고도 변하지 않았다는 사실에 있었다. 닥치는 대로 남자들과 잠자리에 들었고, 심지어는 동성까지도 침대에 끌어들였다. 기차에 올라탄 사람 전부와 섹스를 나누고 싶다고 큰소리쳤다.

유감스럽게도 그때 미국이란 나라는 북베트남 전사들의 머리 위에 폭탄을 퍼부을 줄만 알았지, 그녀를 제지할 방법을 찾지 못했다. 손가락 빠는 버릇을 부모로부터 제지당한 어린 시절을 빼고는 그녀를 제지할 사람은 미국 땅에 없었다. 사람들은 말한다. 제니스 조플린 앞에 금기는 없고, 세상에 존재하는 모든 금기의 벽을 뛰어넘은 영원한 자유인이었다고.

그녀가 입을 떼는 순간 새로운 노래가 열렸다. 그녀 앞에선 페미니즘이 따로 필요 없을 정도로 남성 중심의 사회를 맹공했다.

그녀는 마음대로 생각하고 움직였다. 당연한 수순은, 그녀를 등장할 때 화려한 전주곡을 맡아 연주했던 빅 브라더와 헤어지는 것이었다. 한동안 밴드 없이 활동하다가 코즈믹 블루스 밴드Kozmic

Blues Band라는 우스꽝스러운 집단과 어울렸다가 일 년도 채우지 못하고 결별했다. 사람들은 그녀에게 매일 파티를 즐기는 사람이 란 뜻으로 펄Pearl이란 별명을 붙여준다.

깨진 거울

남자 로커의 전유물인 샤우트 창법을 구사했던 여자. 모래 종이 를 마구 긁어 화염을 피워 올리는 절창. 그렇지만 제니스 조플린 은 종종 '내가 정말 오티스 레딩처럼 노래할 수 있을까?' 의심하 곤 했다. 어떤 면에서 그녀의 목소리는 음주와 환각이 빚어낸 목 소리였다. '위스키 목소리'라고 그녀를 회상하는 지인도 있다. 무 명 시절 그녀가 경쟁자라고 여긴 가수는 놀랍게도 소프라노에 가 까운 음역인 주디 콜린스였다. 그리고 주디 콜린스에게 필적하거 나 어긋난 방법으로 그녀 특유의 쉿소리가 탄생했다는 사실은 황 당하기조차 하다.

그녀는 위스키뿐 아니라 헤로인을 상용했다. 1968년 한 인터 뷰에서 그녀는 '나는 노래할 때 아주 강한 약을 먹은 기분이다.' 라고 털어놓는다. 이건 헤로인 상용자임을 스스로 고백한 증거이며, 그것 없이는 유지할 수 없는 목소리라는 방증 아닌가. 헤로인에 비하면 폭음과 환락은 부록에 속했다. 1970년 빅 부라더와 재결합하고 잠시 마약을 끊기도 했지만, 그때에는 다시 위스키에 절었다. 인생을 망칠 거라는 주변의 충고에는 아랑곳하지 않고 매일 술을 마셨고, 공연이 임박해서야 잠에서 깨어났다. 술에 취하는 것이야말로 못난 내게 가장 알맞은 행위라면서 자괴감을 드러내기도 했다.

다시 거울에 둘러싸였다. 때때로 그녀는 관중과 헤어져 혼자서 호텔로 걸어갈 때의 고독감을 토로했다. 거울 뒤에는 늘 고독이라는 괴물이 수은막으로 존재했다.

그런 그녀에게 뜻하지 않은 행운이 찾아온다. 세스 모간. 뉴욕 출신의 버클리 대학생과는 하룻밤 잠자리로 끝낼 수 없는 사이로 발전했던 것이다. 그를 처음 보았을 때 오래전부터 갈망해온 남자라는 사실에 몸이 떨릴 지경이었다. 뜻밖에도 평온한 교제 기간이 그녀와 그 사이에 이어진다. 그 결실은 결혼을 제안하는 세스 모간의 분홍빛 눈이었다. 남편을 위해 요리하고 갓 태어난 아이의 기저귀를 갈아줘야 하는 일이 제니스 조플린에게도 임박했다. 그런 그녀의 마지막 앨범 펄Pearl에 배어 있는 Cry Baby의 비통을, 비통과 불과 몇 트랙 사이인 Me & Bobby Mcgee의 낭만을 어떻게 받아들여야 할까? 결혼을 며칠 앞두고 웨딩드레스를 입은 그녀에게서 금세 튕겨 나올 것 같은 느낌인 찬란한 슬픔의 정체는 무엇일까?

그녀는 세스 모간과 결혼하는 대신 거울 속으로 들어가 버렸다. 1970년 10월 4일, 할리우드의 한 호텔에서 제니스 조플린은 스물일곱 해의 이승길을 마감한다. 사인은 자살과 다름없는 헤로인 과용이었다. 그녀의 짧은 이승길 동행자인 거울은 마지막 의무를 다했다는 듯이 스스로, 소리 없이, 부스러져 내렸다.

거울은 아름다움을 갈망하며 현세적인 삶에 강한 집념을 드러내고자 열망하는 족속에겐 없어선 안 될 소장품이다. 반면 추악을 가까스로 견디고 살아야 하는 저 비통한 족속이 선망의 눈길로 바라보는 아름다운 소수자는, 성모 에로티시즘에 빠져 허우적댄 중세 유럽의 가련한 수도사들이 그랬던 것처럼 정신 분열을 유도하는 극약일 뿐인지도 모른다. 기차에 올라탄 사람도 모자란다면서 미친 듯이 사랑을 갈구한 제니스 조플린. 그러나 그녀는 단 한 번도 자신을 사랑하지 않았다. 그녀에게 있어 거울은 혹독한 추위가 엄습한 겨울이었다.

에로틱한 꼭두각시

_김정미

김정미에게 보내는 편지

'누나'라고 가만히 불러봅니다. 물론 속삭임에 가까운 소리라 멀리 가지는 못하겠지요. 누나를 부르지만 정작 누나가 어디 계시는지 알 수 없어 공연히 창문을 바라봅니다.

사춘기 소년으로 거슬러 올라가 가수 김정미에게 편지를 써본다.

예전에는 가수에게, 혹은 가수가 출현하는 방송 프로그램 앞으로 편지를 쓰는 일이 예사였고, 음악방송 DJ가 편지를 읽어 팬심을 공공연히 드러내기도 했다. 그 시절 나도 김정미에게 편지를 쓰긴 했는데 정작 부치지는 못했다. 희미한 기억이지만 편지라기보다는 일기에 더 가까운 글을 썼던 것 같다. 아마도 혼잣말과

서간체 사이를 방황하는 독백체였을 것이다. 서너 페이지를 촘촘히 채운 기나긴 글을 쓰고 나서는, 갑작스레 편지를 구겨 쓰레기통에 넣기도 했다.

연예인에게 쓰는 편지를 이해해 줘야 한다. 누구나 이성이 사무치게 그리워 편지라도 써야 했던 시절이 있지 않았을까. 물론 편지가 아닌 어떤 행위라도 불사한 순간도 있었다. 비틀스가 케네디 공항에 내렸을 때 울부짖으며 좇아갔던 소녀와 텔레비전 연속극에 나오는 탤런트에 관심을 쏟는 당신 사이에는 정도의 차이만 있을지 모른다.

너는 달리 노래 불러야 한다

1971년 김정미는 끼가 넘치는 졸업반 여고생이었다. 노래 잘 부르기로 학교에서 소문난 그녀는 친구들과 어울려 신중현을 찾아간다. 록에 심취한 신중현은 당시 실험정신이 강한 작곡가로 명성이 높았다. 신중현의 명동 사무실은 꿈 많은 가수 지망생으로 붐볐다. 신중현은 종일 사무실에 죽치고 앉아 차례를 기다리는 가수 지망생들의 하나로 김정미를 회고하지만, 자기 위상을 높이려는 우쭐한 후일담일 뿐, 164의 키에 앳되고 용모 단정한 여고생을 눈여겨보지 않았을 리 없다.

김정미에게 누굴 좋아하느냐고 물었다고 한다. 물론 가수를 지망생에게 영향을 미친 기성 가수를 의미한다. 잠시 후 제퍼슨 에어플레인The Jefferson Airplane이라는 말이 여고생의 입에서 흘러나오는 순간 신중현은 만족한 웃음을 지었다. 사이키델릭psychedelic 록을 미국에, 아니 전 세계에 유행시킨 장본인이 제퍼슨 에어플레인이다. 제퍼슨 에어플레인을 미치도록 좋아해서 당장 흉내 내고 싶었던 신중현은 그러나 전기기타를 살 돈이 없었다. 급한 마음에 시계태엽을 끌러 통기타에 매달고 'Somebody to Love'를 연주하던 시절의 이야기다. 펄시스터즈도 제퍼슨 에어플레인을 좋아했고, 김추자 또한 마찬가지였다. 물론 그녀들은 제퍼슨 에어플레인의 여성 보컬 그레이스 슬릭Grace Slick을 흠모했음이 틀림없다.

그러나 예전처럼 그녀들을 통제할 힘이 신중현에게 없었다. 그녀들은 어디든 가고 싶은 데로 갈 수 있을 만큼 크게 성장해버린 까닭이다. 신중현은 자신의 록에 풍선을 띄워 줄 새로운 가수를 물색할 수밖에 없었다. 그때 김정미란 여고생이 사무실 한구석에서 오디션을 기다리고 있었던 것이다.

펄의 다양한 재능과 김추자의 뛰어난 성량에 한참 미치지 못한 다고 주변에서 우려했지만, 신중현은 다른 각도에서 김정미를 보 았다. "너는 달리 노래 불러야 한다." 물론 펄시스터즈와 김추자 를 의식한 말이었고, 아직은 자기 목소리가 없는 아마추어에게 자 기 계획을 주입하려는 의도였다.

어떤 의도였을까. 신중현은 훗날 말한다. "한국적인 사이키델릭 을 구사하려고 내가 선택한 가수는 김정미였어요." 여가수를 통해 사이키델릭의 여러 요소 가운데 부드러움을 최대한 살려보고 싶 었다며 그는 덧붙였다. "남자들로만 이루어진 밴드가 들려주지 못 하는 신비스러움까지 김정미가 표현해주리라 믿었지요."

신중현이 말하는 한국적인 사이키델릭이란 무엇일까. 록의 다양 성을 보건대 당시 박정희 정권이 민주주의 탄압의 구호로 내세운 한국적 민주주의만 아니라면 어떤 신조어라도 어색하지 않다. 그 몇 년 후 짧지만 중독성이 있는 멜로디 후크로 누가 들어도 굿거 리장단처럼 들리는 '미인'의 등장과도 무관하지 않다.

신중현은 김정미를 데리고 다니면서, 김정미 이전의 여가수가 부른 자신의 노래를 가르친다. 물론 야간업소 무대에 올라 대중 앞에 서는 체험도 병행한다. 신통하고 어여쁘게도 이 부잣집 딸은 아무런 불평 없이 신중현의 요구를 척척 받아들인다. 정성을 다하는 모습이었다고 회고하면서 신중현은 자신만만하게 덧붙인다. "내가 조정하는 꼭두각시가 되는 것을 거부하지 않았어요."

자신이 만든 곡이면서 김정미의 노래인 독특한 사이키델릭 창법을 완성하는 데는 시간이 필요했다. 김정미의 데뷔 앨범 '신중현 사운드 VOL. 2'에서 드러났듯이, 사이키델릭한 창법이 처음부터 터져 나온 게 아니었다. 사이키한 분위기를 자아내긴 했지만, 굳이 변별하자면 사이키델릭보다 블루스Blues에 가까웠다. 1960년대 말부터 1970년대 초까지 신중현이 길러낸 가수의 창법과 크게 다르지 않았던 것이다. 나쁘게 비유하자면 김추자라는 그림자에서 자유롭지 않았다.

그때 신중현은 사이키델릭을 자기 음악으로 소화하려고 이것저것 실험한 시기였다. 그 과정이 김정미의 목소리에도 투영됐으리라 본다.

그해 예기치 않은 사건이 발생했다. 신중현의 애제자이자 당대의 인기가수 김추자가 공연을 앞두고 깨진 소주병에 얼굴을 난자당한 것이었다. 얼굴을 붕대로 칭칭 감은 여가수 대신 신중현은 급히 김정미를 무대에 올렸다. 명백한 김추자 대역이었다. 관객들 시선이 앳되고 여린 풋내기에게 쏠렸고, 곧이어 김추자에게서 느낄 수 없는 기묘한 목소리에 환호했다. 김추자 최악의 무대에서 김정미 최고의 무대가 탄생하는 순간은 이렇듯 극한 대칭점을 이룬다.

관객의 환호에서 희망을 본 신중현은 주저하지 않고 앨범 작업을 착수한다. 김정미 노래가 LP의 앞면을 장식하고, 뒷면은 주현, 민아, 바니걸스에게 할애한다. 김정미가 덜 완성된 채로 내놓은 데뷔 앨범이다. 앨범 한 장을 채울 만큼 김정미에게 곡을 주지도 않은 상황이었다.

김추자 대역과 급조된 반쪽짜리 데뷔 앨범은, 출세와 직결된 행운이 빠르게 김정미에게 다가갔지만, 충분히 준비되지 않은 가수라는 기록을 남긴다. 사실이지 너무도 갑작스러운 행운이었고, 그에 못지않게 너무나 일찍 마감한 가수로서의 생명도 이 데뷔 앨범의 출생 배경과 무관하지 않다. 게다가 '신중현 사운드 VOL. 2'란 앨범 이름에서 보듯이, 아직은 가장 신중현적인 음악을 본격적으로 드러내기 위한 준비단계일 뿐이었다. 여러 조각으로 의미가 분산된 음반, 그러나 이전의 여가수에게 서 들을 수 없던 독특한 음성이 본격적으로 분출하려고 껍질을 깨고 있었다.

에로틱한 꼭두각시

김정미가 처음 무대에 오른 시민회관에서 관객들은 왜 환호했을까. 대중음악평론가 심미호 씨는 김정미를 봤을 때의 이상야릇한 감정을 회고한다. "김추자가 나오면 가슴이 콩닥콩닥 뛰면서 리듬에 맞추어 발장단도 쳤지만, 김정미가 나오면 숨이 멎은 채 물끄러미 쳐다보기만 했어요. 그건 마치 부모 몰래 선데이서울이나 주간경향 같은, 도색잡지로 낙인찍힌 대중잡지를 보면서 익사이팅해지는 기분이었지요."

그러면서 그는, 김정미에 대한 기억은 흐릿하지만, 김정미의 이미지가 존재했다는 사실이 선명히 기억나는 게 이상하다고 했다. 심미호 씨가 이상하다고 말끝을 흐린 에로티즘의 다른 표현 아닐까. 그녀를 평온한 마음으로 바라볼 수 없기는 나 또한 마찬가지였으니 말이다.

김정미를 떠올릴 때마다 실크 커튼이 머릿속에 나부낀다. 텔레비전이나 잡지의 화보로 보았을 뿐인데도, 둥근 뺨과 둥근 어깨를 스치고 지나는 그녀의 검고 기름진 머리카락, 짙은 눈썹, 비음이 새어 나오는 콧구멍, 가녀린 목 아래에서 반짝이는 두 대의 빗장뼈에 어린 나는 조바심쳤다. 지금 생각하면 첫사랑을 찾아내지 못한 내 성장기의 창가에 실크 거튼을 날리는 바람으로 김정미가 다녀갔던 것 같다.

김정미의 첫 독집 앨범은 1972년에 나온다. 제목은 '김정미 최신 가요집'이었다. 킹 유니버설이란 음반사에서 나온 이 앨범은 신중현이 구상한 한국적 사이키델릭이 '바람'이나 'Now'로 만개하기 전에 어떤 실험을 거쳤는지를 보여 준다. 이 비슷한 실험은 1973년에 출시한 두 번째 앨범(킹/유니버설, KLS-68)으로도 계속된다. 두 장의 음반은 제목이 비슷할뿐더러, 중복된 곡들이 많아 마치 일란성 쌍생아 같은 모습이다.

중복을 피하지 못한 까닭이 뭘까. 두 음반의 지식재산권 권리자인 신중현만이 그 이유를 소상히 알겠지만, 김정미의 입을 통해 재현하려던 한국적 사이키델릭이 그때까지도 미완성이기 때문이었으리라 추측된다. 노랫말도 '바람'과 'Now'의 수록곡들이 추구하는, 지극히 초현실적이고 비의적(秘儀的) 경지에 접근하지 못한다.

다만 'The Men · 신중현과 그 남자들'이 김정미 노래의 배후에서 심상찮은 연주 기법을 보인다. 신중현은 더 멘을 가장 애착하는 밴드였다고 회고한다. 그것은 김정미에 대한 각별한 애착과도

일치한다. 김정미와 더 멘의 남자들은 데뷔 연도도 1971년으로 같다. 신중현을 중심으로 이 두 축은 사이키델릭이라는 외래의 숙주(宿主)가 어떻게 한국인의 정서로 발효됐는지 보여주는, 한국 록의 중요한 궤적이다.

마침내 '바람'과 '나우'가 탄생했다. 1973년이었다. 록 밴드의 전형적인 악기인 기타와 드럼 외에도 키보드와 오보에가 가세하여 싸이키델릭의 미학적 원리가 빵 대신 밥을 먹고 사는 사람의 의식에 어떻게 스며드는지 여실히 드러낸다.

여러모로 치열한 실험정신이 낳은 음악적 성과임이 분명한데, 여기서 다시금 신중현의 말을 환기할 필요가 있다. '여가수를 통해 사이키델릭의 여러 성격 가운데 부드러움을 최대한 살려보고 싶었다.' 이 부분에 관해서다. 이 알 듯 말 듯한 발언은 무엇을 의미할까. 신중현은 '남자들로만 이루어진 밴드에 김정미를 넣어 신비스러움까지 그녀가 표현할 수 있으리라 믿었다.'라고 말했다.

얼핏 페미니즘이란 용어를 들어보지도 못한 시기에 살았던 한국 여성의 특징인 남성에 대한 조건 없는 순종이 떠오르는데, 김정미를 꼭두각시에 비유한 신중현의 발언은 요즘 시각으로 보면 여러모로 오해의 여지가 있다. 그렇지만 신중현의 진의야 어쨌든 김정미의 노래와 율동을 대면했을 때 자연스레 빠져드는 감정은 아무래도 에로티즘이다.

1971년 시민회관에 모인 관객이 김정미를 처음 보았을 때 느낌 역시 에로티즘을 발산하는 '어떤 홀림' 아니었을까. 그녀는 외모부터 김추자와 확연히 다른 모습이다. 현란한 춤사위로 무장한 김추자는, 그 외모처럼 파격적이고 도발적인 목소리를 지닌 여가수였다. 김정미는 그러나 그 당시 대중의 사랑을 받는 데 성공한 여가수의 정숙함에 비할 바는 아니지만, 김추자보다는 한결 식물적인 자세를 견지했다. 그녀의 춤사위는, 온전히 내 기억에 의존해서지만, 지금 유튜브에 유포된 대한극장 동영상에서보다 훨씬 소극적이었다. 굳이 비유하자면, 지느러미를 흔들어 물살을 가벼이 통과해내는 민물고기 같달까.

노랫소리는 또 어떠한가. 김정미의 창법은 때때로 고양되는 리듬과 달리 감정의 고조를 애써 단속하는 느낌이다. 역설적으로 표현하자면 감정을 단속하는 방법으로 감정을 드러낸다고 할까. 이런 창법은 더 멘의 사이키한 연주와 융합하여 기묘한 화학작용을 일으킨다. 대관절 그런 노랫소리가 나오는 경로는 어디일까. 붉은 입술만은 아닌 것 같다. 혹시 목구멍과 콧구멍 사이에 연결된 그녀만의 비밀스러운 음관, 작은 대롱이 떨리면서 나오는 것은 아닐까. 노래의 절정기에 이르면 들숨과 날숨의 순서를 잊은 듯 부정확한 발음이 새어 나오기도 한다.

들리는 얘기로는, 김정미만의 목소리를 완성시키려 신중현은 주로 의자에 앉아서만 노래하도록 명령했다고 한다. 김정미는 이렇듯 신중현에 의해 만들어진 여가수다. 그리고 신중현과 김정미 사이에 존재하는 네 명의 조율사가 더멘이다.

그들 여섯 명이 일심동체로 쌓아 올린 탑 위에 'Now'가 있다. '바람'과 '아름다운 강산'은 이전 앨범보다 한결 김정미다운 목소리를 강조한다. 그녀가 부르는 '아름다운 강산'은 자연 예찬과는 거리가 멀다. 고혹적이거나 선정적인 에로티즘이 물씬 풍겨, 나쁘게 얘기하자면 마치 자연을 희롱하는 것처럼 들린다. 포크와 사이키델릭과의 접점을 모색한 '햇님'은 고요하다 못해 고풍스럽다. 이펙트를 생략한 기타에선 모래바람이 지나간다. 반복되는 멜로디, 여기에 서서히 오보에와 바이올린의 선율이 얹히면서 김정미는 서서히 무아지경으로 부유한다. 그 막바지에서 여성 코러스가 등장하는데, 김정미의 허밍이 절정으로 치닫다가 갑자기 툭 끊어진다. 다시 이어지는 전주와 김정미의 낮게 깔린 목소리는 절정에서 방

금 깨어난 여자의 넋두리를 닮았다. 다음 트랙인 '봄'은 봄바람에
달아오른 여자를 노골적으로 표현한다.

나도 같이 떠가는 내 몸이여
저 산 너머 넘어서 간다네
꽃밭을 헤치며 양 떼가 뛰노네
나도 달려 보네

기타가 리드하는 전주는 에로티즘을 자제하려는 듯 단조로운
배킹을 유지하고, 베이스와 드럼은 일정한 박자를 견지한다. 김정
미의 목소리가 현악기에 묻어나올 때까지만 말이다. 이윽고 들판
에서 자라나는 모든 식물의 물관에 수액이 흐르고, 마지막에 이
르러 김정미는 봄기운을 이기지 못해 자지러진다. 신중현이 추구
한 사이키델릭이 절정에 이른 'Now'는 제목에서 엿보이듯 '지금처
럼 몽롱하기'를 소망하는 소리 아니던가.

신중현은 '바람'과 'Now'의 성공에 힘입어, 아마도 더 좋은 조
건을 제시했을 지구 레코드사로 이적한다. 그런데 이상한 일이었

다. 그때부터 사이키델릭의 동력이 급격히 떨어질 조짐을 보였다.

신중현이 대마초 흡연 혐의로 구속당한 사건은 웬만한 음악애호가라면 다 아는 사실이다. 제3공화국 때부터 당국은 신중현을 문제아로 여겨 주시해왔고, 유신체제 출범 이후에는 검열의 강도가 더 심해져 실험적이고 예술적인 그의 곡들을 대부분 발매 금지했다. 당시에는 음반 수록곡 중 한 곡이라도 금지곡이 섞이면 아예 음반 자체를 회수하여 분쇄기에 넣었다.

문제는 그런 외부적인 이유 말고도 도무지 전작의 뛰어난 수준을 의심할 수밖에 없는 앨범이 지구레코드사 이름으로 나온 데 있었다. 1974년에 나온 '이건 너무하잖아요/갈대(지구레코드, J-120920)'가 그것이다. 신중현만의 사이키델릭에 절대적으로 이바지한 여가수에겐 모욕이라 할 만큼 이 앨범에 다른 가수의 음악이 끼어든다. 가수뿐 아니라 신중현이 아닌 다른 작곡가의 노래도 끼어드는 기이한 양상이 벌어진다. 'NOW'의 탁월함은 오간 데 없다. 신중현이 더 이상 뮤지션으로 활동하기 어려운 파산 상태에 이른 것임이 분명했다.

김정미는 어쩔 수 없이 신중현 곁을 떠나야 했다. 몇몇 작곡가에 이끌려 트로트 풍 음반을 발표한다. 신중현이라는 끈을 잃고 갈팡질팡하는 그녀가 눈앞에 선히 보인다. 그녀의 목소리는 햇빛을 보면 죽는다는 음지식물처럼 생기를 잃었다.

얼마 후 그녀, 신중현의 꼭두각시는 돌연 사라져버린다. 그녀를 이끄는 줄은 이제 신중현이 아니었다. 그녀가 지금껏 숨어 있는 그늘을 사람들은 모른다. 뉴욕의 알려지지 않은 동네에서 외부와 연락을 끊고 살고 있다는 그녀. 지금도 많은 사람이 그녀를 수소문하지만, 여전히 미궁 속이다.

수수께끼처럼 자꾸만 캐묻고 싶은 김정미란 이름. 오늘 밤 나는 그녀에게 썼던 수신지 없는 편지를 드문드문 기억해 백지 위에 써본다.

누나의 모습은 유리창에 어린 어둠과 성애에 가려 보이지 않았어요. 누나를 부르는 제 목소리만 웃풍이 심한 방안에서 하얗게 입김으로 피어올랐지요. 창문은 꽁꽁 얼어붙어 열리지 않았어요. 유리창을 손가락으로 문질러 멀고 아득한 밤하늘을 찾아냅니다. 구름을 막 벗어나 별들 사이로 유유히 떠가는 초승달, 바로 누나를요.

한국판 싸이키데릭의 여제 김정미의 인기는 저녁놀처럼 짧았다. 70년대의 한 귀퉁이
를 붉게 물들이더니 갑자기 미국으로 떠났다. 그리고는 음지식물처럼 지금껏 감감무소
식이다.

끝내 문학에 이르지 못한 방랑자

_짐 모리슨

아버지와 아들 사이의 전쟁

에리히 헬러Erich Heller가 쓴 '카프카 평전'이 있다. 여기에 적힌 소름 돋는 문장을 나는 잊어버릴 수 없다. "너는 본래 천진한 어린아이였다. 그러나 악마 같은 인간이었다는 것이 더 본래적이다."

카프카의 아버지가 카프카에게 정말로 이런 말을 건넸을까? 아니면 카프카가 환청 비슷하게 아버지 얘기를 들은 것일까? 사실이야 어떻든 아버지가 아들에게 내린, 이 저주에 가까운 판결의 죄명은 뭘까. 카프카는 안타깝게도 자기 죄명을 모른다고 했다. 아버지를 비롯한 기성세대는 그에게 죄명을 자세히 알려주지도 않는다. 판결을 언도받은 자가 죄명을 모른다는 게 바로 죄명이라고 카프카를 소환하러 온 사람들은 말한다. 카프카는 나름으로 모든 수단을 다해 무죄를 입증하려고 노력한다. 그렇지만 한 번 뒤집혀버린 벌레 인간은 등에 짊어진 딱딱한 껍질의 무게를 이기지 못해 발버둥 칠 뿐이다.

카프카의 글쓰기는 아버지의 저주에서 벗어나려 무던히 애쓴 시간이었다. '태어나지 말았어야 함'이 유일하고도 거짓 없는 기쁨이지만, 저주를 극복하기 위한 수단의 하나로 글을 쓰는 일 또한 그런 기쁨에 버금간다는 카프카의 고백에 우리는 당혹감과 동시에 감동하지 않을 수 없다. 글쓰기란 거짓말의 일종이다. 그러나 거짓말 없이 유지될 수 없는, 내적 요건과 외적 요건 사이에서 균형을 이루려고 발버둥 치는 작업이 카프카의 글쓰기인 까닭이다.

카프카는 번번이 입성(入城)에 실패한다. 좌절한 그는 신을 저주하기에 이른다. '죄는 언제나 의심할 바 없지만, 신의 존재보다 의심스러운 것은 없다.' 신의 또 다른 모습은 아버지다. 가부장적 권위가 지배했던 사회라서 더욱 그랬다.

불균형은 또 다른 불균형을 낳기 마련이다. 19세기 말 카프카에게 씌운 죄명이 정당하지 않았다면 무고죄를 저지른 사람들 또한 심판받아야 마땅하다. 그리고 그들에게 씌우는 죄명 또한 정당한 형식을 배제해야 균형을 이루는 것이라면, 아버지를 저주한 20세기의 괴짜 짐 모리슨Jim Morrison에게서 그 모습을 본다. 이 그악한 법 집행관은 한술 더 떠 자신에겐 아버지가 없다고 외치는가

하면, 저주의 노래인 'The End'를 불렀다.

아버지,

왜 부르느냐, 아들아

나는 당신을 죽이고 싶어요

어머니, 난 어머니를 사랑하고 있어요

음산한 목소리로 아버지 살해의 의지마저 내비친 이 노래를 듣고 처음엔 누구나 경악한다. 뒤이어 짐 모리슨의 아버지가 누구인지 궁금해진다. 카프카의 아버지는 한밤중에 물을 달라고 칭얼거리는 어린 카프카를 복도로 끌고 나가 혼자 세워두는 벌을 내린다. 그렇지만 해군 제독이라는 엄정한 직책인 짐 모리슨의 아버지 스티브 모리슨에게선 특별한 죄명이 발견되지 않는다. 카프카에게 적용한 형벌을 이입하면 짐 모리슨의 아버지가 자신의 죄명을 모르는 것 또한 죄명 아닌가.

이럴 경우 우리는 아버지와 아들 사이에 '악마'가 개입했다고 말할 수밖에 없다. 더 구체적으로는 악마가 끼어들 수밖에 없는 세상을 의심한다. 그도 그럴 것이, 20세기는 대량살인을 합법으로

승인한 양차 대전의 시기였다. 아울러 짐 모리슨의 나라인 미국
이 베트남전쟁을 치른 시기였다. 이 밖에도 거대 문명의 그늘에서
자라난 독성이 짐 모리슨 같은 인물에게 퍼졌기 때문이라고 원인
을 찾을 수도 있다.

모두가 그럴싸한 개연성을 지녔지만, 짐 모리슨이 The End을
통해 드러낸 고백만큼 그 원인이 뚜렷하지는 않다. 프로이트를 읽
어본 사람이라면 모리슨의 이상 징후가 오이디푸스 콤플렉스라는
데 입을 모은다.

테베의 왕 오이디푸스도 따지고 보면 무죄를 주장할 만한 인물
이었다. 아버지 살해의 배경에는 믿을 수 없는 존재인 신이 개입
했기 때문이다. 오이디푸스는 아버지를 살해하고 말리란 신의 저
주에서 벗어나려고 무던히 발버둥 치다가 좌절한 존재다. 그는 신
이 만들어 놓은 올가미에 걸려들었을 뿐, 자신에게는 어떤 죄과
(罪過)도 없다고 끝끝내 주장한다. 도대체 신은 무슨 권한이 있어
죄 없는 사람에게 저주의 형벌을 내리는 것일까.

게다가 그 형벌은 유통기한도 없다. 오이디푸스의 비극이 전세
기에 걸쳐 나타난다는 증거가 이미 포착됐기 때문이다. 중세에는
그레고리우스 전설로 되살아나, 토마스 만은 이것을 주제로 '선택

방약무인한 태도로 공연장을 휘젓고 다녔지만, 어렸을 때부터 짐 모리슨은 지독한 독서광이었다고 한다. 수많은 책을 읽었고, 마음에 드는 문장을 보면 일일이 노트에 베껴 적었다. 훗날 이 성실한 독서왕은 문학에 전념하기 위해서라며 음악이라는 꼬리를 잘라낸다.

받은 인간'이란 소설을 썼다. 20세기에 들어서는 짐 모리슨의 광기를 통해 드러났으니, 아버지와 아들 사이에 벌어지는 전쟁은 미래라 해서 예외일 수는 없을 것이다.

왕의 귀환

아버지에게 원죄를 판결한 짐 모리슨은 '도마뱀의 왕'을 자칭했다. 어쩌면 오이디푸스 왕의 또 다른 표현일지도 모른다. 이 방약무인한 왕은 아버지뿐만 아니라 세상 모두에게 '아무도 여기서 살아서 나가지 못한다.No one here gets out alive'고 선포한다.

대관절 여기가 어디길래? 짐 모리슨이 태어난 나라인 미국은 2차 대전을 거치면서 세계 최고의 강국으로 부상했다. 미국을 발전시킨 물질문명의 토대가 군수물자거나 점령국으로써의 부대 이익임은 두말할 나위 없다. 전쟁을 통해 천국을 건설한 미국의 기성세대는 칭송받아야 할 사람들로 언제나 권위를 인정받았다.

그러나 그들이 내세우는 세계평화 뒤에 숨은 기만과 허위는 반세기를 넘기지 못해 지식인의 눈에 발각 나고, 마침내 젊은이들마저 미국이 자랑하는 천국이 가짜 천국임을 눈치챈다. 더 이상 전쟁에 내몰리지 않으려고 저항하는 집단이 그들 사이에서 생긴다.

1960년대 미국은 이데올로기의 대립, 베트남전쟁, 흑인 인권 문제, 페미니즘이 뒤섞인 시기였다. 이 혼돈의 시기에 지상으로 납신 도마뱀의 왕은 창문 곁에 붙어 서서 고층빌딩이 빼곡히 들어찬 도시를 동공에 담는다. 거리낌 없이 거리를 활보하거나 가정에 들어와서 큰소리치는 기성세대, 미국의 아버지에게 초점을 맞추는 도마뱀의 눈은 울긋불긋 다변한다.

여기서 잠시, 지그문트 프로이트와 비슷한 관점에서 다른 견해를 피력한 라캉을 떠올려 보자. 라캉의 견해를 도입하면 짐 모리슨의 이상 징후가 성적 영역을 넘어서는 것을 목격할 수 있다. 아버지가 준수하는 법과 질서, 아버지가 사용하는 언어를 답습하면서 성인으로 들어서는 문턱을 넘는다는 것이다. 베레나 카스트 같은 현대 정신분석가는 아예 '아버지 콤플렉스'라는 용어를 사용한다. 개인이 경험하는 아버지 콤플렉스가 가부장제 시스템과도 궤적을 함께한다는 게 그의 분석이다.

한 아이의 정신 발달에 아버지 존재는 핵심 역할을 한다. 아버지는 이때 생물학적인 아버지일 뿐 아니라, 아이의 내면에 자연스레 스며드는 정신적 아버지이다. 좀 더 성장해서는 가부장제가 유포하는 '거대한 아버지 이미지'와도 통한다. 힘과 권력, 법과 질서를 상징하는 아버지와 좋은 관계를 맺고, 아버지를 넘어서서, 아버지와 대등하게 존중받을 수 있는 개인으로 성장하는 것이 이 사회가 안내하는 지침서다.

그러므로 가부장제가 지배하는 현실에서는 누구나 얼마간 아버지 콤플렉스를 지니게 마련이다. 지배하고 통제하는 거대한 아버지 앞에서 한없이 위축되고 소심해진 아들도 있다. 그는 자신의 권력을 인정받을 때까지 아버지의 권위에 복종하는 것을 당연하게 여긴다. 아버지 콤플렉스의 다른 측면에는 거대한 아버지를 내면화시킨 아들도 있다. 그들은 사회에 통용되는 법과 질서를 무시한 채, 자기만의 법칙에 따라 자기만의 세계에 매달린다. 과장된 자기에 집착하는 나르시시스트는 타인과 사회에 잠재적 위험 인물이 된다.

아버지의 권력 앞에 위축된 아들과, 자신이 곧 법인 듯 행동하는 아들은 동일한 심리의 다른 측면일 뿐이다. 즉, 카프카와 모리슨도 동일한 심리의 다른 측면일 뿐이다. 소심한 프란츠 카프카는 서른다섯 살을 먹어서야 아버지에게 편지 형식으로 질의서를 겨우 보낸다. '아버지에게 보내는 편지'가 그것이다. 짐 모리슨의 'The

End'은 공개 질의서에 해당한다. 훗날 카프카의 '아버지에게 보내는 편지'도 소책자 한 권 분량으로 공개됨으로써, 모리슨의 'The End'과 같은 성격을 띤다.

도마뱀은 어둡고 습기 찬 세상에 거주한다. 1943년 12월 8일 플로리다의 멜버른에서 태어난 도마뱀의 왕 짐 모리슨도 그러했으리란 사실은, 그가 지독한 독서광이었다는 전언으로 미루어 짐작할 수 있다. 그가 마음에 드는 문장들을 일일이 노트에 베껴 적으며 수많은 책을 읽은 곳은 방안이었다. 랭보와 앨런 긴즈버그의 시를 읽었고, 비트제너레이션을 대표하는 소설가 잭 케루악을 읽었다. 그리고 철학을 시처럼 읊조린 니체를 읽었다. 긴즈버그와 케루악은 모르겠으되, 랭보와 니체는 평탄치 않은 삶을 살다가 죽음에 귀의한 사람들이다. 문제는 세상을 떠들썩하게 흔든 로커 짐 모리슨이 이 두 사람을 자신의 우상으로 진지하게 인식했다는 점이다.

특히 랭보가 남긴 발자국에 자신의 발을 포갠다. 랭보 또한 아버지와 불화를 숨기지 않았던 예술가다. 스승과도, 마을의 사제와도, 19세기 프랑스 문단과도 결코 좋은 관계가 아니었다. 랭보의 시가 배태(胚胎)한 환경은 이처럼 불온했는데, 짐 모리슨의 전기

'아무도 여기서 살아 나가지 못한다'를 읽으면, 입버릇처럼 주변 사람들에게 랭보처럼 살겠다고 다짐하는 어린 짐 모리슨을 볼 수 있다. 실제로 짐 모리슨이 쓴 노랫말과 시는 밥 딜런과 마찬가지로 랭보의 모호한 시적 언술을 차용한 것들이었다.

짐 모리슨은 좀 더 일찍 시인이 돼야 했었다. 그러나 대학을 마친 그는 UCLA에서 영화를 공부했고, 거기에서 키보드의 달인 레이 만자렉Ray Manzarek을 만났다. 요컨대, 레이 만자렉과의 조우는 그가 음악에 입문한 결정적 계기였다. 레이는 그 당시 볼품없는 밴드를 하나 이끌고 있었는데, 어느 날 고등학교 졸업 무도회를 앞두고 세션맨 하나가 빠지자 모리슨을 대신 그 자리에 세운다. 악기라고는 다뤄본 적 없는 모리슨은 우스꽝스럽게도 플러그를 뺀 채 전기기타를 연주하는 흉내를 냈다.

레이는 모리슨의 재능을 일찌감치 알아보았다. 바닷가에서 모리슨이 낭송한 '문라이트 드라이브Moonlight Drive'를 들은 그는 감탄하였다. 그는 즉시 록 밴드를 결성하자고 모리슨에게 제안하였다. 짐은 마침내 학교를 그만두고 음악에 몰두한다. 그가 맡은 배역은 록 보컬리스트였다. 히피들과 어울려 LSD를 상용하는 어지러운 일상이 그때부터 시작되었다.

1965년이 저물 무렵 짐 모리슨과 레이 만자렉은 기타리스트 로비 크리거Robby Krieger, 드러머 존 댄스모어John Densmore를 섭외하여 마침내 '도어스'를 결성했다.

　'도어스'라는 이름은 'If the doors of perception were cleaned every thing would appear to man as it is, infinite(인식의 문들이 깨끗이 정화된다면 모든 것이 무한히 진실한 모습으로 다가올 것이다)'라고 쓴 윌리엄 블레이크의 문장에서 따온 것이다. 짐 모리슨은 이 문장을 깊이 새겼다가 훗날 써먹는다. '짐 모리슨이 훗날 쓴 'There are things that are known And things are unknown: In Between The Doors(알려진 사실과 알려지지 않은 사실이 있는데, 그 사이에 문들이 있다)'는 의심할 바 없이 블레이크 시의 변주이다.

　두 시는 얼핏 난해해 보인다. 그러나 해독이 어려운 시는 아니다. 알려진 사실이란 눈에 보이는 사물이다. 선입관이나 편견에 의해 주입된 인식이고, 알려지지 않은 사실은 눈에 보이지 않는 사물, 선입관이나 편견이 배제된 무의식의 세계다. 이것들 사이에는 존재하는 문들은 장벽인 동시에 소통의 공간이라는 중층의 의미를 지닌다. 두 세계가 서로 소통하려면 무엇보다 인식을 제거해야 한다. 윌리엄 블레이크나 짐 모리슨은 문을 열고 '알려지지 않은 사실의 세계'로 들어서려 했으며, 그 세계 안에서 새로운 진실을 찾아다녔다.

밴드 결성 이듬해 도어스는 미국의 이름난 클럽 'Whisky-A-Go-Go'에서 연주해 달라는 행운을 맞는다. 관객들은 이제껏 보아온 밴드와 확연히 구분되는 밴드를 목격한다. 특히 로커 짐 모리슨을 주목하지 않을 수 없었다. 목소리는 취한 듯 불분명하다가 어느 순간 화산처럼 폭발하고, 폭발음과 더불어 신들린 춤이 뒤섞인다. 짐 모리슨이 휘젓고 다니는 무대는 제단이었다. 제단 위의 주술사는 역병이 도는 세상을 절규하고, 절규를 통해 신의 도움을 갈구했다. 그러나 노래가 끝나면 구원은커녕 황폐한 절망감만 무대에 남은 느낌이었다. 관객들은 기꺼이 그가 남긴 절망을 주워 먹었다. 공연 때마다 그도 관객도 흥청거렸다. 그는 관객을 확실히 지배했고, 그를 지배한 건 니체를 읽었을 때 등장한 디오니소스였다.

도어스의 'Whisky-A-Go-Go' 시대는 그러나 오래 가지 않았다. 짐 모리슨은 부친 살해의 의지를 'The End'을 통해 계속해서 내비쳤다. 그날도 마약에 취해 무대에 오른 모리슨은 아련하면서도 환각적인 목소리로 'The End'를 불렀다. "이게 마지막이야, 친구여" 짐 모리슨이 입을 뗐을 때 관객들은 숨을 죽였다. 당시 짐 모리슨은 이 노래를 부를 때마다 가사를 조금씩 달리했다. 그리고 그날 마침내 오늘날까지 유명해진 가사를 토해낸다.

아버지,

왜 그러냐, 아들아

나는 당신을 죽이고 싶어요

어머니, 난 어머니와 섹스하고 싶어요

대관절 그와 아버지 사이에 무슨 일이 벌어졌던 것일까? 젊었을 때부터 출세가도를 달려 미국 역사상 최연소 제독에 오른 짐 모리슨의 아버지는 누가 보더라도 훌륭한 군인이었다. 그렇지만 누군가 모리슨에게 아버지를 물으면, 자신은 고아라고 대답하곤 했다. 알려지지 않은 불화로 부자 사이가 심각한 상태였는지도 모른다. 기록이 전하는 건 장난기인지 광기의 전조인지 구별하기 어려운 한 에피소드뿐이다.

뇌수술을 받을 예정이라면서 수업 중에 갑자기 교실을 빠져나갔던 일이 그것이다. 수술상태를 묻는 교장의 전화를 받고 모리슨의 부모는 당연히 까무러치게 놀랐을 것이다. 모리슨의 아버지는 이에 합당한 체벌이나 꾸지람을 내렸을 테지만, 뇌가 아픈, 뇌수술을 통해서만 정상적으로 학교 수업을 받을 수 있으리라 생각한 모리슨이 순순히 받아들였을지 의문이다. 이들 부자 관계는 영원히 회복되지 않았다.

사고 후 짐 모리슨과 도어스는 'Whisky-A-Go-Go'에서 쫓겨났다. 하지만 더 좋은 기회가 그들을 기다리고 있었다. 1967년 도어스의 최초 앨범 '더 도어스The Doors'가 탄생한다. 그냥 탄생한 게 아니라 짐 모리슨이 녹음실에 소화기 분말을 난사하는 난동 끝에 태어난 앨범이었다. 오늘날까지 음악평론가들이 극찬하는 이 앨범에서 짐 모리슨은 'The Crystal Ship'과 'Break on Through', 그리고 11분에 이르는 오이디푸스적 드라마 'The End'까지 거의 모든 곡을 작사했다. 'Light My Fire'는 도어스 최초의 싱글 히트로, 그해 6월 빌보드 정상을 차지한다.

짐 모리슨은 이 앨범을 기점으로 아버지 못지않은 출세가도를 달린다. 어둡고 습기 찬 방에서 찬란한 바깥세상을 경멸하듯 바라보던 이 도마뱀의 왕은 창문을 타고 훌쩍 뛰어내린다. 무슨 일이 벌어질지는 그 자신도 모르는 채.

디오니소스의 광기

도어스의 전국 순회 투어로 전 미국이 달아올랐다. 모리슨의 어둡고 위험스러운 이미지와 나머지 도어스 멤버들의 기괴한 사이키델릭 음악은 록 역사에서 가장 뜨거운 시기로 기록하고 있다. 짐은 리코딩 때보다 무대 위에서 더 격렬했다. 그의 광기 어린 눈빛, 기이한 몸짓, 난해한 노랫말, 온음과 반음의 경계를 무너뜨리는 예측하기 어려운 보컬은 주술사로서의 그를 입증한다. 그의 공연은 고대의 오컬트 집회와도 같았다.

짐 모리슨의 공연을 떠올릴 때 내게 겹치는 이미지는 역시 오이디푸스 왕이다. 자신이 아버지를 살해한 사실을 알고 눈알을 빼버린 오이디푸스는 그 길로 방랑길에 오른다. 딸 안티고네의 손에 이끌려 타처를 전전하는 동안 차츰 그는 자신이 겪어야만 하는 역경에 의문을 품는다. 대관절 신은 무엇인가? 아무런 잘못이 없는데도 신의 시험을 받아야만 하는가? 신이 지배하는 이 세상이란 무고한 사람도 고통받을 수 있다는 사실을 보여주려고 존재하는 것인가? 오이디푸스왕의 이 절규가 도마뱀의 왕을 자처한 짐 모리슨에게 고스란히 전가되지 않았을까, 라는 생각을 종종 나는 씹어보는 것이다.

오이디푸스왕은 명예가 회복되기를 간절히 기다린다. 그러나 뽑힌 눈으로 햇빛을 본다는 건 불가능하다. 짐 모리슨이 부른 'Waiting For The Sun'은 여전히 종말론적 암울함이 그 배경이다. 설령 희망을 노래한다 해도, 희망을 가장한 절망 표현과 다름없다. 햇빛을 갈구하는 장님의 이미지는 아무리 좋게 보아도 황량한 어둠일 수밖에 없다. 이것이 짐 모리슨이 발작하듯 저지르는 광기의 정체다.

한번 단단하게 응고된 어둠은 무슨 수를 써도 밝아지지 않는다. 아무리 재미있는 가사를 부치고, 경쾌한 피아노 연주로 아련한 추억과 낭만을 불러오고, 심지어 도마뱀의 머리에 카우보이모자를 씌우는 우스꽝스러움을 연출해도 눈알이 뽑힌 눈구멍에서 나오는 짐 모리슨의 목소리는 어둠으로 딱딱하게 뭉쳐질 뿐이다. 게다가 눈구멍은 해바라기씨가 뽑힌 구멍처럼 많았다. 그 많은 구멍에서 비도덕적이고 그로테스크한 노랫말이 여러 갈래로 나오고, 감정을 억제할수록 불꽃처럼 파랗게 타오르는 목소리가 분출하고,

모든 걸 자포자기했을 때 엄습하는 쓸쓸함이 배어 나오고, 레이 만자렉의 화려한 키보드, 로비 트리거의 느리게 미끄러지는 기타, 존 댄스모아의 딱딱 끊어치는 드럼과 도저히 화합할 수 없는 목소리가 간간이 터져 나온다.

'Riders On The Storm'의 종결부는 불협화음이 극치에 달한다. 감정을 고조시켜야 할 부분에서 느닷없이 무성 영화관 분위기를 풍기는 짐 모리슨의 굵고 나직한 읊조림은 섬뜩한 종말감을 풍겨온다. 그래선지 이 노래는 왠지 파도가 가까이에서 세차게 몰려오는 느낌이라기보다 아주 먼 수평선 쪽에서 검은 구름이 느리게 이동하는 소리처럼 들린다. 이 노래에 섞인 짐 모리슨의 목소리를 들으면 바닷가에서 풍장을 지내는 상두꾼의 모습이 떠오른다. 역시 가사를 잘 들을 수 없는 짐 모리슨의 불분명한 읊조림과 이에 호응하는 단조로운 드럼 소리, 소음에 가까운 음향은 프란시스 코폴라 감독의 '지옥의 묵시록'의 마지막 장면과 덧대어 있다. 파멸을 예고하는 불길한 평온을 도사린 채……

록의 무대에서 짐 모리슨의 광기에 비견할 만한 로커가 또 있을까. 얼핏 앨리스 쿠퍼가 생각난다. 광기로 치면 앨리스 쿠퍼 역시 짐 모리슨에게 필적하지만, 그에게선 어쩐지 작위적인 냄새가 풍긴다. 짐 모리슨은 굳이 얼굴에 짙은 화장을 하거나 무대에 뱀을 풀어 놓아 지옥을 연출할 필요가 없었다. 지옥을 제도하는 법이 그를 삶을 조종하고 있었기 때문이다. 그는 그런 자신을 그대로 보여주었다. 자신의 감정과 사고방식과 적의를 음악과 행동으로 숨김없이 노출했다. 늘 술과 마약에 절어 있었고, 공연에 늦게 합류하여 동료들 속을 태웠다. 불상사를 예방하려고 무대 아래서 부동자세를 취하고 선 경찰에게 일부러 시비를 거는가 하면, 객석에다 대고 마구 욕설을 퍼부었다.

그런데도 도어스의, 아니 짐 모리슨의 인기는 하늘 높은 줄 모르고 치솟아 미국 TV의 음악프로로는 가장 유명한 '에드 설리번 쇼'에 초청된다. 정작 방송을 시작하려니 최고의 인기곡 'Light My Fire'가 문제였다. TV 관계자들은 가사 가운데 'Get much higher(마약 등으로 기분이 좋아진다)'라는 부분을 빼버리라고 요구했다. 짐은 그러겠다고는 약속하고는 생방송 중인 스튜디오에서 그 부분을 천연스레 그대로 불렀다.

에드 설리번이 당황한 건 물론이다. 에드 설리번뿐 아니라 경찰들도 그의 공연 때면 어떻게 대처해야 할지 우왕좌왕했다. 공연은 늘 격렬해서 폭동을 우려한 경찰들이 배치됐다. 긴장한 나머지 경찰이 실수로 그에게 최루가스를 발사한 적도 있었다.

1969년 3월 1일에는 급기야 심각한 사건이 터졌다. 마이애미에서 열린 한 콘서트에서 모리슨은 느닷없이 바지 혁대를 풀어 내렸다. 때마침 'Touch Me' 연주하고 있던 동료들은 그 모습을 보고 허겁지겁 그에게 달려가 말렸다.

경찰은 이 사건을 그냥 보아 넘기지 않았다. 주(州) 검사 사무실

1971년 짐 모리슨의 돌연한 사망 이후 나머지 맴버들은 갖가지 방법으로 도어스의 부활을 꾀했다. 짐 모리슨을 대체하려고 사방팔방 새로운 보컬을 찾아다녔던 것이다. 그러나 짐 모리슨이 대체 불가한 콜라보임을 확인하고 끝내 밴드를 해체했다.

에서 정식으로 그를 고소했다. 기소장에 따르면 '음탕하고도 도발적으로 자기 성기를 드러내 손을 대고 흔들었으며, 자위행위와 구강성교를 흉내 내었다.'고 한다. 모든 신문이 일면에 짐 모리슨과 도어스의 이름을 올렸다. 도어스는 거의 모든 곳에서 공연을 금지당했다. 몇몇 라디오방송국은 도어스의 노래를 금지곡으로 묶어 틀어주지 않았다. 심지어 3만여 명의 군중이 도어스 반대 집회에 모였다. 닉슨 대통령도 도어스의 비행을 개탄했다.

도어스는 몇 개월 후에야 새로운 공연에 들어갈 수 있었다. 짐이 조금이라도 외설스러운 몸짓을 보이면 벌금을 문다는 조건에서였다. 싫든 좋든 짐 모리슨을 모르는 사람이라곤 미국 전역에 없었다. 1970년 9월 마이애미 사건의 선고 공판이 열릴 때까지 그의 이름이 들끓었다. 그 무렵 도어스는 'Morrison Hotel'과 'Absolutely Live'를 발간했다. 비평가들은 'Morrison Hotel'을 도어스 최고의 앨범이자 최근 10년간 발매된 앨범 중 최고라고 상찬했다.

마이애미 사건은 긴 재판 기간을 거쳤다. 검찰은 모리슨의 유죄를 입증할 만한 결정적인 증거를 내놓지는 못했다는 이유였다. 실제로 자위행위와 구강성교를 흉내 냈는지 논란이 분분했다. 배심

원단은 음란죄에 대해 무죄를 내렸지만, 치부 노출을 인정했다. 짐 모리슨은 6개월의 중노동형을 선고받았다. 그는 훗날, 이 사건을 언급했다. "나는 그때 재판받는 것이 특정 사건이 아니라 라이프스타일이라고 생각했다."

재판 이후 짐은 점점 마약에 깊이 빠져들었고, 동료들과 틈이 벌어졌다. 마침내 도어스는 12월 12일 뉴올리언스 공연을 끝으로 라이브 공연을 끝냈다. 그날 공연에서 짐 모리슨은 '완전히 맛이 가버렸다'는 것이 레이 만자락의 전언이다.

1971년 도어스는 새로운 앨범 'L.A. Woman'을 발표했다. 이 앨범에는 히트곡 'Riders on the Storm' 담겨 있다. 하지만 짐 모리슨은 이제 로큰롤 스타 역할에 신물이 난다고 했다. 그해 3월 아내 파멜라와 함께 파리로 떠난다. 문학에 전념하기 위해서란 명목으로, 그의 음악 여정은 여기서 끝난다.

꼬리를 자른 도마뱀의 왕

1971년 7월 3일 짐은 아내 파멜라와 함께 파리의 아파트에서 지냈다. 자정 조금 지난 시각에 짐은 피를 조금 토했지만, 전에도 그런 적이 있었기에 아내는 대수롭지 않게 생각했다. 목욕실로 가는 짐의 뒷모습을 보면서 파멜라는 혼자 잠들었다.

새벽 다섯 시쯤 일어난 파멜라는 짐이 침대에 없는 것을 보고 목욕실로 갔다. 짐은 물 위로 얼굴을 내민 채 욕조에 앉아 있었다. 그의 얼굴은 목욕하다 잠든 것처럼 희고 깨끗했다. 파멜라는 그가 장난을 치고 있으려니 생각했지만, 곧 상황이 심상찮다는 걸 깨달았다. 의사와 경찰이 도착했지만 그를 살려내기엔 이미 너무 늦었다. 이것이 그의 죽음에 대해 공식적으로 알려진 이야기다. 당시 그의 나이 불과 27살이었다.

경찰은 사인을 심장마비라고 발표했지만, 사람들은 마약과 관련한 죽음이라고 믿었다. 그의 사망 소식은 거의 한 주 동안 대외비였고, 그 때문에 사망을 가장한 죽음이라는 소문이 나돌았다. 자살을 제기하는 사람도 있었고, 어떤 이들은 짐 모리슨이 히피와 신좌파들의 영웅이라 정치적 음모에 희생당했다고 주장했다. 이러저러한 주장들은 모두 추측일 뿐, 지금까지 아무도 그의 죽음에 대한 정확한 진실을 모른다. 어쩌면 공식적인 발표나 사적인 추론들 모두 틀린 것인지도 모른다. 도마뱀의 왕이 살기에 이 세상은 적당하지 않았다. 음악과 문학도 그의 갑작스러운 죽음을 예상하지 못해 너무 늦게 다가온 의사와 경찰일 뿐이었다. 그는 문학에 전념하기 위해 파리로 왔다고 했다. 욕조에서 몸을 담근 채 그는 먼저 세상을 떠난 카프카를 생각했는지도 모른다. 카프카는 자신의 불운한 삶을 검증받으려고 '학술원에 드리는 보고서'라는 글에서 고백했다. "나는 자유를 원했던 게 아닙니다. 다만 하나의 출구만을 원했습니다."

도마뱀의 왕은 문학에 전념하기 위해서라며 음악이라는 꼬리를 잘라냈다. 그러나 문학이 출구가 아니란 사실을 일찍이 카프카가 고백하지 않았는가. 카프카나 짐 모리슨이나 이 사실에 절망해서 너무 빨리 세상을 살아버렸는지 모른다.

짐 모리슨은 파리 교외 보들레르 묘지 옆에 묻혔다.

가수는 입을 다무네

_쳇 베이커

내일이 희망적이지 않으리란 확신에 사로잡힌 사람의 목소리는 희미한 등불과 같다. 때로 안간힘을 다해 어둠을 밝혀 보지만 그 언저리만 하염없이 슬프다. 병든 몸을 질질 끌다시피 어둔 밤 명멸하는 간판들 아래를 지나는 비통한 자여, 쳇 베이커Chet Baker 란 옛날 가수의 목소리를 들어보라. 더 이상 추락할 바닥이 없어 땅 위에서 파들거리는 그의 날갯짓에서 어쩌면 위안을 느낄지도 모른다.

밤거리, 간판들이 흘리는 불빛은 유혹의 빛깔로 알록달록하다. 추억이 밝고 현재가 어두운 사람일수록 간판 불빛을 똑바로 바라보지 못한다. 자꾸만 잊혀가는 가수인 쳇 베이커, 가랑비와 인파 속에 뒤섞인 그 역시 간판 따위에는 전혀 신경 쓰지 않는다. 비에 젖어 거리를 걷는 다른 불행한 사람들과 잘 구별되지도 않는다.

추억은 얼마나 달콤했던가. 비가 내리는 밤이면 간판 불빛이 빗물에 섞여 땅에 흐르는데, 뱀의 수천 갈래 혀처럼 날름거리는 빗물에 구둣발을 디디는 일이 그에겐 일상이었다. 거리마다 창녀들이 넘치고 공연장으로 가는 길은 늘 행복했다.

걸어가면서도 나는 기억할 수 있네
그때 나의 노래는 죄다 비극이었지만
단순한 여자들은 나를 둘러쌌네
행복한 난투극들은 모두 어디로 갔나
어리석었던 청춘을, 나는 욕하지 않으리

기형도의 시 '가수는 입을 다무네'는 쳇 베이커의 만년을 그린 풍경화 아닐까. 암스테르담 뒷골목에서 마약을 구해 호텔로 돌아가는 길에서 그는 가랑비를 만난다. 세상이라는 구불구불한 길을 지나온 그는 어느 골목에서 얇고 검은 입을 다문 채 추억에 잠긴다. 머리카락이 젖어가지만 달콤했던 추억은 그를 거리에 그대로 내버려 둔다. 가랑비 내리는 소리가 멀리서 희미하게 들려오는 트럼펫 소리처럼 애틋하다. 그렇지만 길가로 난 창문들은 사소한 빗방울을 차단하려고 벌써 닫혀 있다. 커튼을 친 창문 안쪽에서 자살을 꿈꾸는 사람도 한둘은 있으리라.

가랑비도 오래 맞으면 가늘고 촘촘한 수의에 칭칭 몸이 동여매지는 느낌이다. 문득 숨이 가빠진다. 당분이 빠져버린 몸이 간절하게 마약을 찾아 헤맨다는 걸 그는 알아챈다. 가랑비가 점점 밀도를 더한다. 눈앞을 뿌옇게 가리는 빗줄기의 장막 너머에서 설탕가루처럼 쏟아지는 햇빛을 문득 상상해본다. 땅에 닿은 햇빛은 설탕을 원추형으로 쌓아 올린다. 쌓이면서 반짝반짝 빛나는 것, 햇빛과 설탕보다 그를 더 유혹해온 것, 그것을 내려다보기만 해도 아득히 먼 곳으로만 여겼던 화장세계(華藏世界)가 바로 눈앞에서 펼쳐진다. 온갖 보배가 숲으로 변하여 미묘한 꽃들을 피워내며, 나뭇가지마다 밝은 구슬들이 열매처럼 달려 반짝이며, 숲 사이로 향수가 철철 넘쳐흐른다. 창밖에 비가 내리고 누군가 그를 불러내려고 방문을 꽝꽝 두드리지만 그 무엇도 보거나 들을 수 없다. 색계에 도취한 그는 세상을 사는 대가로 엄수해야 할 법과 질서는 물론, 자신과의 약속인 양심마저 내버리고 단지 쾌감이 지시하는 대로 주삿바늘을 혈관에 깊숙이 찔러 넣는다.

그러나 방문 두드리는 소리가 멈추지 않는다. 방문 바깥의 딱딱한 복도에는 검은 옷을 입은 관리들이 서성거리고, 서류를 든 한 남자가 집요하게 그를 부른다. 그들은 이승 사람인 동시에 저승에서 파견된 사자들이다. 쳇 베이커는 침대에 드러누운 채 환각에서 깨어나려고 발버둥 친다. 아직도 환호하는 청중과 여자들이 있으니 세상이 부여한 최소한의 법은 지켜야지. 하지만 벌써 죽었어야 했지만 삶 또한 마약처럼 끈질기게 몸에 붙어서 그를 놓아주지 않는다. 있는 힘을 다해 문께로 걸어가지만 머릿속에 떠오른 그림일 뿐 한번 침대에 늘어진 몸은 옴짝달싹하지도 않는다.

복도에서 서성거리는 사람들이 방문을 부수고 들어오건 말건, 병든 새의 그것 같은 눈꺼풀을 몇 번 오르내리다가 이내 깊은 잠에 빠져들고 만다. 죽음보다 깊은 잠. 베이커의 음악은 이승과 저승, 존재와 부재 사이를 골백번은 부랑하다가 서서히 저승과 부재 쪽으로 기울어지는, 황홀한 소멸의 순간을 잠꼬대처럼 읊조린다.

꿈을 꿀 때마다 다른 사람들과 확실히 구분되던 행복한 시절이 떠오른다. 살아있는 전설인 찰리 파커Charlie Parker와 함께 공연할 줄은 꿈에도 그리지 못했었다. 같은 서부 출신인 바리톤 색소포니스트 제리 멀리건Gerry Mulligan과 공연한 후에는 메마른 손에 지폐가 쥐어져 있었다. 그 자신이 생각해도 미흡한 트럼펫 연주이고,

목구멍 바깥으로 나오는 목소리라야 저녁 무렵 전깃줄에 앉은 새소리에 불과한데도 백인들, 특히 여자들이 열광했다. 재즈 연주가로선 드물게 백인인 데다 이제껏 들어본 적 없는 불편하고도 엉성한 목소리여서 단번에 이목이 쏠렸다.

목소리는 음정을 잃고 어둠 속에서 가물거리는 촛불과도 같았다. 악보가 강조하는 온음과 반음의 관성적인 평균율 따위는 아랑곳하지도 않는다. 그런데도 밤공기에 섞여 번져온 음색이 환하게 온몸을 감싸고 돌아 따뜻함마저 느껴진다. 그런 느낌은 트럼펫 소리가 목소리를 대신할 때도 마찬가지여서 은은하고도 집요하게 애무받는 느낌이다. 미지근한 공기 막대기가 와서 옷을 들치고 은닉된 살갗을 더듬는, 기분 나쁘지만 뿌리칠 수도 없는 야릇한 흥분에 젖어 온몸의 관절이 느슨해진다. 문득 정신을 차리고 무대를 올려다보니 쳇 베이커의 얼굴이, 불면 꺼질 듯 창백하게 여위어 간다. 쳇 베이커의 공연을 한 번도 눈으로 본 적 없는 내가 이런 글을 쓰는 게 우습지만, 그의 여성 편력에 관한 소문을 종합하건대 이런 정도의 과장은 오히려 평범한 상상인지도 모른다.

1952년에 그는 첫 음반을 내었다. 부모님이 얼굴을 잘 빚어준 덕분에 덤으로 영화 출현을 제의받기도 했다. 어디를 가나 공연을 부탁하는 매니저들이 길을 막았고, 어디를 가나 여자들이 몰려들었다. 일찍이 찰리 파커가 예언한 대로, 흰둥이 트럼펫터가 흑인 연주자들을 잡아먹는 시대가 도래했으니, 쿨째즈, 라고 불리는 서부 해안 도시의 소리가 전국을 표백하고 있을 무렵이었다.

제리 멀리간과의 콰르텟Quarte에서 선보인 트럼펫 소리는 희다 못해 창백한 빛깔로 공기를 물들이고, 노래는 귀에 닿기도 전에 관절이 꺾여 흐느적거린다. 이 둘은 결코 높이 올라가지 않는 음역으로 삶의 폐허에서 낙엽이나 빈 쓰레기 봉지와 함께 휩쓸린다. 사느니 죽는 게 낫다고 읊조리는 듯 퇴폐적 허무감을 자극하는 소리면서도 묘하게도 서정적이고 구슬픈 정조를 띤다. 이런 음악은 듣는 자의 슬픔이 상승하는 것조차 용납하지 않는다. 애초 세상의 가장 낮은 데서 청취하게끔 허락된 허무의 미학이기 때문이다.

쳇 베이커의 음악을 들으면, 성교의 절정에 이르러 죽음을 생각한다는 조르주 바타유의 에로티시즘이 근거 있는 이야기처럼 들린다. 쳇 베이커의 음악은 오르가슴을 넘어선 어떤 허무, 절정에 머물고자 하나 더 이상 오르가슴에 도달할 수 없는 남자의, 죽음에 경도된 허무이다. 에로스를 넘어 타나토스로 흐르는 사랑은 치명적이다. 과연 그는 그런 생을 살아야 했다.

제리 멀리간이 마약 상용으로 사정당국에 체포된다. 게다가 찰리 파커를 체포한 건 죽음이었다. 그에게 남은 건 그들에게서 물려받은 마약뿐이었다. 그가 누렸던 표백의 기간은 한여름의 아름다운 저녁노을처럼, 소리 없이 어둠에 삼켜져 버리고 말았다. 그리고 마약 남용에 따르는 피할 수 없는 추락이 변제 시간을 넘겨버린 빚처럼 그를 덮친다.

잠든 그의 귀에 발소리와 방문을 두드리는 소리가 계속해서 들린다. 겨우 눈을 뜨고 일어나 시계를 본다. 이상하기도 하지. 겨우 오 분 남짓 잠들었을 뿐인데도 이틀 넘게 혼곤히 잠에 빠져든 느낌이다. 방문을 열자 복도에는 아무도 없다. 환청이었나?

1954 이후 감옥과 병원을 제집 드나들 듯했다. 25살이던 그때부터 마약을 상습했기 때문이다. 밤이면 쥐가 와서 비누를 갉아먹듯 그의 생명은 그때부터 조금씩 줄어들기 시작했다. 그나마 감옥과 병원이 아니라면 59살로 연장될 수 없는 삶이었으니, 세상을 지배하는 법이란 사람을 보호한다는 명목으로도 충분히 존속해야 할 가치가 있지 않은가.

동시에 법은 감옥과 병원의 보호 아래 그를 온전히 내버려 두지 않았다. 때가 되면 거리로 내몰려야 했고, 내몰린 그를 갉아

먹으러 쥐가 찾아왔다. 단 하루만 주사를 맞지 않아도 손이 덜덜 떨릴 지경일 때 쥐가 찾아왔고, 쥐가 찾아오지 않으면 떨리는 손을 호주머니에 숨기고 쥐를 찾아 뒷골목을 헤맸다. 구름 위로 붕 떠오르는 기분을 만끽하기 위해서라면 혈관을 찾아 맹렬히 살갗에 파고드는 주삿바늘쯤이야 얼마든 견딜 수 있었다. 쾌감이 오면 나무토막처럼 구름의 침대에 널브러졌고, 그러면 그를 보호해 주러 법이 찾아왔다.

　법은 그를 보호하는 동시에 쥐를 소탕하려 발 벗고 나섰다. 미국에서는 마약 단속이 점점 심해졌다. 쳇 베이커의 장기간 유럽 체류는 상대적으로 단속이 느슨한 나라를 찾아간 데 다름 아니었다. 유럽이라고 해서 법의 사각지대는 아니었지만, 미국보다는 훨씬 쥐를 구하기 용이했다. 법과 쥐가 평화롭게 공존하는 유럽의 어둠이 마음에 들었다. 쥐를 구하기 위해서라면 어디

서든 트럼펫을 치켜들었었다. 암스테르담에서 자주 공연한 건 유럽의 어느 도시보다 마약을 구하기 쉬웠기 때문이다.

그렇게 해서 번 돈은 쥐로 바뀌어 주삿바늘을 통해 혈관으로 드나들었다. 쥐에게 갉아 먹힌 몸은 점점 줄어들고 피폐해졌다. 쥐는 온몸을 돌아다녔고 특히 머릿속에 든 뇌는 최고의 별미로 여기는 듯싶었다. 쥐에게 수시로 갉아 먹혀 형편없이 작아진 뇌로는 어떠한 정상적인 판단도 할 수 없었다. 애인에게 치사량에 가까운 헤로인 주사를 놓아 생명을 희롱하는가 하면, 어린 아들이 떠든다고 술을 먹여 잠재우고, 동료의 무대 출연료를 가로채 마약을 사는가 하면, 이탈리아에서는 함께 투약하던 자신의 콰르텟 피아노 주자가 헤로인인 과다로 사망하자 시체를 유기하고 도망친다.

●

쳇 베이커는 쿨 재즈의 흥망성쇠와 함께한 이미지가 크다. 자기 관리 실패로 실험적인 시도가 제대로 꽃피지 못했고, 하락세 이후로는 전성기 추억팔이로 먹고살았다.

마약 투여에 필요한 처방전을 얻어내려고 자신의 두 번째 아내 캐럴 잭슨을 성 상납하는 파렴치도 마다하지 않았다. 그때마다 그는 그를 보호해온 법의 응징을 받았고, 1968년에는 트럼페터에게는 치명적인 앞니가 모조리 부러지는 응징을 샌프란시스코의 깡패들로부터 당했다.

친구와 사회를 잃고 가정마저 잃어버린 그가 마지막으로 잃어야 할 것은 생명이었다. 그러나 모진 것이 목숨이어서 59살까지 삶이 이어진다. 죽어야 할 사람이 죽지 않을 때 부패한 세월은 악취를 풍긴다. 쳇 베이커의 만년은 악취를 감당해야만 하는 시간이었다. 나이 오십일 때 이미 노인의 모습으로 쪼그라들었다. 오십이 넘어서는 쾌락 때문이 아니라 하루하루 권태를 버텨내려고 마약을 투여했다. 출연료가 많든 적든 매일 비슷한 곡을 연주하여 푼돈을 벌었고, 그래도 돈이 끊기면 길거리에서 트럼펫을 불어 동전을 챙겼다. 1964년 그는 한 잡지에 자신의 마약중독을 폭로한다. "나는, 내 팔에 지옥으로 가는 3만 개의 구멍을 뚫었다."라는 제목의 잡지 기사도 돈을 받는 대가로 치러진 것이었다. 그때 이미 주사를 놓을 팔의 혈관이 보이지 않아 목과 사타구니, 심지어는 손톱 밑까지 주사 놓을 구멍을 찾아야 했다.

1988년 3월 12일 네덜란드 암스테르담 중앙역 부근 프린스 헨드릭 호텔 3층 C-20호 객실에 투숙한 쳇 베이커는 다음 날 새벽 거리에서 싸늘한 주검으로 발견된다. 두개골이 함몰된 상태였다. 사인(死因)은 뇌 손상이었지만, 비명횡사한 자들이 그렇듯 아직도 여러 의문에 싸여 있다. 분명한 것은, '그 떠돌이는 길 위에 떠돌다 길 위에서 죽었다.'는 사실뿐이다.

기형도의 시 '가수는 입을 다무네'를 쳇 베이커를 위한 장송곡으로 지정하려면 1988년 3월 12일에는 비가 내려야 한다. 바늘처럼 가는, 바늘이 든 바늘통 속처럼 촘촘한 가랑비다.

흰 김이 피어오르는 골목에 떠밀려

그는 갑자기 가랑비와 인파 속에 뒤섞인다

그러나 그는 다른 사람들과 전혀 구별되지 않는다

모든 세월이 떠돌이를 법으로 몰아냈으니

너무 많은 거리가 내 마음을 운반했구나

그는 천천히 얇고 검은 입술을 다문다

가랑비는 조금씩 그의 머리카락을 적신다

한마디로 입구 없는 삶이었지만

모든 것을 취소하고 싶었던 시절도 아득했다

나를 괴롭힐 장면이 아직도 남아 있을까

아무도 쳇 베이커를 가까이하지 않았다. 단지 그의 재즈를 좋아하는 사람만이 그에게 겨우 다가갔다. 쿠르트 기제Kurt Giese라는 독일인도 그중 한 사람이었다. 어느 날 아무런 희망도 없어 보이는 쳇 베이커에게 팬을 자처하는 독일 방송의 프로듀서가 찾아와 평생을 통해 가장 화려한 무대에 오를 기회를 제안했다. 오케스트라와 함께하는 대형 공연이었다.

공연은 1988년 4월 28일로 예정됐다. 쳇 베이커를 우상으로 여겼던 기제는 1954년 앨범 'Chet Baker & Strings'를 재현하고 싶어 했다. 대규모 오케스트라와 빅밴드, 그리고 쳇 베이커의 젊은 시절 동료였던 피아니스트와 색소포니스트를 초빙했다. 공연 리허설은 닷새 동안 진행하기로 했다.

그러나 이틀이 지나도록 공연의 주인공 쳇 베이커가 모습을 드러내지 않았다. 공연은 무산될 위기에 놓였다. 사흘째 되던 날, 베이커에게서 전화가 왔다. 수위가 자신을 공연장에 들여보내지 않는다고 푸념하는 것이었다. 협연자들이 이미 리허설을 포기한 채 집으로 돌아간 뒤였다. 쳇 베이커는 미리 녹음해 둔 오케스트라의 연주를 배경으로 리허설을 시작했다. 그의 연습을 지켜본 공연 관계자들은 입을 다물 수 없었다. 쳇 베이커는 그야말로 번뜩이는 속도로 오케스트라의 선율에 적응하고 있었다. 간간이 잘 쓰지 않는 코드도 나타났지만, 그는 단 하나도 놓치지 않고 즉각적으로 반응했다. 완벽하게 귀로 듣기만 해서 소화한 것이었다. 그저 귀에 들리는 것에 따라 연주할 뿐이었다.

4월 28일, 무대에 오른 쳇 베이커는 그 어느 때보다 강한 집중력을 발휘했다. 안개처럼 밀려드는 오케스트라의 선율을 뚫고 트럼펫 소리는 상처 입은 새처럼 객석 위 허공으로 가까스로 직진한다. 쳇 베이커의 독일 공연을 옮겨 놓은 유작 앨범 'My Favourite Songs, the last great concert'는 시종일관 폐허를 그려낸다. 마약과 섹스, 죽음에 이르는 황폐한 길을 한 사내가 어정버정 걸어간다. 자기 생을 끝없이 파멸에 밀어 넣으면서, 파멸을 통해 심연의 쾌락에 이르고자 한 쳇 베이커의 발자국이 폐허 위에 깊숙이 패인다. 그의 뒷모습은 곧 허물어질 담벼락 같아서 한없는 비애를 느끼게 한다. 나른하게 읊조리는 목소리는 숨을 거두기 전 흘러나오는 유언 같은데, 유언조차도 무슨 심각한 내용이라기보다는 하찮은 권태를 못 견뎌 하는 소리처럼 들린다. 이내 목소리가 끊기고 적막이 흐를 때면 연주하다가 쉴 때 트럼펫을 밑으로 향하는 그의 습관이 떠오른다.

그 공연에서 그는 전 생애를 음에 불어넣었다. 그때 객석에 앉은 사람들이 그랬던 것처럼 그의 음을 지금까지 우리가 듣는 것은 제각각의 높이에서 뛰어내리고 싶기 때문은 아닐까. 간혹 자기가 올라온 고도를 이기지 못하고 터져버리는 풍선이 있다. 오를수록 빈 몸이 돼가지만 풍선은 더 높이 오르려 한다. 사람들은 쳇 베이커와 더불어 투신한다. 떨어지는 빈 몸, 가득한 음들. 쳇 베이커는 수년 동안 무참히 짓밟혀버린 자존심을 모두 회복하려는 듯 관객의 감성과 영혼을 마음껏 유린한다. 'All Blues'와 'Summertime'은 그에게 스타일의 정체성을 안겨준 마일스 데이비스에 대한 경의 같았다. 'My Funny Valentine'이 울려 퍼지며 공연은 절정에 이른다. 아직 쳇 베이커가 세상에 남겨놓을 음악이 더 많이 남아있는 듯.

공연이 끝난 뒤, 사람들은 감동적인 연주를 선사한 이에게 고마움을 전하기 위해 무대 뒤로 몰려들었다. 곁에 있던 관계자들은 물론이고, 1950년대 중반 처음으로 유럽 땅을 밟은 뒤 쳇 베이커

재즈 음악의 감성적인 면을 극대화하는 쳇 베이커의 능력은 누구도 쉽게 따라가기 어려운 독자적 영역이었다. 또, 흑인들이 주연으로 기록되던 재즈사에 보기 드물게 존재감을 드러낸 백인 뮤지션이었다.

가 이곳에서 선사한 음악을 한결같은 마음으로 바라봤던 많은 이들은 그가 어떤 삶을 살았는지 잘 알면서도 개의치 않았다. 그러나 그의 모습은 보이지 않았다. 무대에서 내려와 대기실로 들어온 그가 연주료를 챙기자마자 바로 차에 몸을 싣고 네덜란드로 떠나버린 뒤였다. 다시 기형도의 시가 들려온다.

모퉁이에서 그는 외투 깃을 만지작거린다
누군가 나의 고백을 들어주었으면 좋으련만
그가 누구든 엄청난 추억을 나는 지불하리라
그는 걸음을 멈춘다, 어느새 다 젖었다
언제부턴가 내 얼굴은 까닭 없이 눈을 찌푸리고
내 마음은 고통에게서 조용히 버림받았으니
여보게, 삶은 떠돌이들은 한군데 쓸어 담지 않는다,
무슨 영화의 주제가처럼 가족도 없이 흘러온 것이다

지옥으로 가는 3만 개의 구멍을 파놓은 데 비해 그는 너무 늦게 저승으로 갔다. 그리고 당연히 지옥행을 언도받을 그에게 염라대왕은 짐짓 물었을 것이다.

"왜 뛰어내렸지?"

"뛰어내리다뇨? 나는 그저 허공 속에 뭔가 있다는 걸 깨닫고는 그걸 잡으려고 몸을 날렸을 뿐이지요. 나는 한 번도 내 삶의 끝을 설정한 적이 없어요. 어느 한순간 내 나름대로 삶을 즐기기 위해 발버둥 치다가 이승에서의 시간을 날려버렸을 뿐입니다."

그의 대답은 모호하고, 염라대왕도 횡설수설하는 말에 귀를 기울이는 기색이 아니다. 삶이란 본디 모호하다. 그런데 왜 이리 모호한 삶이 구체적인 풍경으로 떠오르는 것일까. 기형도가 쓴 '가수는 입을 다무네'의 마지막 부분처럼.

그의 입술은 마른 가랑잎, 모든 깨달음은 뒤늦은 것이니

따라가 보면 축축한 등 뒤로 이런 웅얼거림도 들린다

어떠한 날씨도 이 거리를 바꾸지 못하리

검은 외투를 입은 중년 사내 혼자

가랑비와 인파 속을 걷고 있네

너무 먼 거리여서 표정은 알 수 없으나

강조된 것은 사내도 가랑비도 아니었네

편지를 찾으려 노래를 부르네

_레너드 코헨

부고는 죽음보다 늦게 온다

놀라운 부고였다. 37분에 한 명씩 스스로 목숨을 끊어 자살률이 OECD 회원국 중 1위라는 한국에서 죽음은 더 이상 눈길을 끌 만한 소식이 아닌데도 말이다. 부고는 한국 시각으로 2016년 11월 11일 아침, '매우 슬프지만, 레너드 코헨Leonad Cohen이 세상을 떠났음을 알린다.'라는 페이스북 포스팅을 통해 처음 알려졌다. 순간 창문 밖으로 보이는 맑고 투명한 가을 하늘이 금세 흐려졌다.

그렇게 갑작스러울 줄은 몰랐다. 비록 그가 여러 차례 죽음을 암시했지만, 그의 뜻과 무관하게 삶이란 얼마나 질기던가.

죽기 몇 달 전 그가 낸, 유 원트 잇 다커You Want It Darker라는 섬찟한 제목의 앨범을 보고서도 나처럼 반신반의한 사람이 적지 않았을 것이다. 바로 그렇게 안심하고 있을 때, 그는 세상을 떠났다.

그해 봄 코헨은 옛 연인 마리안느 일렌에게 편지를 썼다. 백혈병으로 병상에 누워 최후의 시간을 보내고 있는 옛 여인에게 누군가 곁에서 편지를 읽어줬다.

"우리는 이제 너무 늙었고, 몸은 망가지고 있어요. 나도 곧 당신을 따르지 않을까 생각합니다. 당신이 손을 뻗는다면 내 손을 잡을 수 있을 정도예요."

마리안느는 산소호흡기를 쓴 채 눈물을 흘리면서 코헨보다 넉 달 앞서 숨을 거두었다.

마지막 앨범인 유 원트 잇 다커를 발매하면서 코헨은 아직 완성하지 못한 노래와 시에 관하여 언급했다.

"나는 아마 그 노래들을 완성하지 못할 겁니다. 나는 죽을 준비가 됐어요. 그저 너무 고통스럽지 않았으면 합니다."

그러나 정작, 유 원트 잇 다커를 발매한 직후 공식 인터뷰에서는 말을 바꿨다. "내가 좀 과장했던 것 같군요. 나는 언제나 지나치게 자신에게 빠져들곤 합니다. 난 영원히 살 생각입니다. 아마도 120살까지는 음악을 할 수 있겠지요."

솔직히, 그 말을 믿지 않을 수 없었다. 코헨은 누구보다 왕성한 창작가이지 않은가. 계속해서 자신의 인생을 정의할 수 있으며,

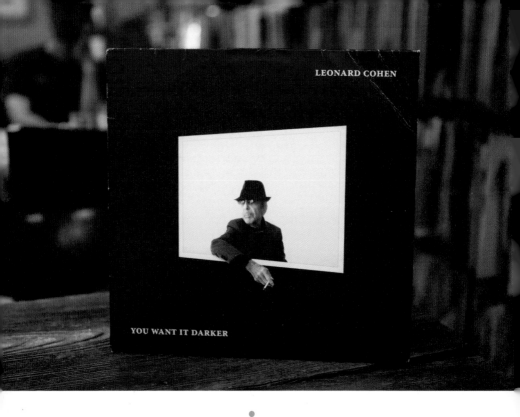

You Want It Darker는 레너드 코헨이 죽기 17일 전에 발매한 유고작이다. 하나님에게 바치는 편지인 듯, '당신이 더 어두워지기를 바란다면 제가 여기 있나이다'라고 코헨은 노래했다.

그러한 그에게 공감하는 팬들이 여전히 많았다. 그의 장기가 더 이상 삶에 협조하기를 거부할 때까지 줄기차게 노래를 불러도 하등 이상할 게 없었던 것이다. 그에게서 요양원의 치매 노인이나 입을 다물고 눈만 껌뻑이는 식물인간을 보는 건 어울리지 않았다.

하늘에서 그를 내려다보는 신도 그에게 죽음이란 유효 판정을 내리기 어려웠으리라. 그러나 그는 약속대로 마리안느를 따라갔다.

기독교와 사랑을 교배한 난해한 노래

코헨은 1934년 캐나다 퀘벡Quebec에서 태어났다. 그는 종종 주변 사람에게, 대제사장 아론의 후예라고 자신을 소개하며, "나는 매우 종교적인 어린 시절을 보냈다."고 덧붙였다. 그도 그럴 것이, 코헨은 폴란드에서 이주해 온 유대인의 후예였고, 어머니는 리투아니아계 탈무드 작가 랍비의 딸이었다.

그의 시에서 자주 드러나는 종교 성향은 어린 시절의 환경에 기인한 것임이 분명하다. 코헨에게 영향을 준 사람은 또 있다. 고등학교에 입학한 그는 스페인의 시인 페데리코 가르시아 로르카 Federico Garcia Lorca의 시에 심취했을뿐더러, 컨트리 포크 밴드를 주도적으로 결성할 만큼 다재다능했다.

1951년 코헨은 맥길 대학교 영문학과에 들어간다. 그는 토론 동아리의 회장이 되고, 문학 경시대회에 나가 상을 받고, 1956년에는 첫 번째 시집 '우리를 신화에 견주다Let Us Compare Mythologies'를 발표해 의붓아버지에게 선물한다.

이후에도 그는 캐나다와 미국에서 다양한 허드렛일을 하며 소설과 시를 썼으나, 불행하게도 작가로서 금전적 성공에 이르지는 못했다. 코헨이 포크 음악의 싱어송라이터로서의 경력을 쌓으려 미국으로 이주한 것은 빈곤을 꺼렸기 때문이었다. 첫 앨범 'Songs of Leonard Cohen'을 낸 코헨은 뉴포트 포크 페스티벌을 통해 가수로 정식 데뷔했다. 그때가 33살이었다. 뭔가 새로 시작하기엔 늦었다고 생각할 수 있는, 변화와 정체가 모두 두려운 나이였다.

코헨을 세심히 주목해온 팬이라면 그가 활동 기간에 비해 나이가 많은 가수임을 눈치챌 수 있다. 심지어 엘비스 프레슬리보다도 한 살이 더 많다. 데뷔곡 수잔Suzanne은 운동권 가수 주디 콜린스Judith Collins를 위해 만든 노래로, 상업적 성과를 이루진 못했으나 '안녕, 마리안느'와 더불어 일단 레너드 코헨이라는 신인을 세상에 알리는 데 기여했으며, 코헨 음악의 예고편과도 같은 노래다. 문학상을 받은 독특한 경력의 시인은 지극히 낮고 느린 단조에 자신의 시를 실어 종교·사랑·고독을 새로이 정의하기 시작했다.

주목해야 할 것은 수잔에 내재한 코헨의 종교다. 종교, 특히 기독교 성서에 얽힌 신화는 나 같은 비기독교인에겐 코헨의 노랫말을 어렵다고 여기기에 절대적으로 충분한 요소다. 수잔은 한 여자와의 사랑을 이야기하면서도, 교회의 전례 의식을 언급함으로써, 도무지 풀기 어려운 복잡한 상징을 띠고 있다. 기이한 것은 그토록 난해한데도 그의 음악을 듣는 팬층이 두꺼워지고 있다는 사실이다.

수잔으로 시작된 상징은 'Story of Issac', 'Who by fire', 'Hallelujah' 등 그의 대표작에서도 그 계보를 잇고 있다. 코헨이 자신의 전 생애에 걸쳐 다뤄온 유대문화에 관한 내용이기도 하다.

할렐루야는 성서에 나오는 다윗 왕과 밧세바King David and Bathsheba의 간음 이야기를 비롯하여 성경에 나오는 몇 가지 에피소드를 병치하고 있다. 청년 다윗이 하프를 연주할 때 비밀스러운 화음을 써서 사울 왕을 감동시켰다는 이야기다.

나는 들었어요, 그 어떤 비밀스러운 선율을

다윗이 연주해 하느님을 기쁘게 했지요

그러나 당신은 정말로 음악을 좋아하지는 않지요, 그렇지요?

할렐루야의 오리지날 버전은 6/8 박자로 왈츠와 성가의 분위기를 풍긴다. 노랫말의 첫 구절은 비밀스러운 다윗의 음악에 대해서다. 구체적으로 '4도 화음, 5도 화음, 단조로 낮추었다 장조로 높이는 선율이다.The fourth, the fifth The minor fall, the major lift 가사와 같이 실제 노래도 C, F, G, A 마이너, F로 진행한다. 그러다 돌연 다윗을 비꼬는데, '그러나 당신은 정말로 음악을 좋아하지 않지요, 그렇지요?But you don't really care for music, do you?'라고 비범한 연주 실력을 지녔으되, 진정한 인간애를 모르는 다윗을, 음악을 이해하지 못하는 사람이라고 비판한다.

다윗 왕이 밧세바에게 묶여(유혹당해) 삼손처럼 머리카락을 잘렸다든가, 혈루증을 앓는 여자가 예수를 처음 만났을 때 무언가 느껴보려고 몸을 만졌다는 노랫말도 성경에서 언급된 대목들이다.

할렐루야는 히브리어로 하느님을 찬양한다는 뜻이다. 헨델의 오라토리오 메시아 중 합창곡 할렐루야는 바로크 음악의 진수로, 인간의 모든 영광을 하나님에게 돌리고 있다. 20세기의 캐나다 시인 코헨도 헨델처럼 웅장하지는 않지만 할렐루야를 절절히 외친다. 그러나 헨델처럼 무조건적인 찬양이 아닌, 하나님에 대한 애증이 담겨 있다. 하느님을 찬양하지만 과연 전지전능하냐는 뉘앙

스를 풍겨온다.

아무래도 이 특별한 노래의 저의를 알려면 다윗과 밧세바의 관계를 더 가까이 들여다봐야 한다. 다윗은 자신의 심복 우리야의 아내 밧세바와 간음에 그치지 않고 우리야를 죽이기로 마음먹는다. 자신이 직접 나서지 않고 우리야를 전투에 앞장세우는 교활한 방법으로 죽였다. 심지어 우리야가 앞장서도록 명령하는 편지를 야전사령관에게 보냈는데, 그 편지를 우리야가 전달하게 하는 잔인함도 보였다.

하나님은 다윗이 저지른 비행을 하늘에서 훤히 내려다보았다. 부도덕한 다윗에게 밧세바와 관계해서 낳은 첫아들을 죽게 하는 벌이 내려지고, 뒤늦게 이 비통한 불행이 하나님의 뜻임을 안 다윗은 절절히 회개한다.

코헨의 할렐루야는 하느님을 찬양하는 노래가 아니라, 인간의 욕망과 원죄, 그에 따른 뼈저린 회개, 하느님에 대한 원망이 뒤섞인 노래다.

당신의 신앙은 공고했으나 그를 증거해야만 했어요.
옥상에서 목욕하는 여인의 모습을 보았을 때

달빛에 물든 여인의 아름다움에 당신은 넋이 나갔죠

여인은 식탁 의자에 당신을 묶고

당신의 왕좌를 부수었고 머리도 잘랐지요

당신의 입술에서 할렐루야를 삼키게 했지요.

할렐루야, 할렐루야, 할렐루야, 할렐루야

　모든 가사가 의미심장한데 그중 압권을 이루는 가사는 하나님
에 대한 원망이다. 코헨이 쓴 할렐루야의 두 번째 버전을 보자.

이제껏 사랑을 통해 배운 것이라 여긴 모든 것

제게는 당신을 이기려는 자를 먼저 죽여야 하는 법뿐이었지요

당신이 오늘 밤 들었던 소리는 불평이 아닙니다

영광의 빛을 보았노라 칭하는 이의 웃음소리도 아닙니다

그저 차갑고 매우 외로운 할렐루야일 뿐

　'당신을 이기려는 자를 먼저 죽여야 하는 법뿐'이라는 대목은 오
로지 절대자 하나님의 충복으로, 하나님을 부정하는 자들을 살
육하면서 인간 세계의 왕으로 군림한 것이 다 부질없는 일이라고

후회하는 듯하다. 살인까지 저지르며 남의 아내를 빼앗았으니 한 갓 부도덕한 인간에 불과하다며 자조한다. 신앙과 도덕의 불일치야말로 신에게 속아 살아온 결과가 아니냐는 자각이기도 하다.

할렐루야는 발표 당시 그다지 주목받지 못했지만, 벨벳 언더그라운드Velvet Under Ground와 제프 버클리Jeff Buckley가 커버 버전을 노래하면서 크게 성공한다. 1991년 이후 300여 명의 뮤지션들이 다양한 창법, 다양한 언어로 할렐루야를 부르는, 유례를 찾기 어려운 기이한 현상이 벌어진다.

레너드 코헨은 이 노래를 인간의 원죄를 고백하는 것처럼 읊조리고, 제프 버클리는 절망에서 헤어나기 어려운 애절함에 복받쳐 흐느낀다. 2004년 버클리 버전의 할렐루야가 롤링스톤지 전 시대의 위대한 노래 500선 순위 259위에 올랐다. 같은 해 타임지도 제프 버전의 노래를 '아주 아름답고 정교하게 노래 불렀다.'고 평했다. 제프의 버전에는 영광과 슬픔, 기쁨과 고통이 극명하게 오간다. 내가 듣기에도 이것이야말로 가장 비통한 창법이며 눈부신 멜로디 같았다. 버클리 버전에 대한 극찬은 여기에 그치지 않았다. 커버 버전이 원작을 압도한 것이었다. 심지어 2014년에는 버클리 버전이 미 의회도서관의 국가 기록물 등기원에 등재된다.

레너드 코헨은 라디오 인터뷰에서 이러한 현상을, "아이러니하고 좀 웃긴다"고 표현한다. 그가 처음 이 곡을 썼을 때 그의 전속인 CBS 레코드는 민감한 종교 문제를 감안해 앨범에 수록하지 말자고 해서 코헨을 고민에 빠뜨리게 했었다. 할렐루야가 성공할 줄은 아무도 예상치 못했던 것이다. 전 세계 수많은 가수가 이 노래를 불렀기 때문에 코헨도 바빠졌다. 코헨은 무려 80여 군데 시구를 상황에 맞게 개작해야 했다.

예컨대 녹음실 앨범 버전과 라이브 버전은 서로 다른 가사였다. 코헨 스스로 가사를 바꾸는가 하면, 그의 곡을 따라 부르는 가수들도 각자의 의도와 분위기에 따라 가사와 멜로디를 개작해서 불렀다. 그야말로 할렐루야와 싸울 수밖에 없는 처지에 놓였다.

레너드 코헨의 노래는 밥 딜런이 그러했듯이 이상하게도 다른 가수를 만나 재해석될 때 원석과는 다른 빛을 발산한다. 할렐루야가 그랬으며, 1987년에는 제니퍼 원스Jennifer Warnes가 부른 명품 블루 레인코트Famous Blue Raincoat, R.E.M.의 First We Take Manhattan 또한 그런 예이다.

서간체 노래인 명품 블루 레인코트는 코헨이 누군가에게 쓰는 편지 형식으로 이루어졌다. 친구 같기도 하고, 형제 같기도 하고,

연적 같기도 하고, 혹은 그 자신 같기도 한 누군가에게 쓰는 편지 말이다. 코헨은 이 레인코트에 대해 1959년, 그러니까 그가 히드라 섬에 거주하기 1년 전, 런던에서 산 버버리 상표의 블루 레인코트임을 밝혔다.

이 노래는 명품을 탐하고 사회적으로 높은 지위에 오르길 희망하지만, 실수로 철조망에 긁혔는지 노랫말에서처럼 '어깨가 헤어진' 코트임을 알리며, 현실과 이상의 괴리에 빠진 누군가의 난처한 상황을 비웃는다. 가장 심증이 가는 인물은 코헨 자신 아닐까. 그러므로 이 노래는 매우 자조적이다.

시인이라선지 확실히 다른 가수와 다르다. 왜 이렇게 가사가 어려울까. 듣는 이들은 난해시를 읽듯이 한 단어, 한 문장에 집중하지 않을 수 없다. 가사 중에 아내가 머리카락 한 줌을 가지고 와서, 자네라는 사람이 주었다고 전한다. 이젠 깨끗하게 살기로 계획했다는, 그 자네란 사람은 더러움을 청산하고 새로운 삶을 살기로 결심한 것이다. 자네란, 어깨가 헤진 명품 블루 레인코트를 입은 코헨 자신이다.

그래, 제인은 자네 머리칼 한 줌을 가지고 돌아왔어

그녀가 말하길 자네가 주었다고 그러더군

이젠 깨끗하게 살기로 계획한 그날 밤 말이야

자네 정말 이젠 완전히 끊기는 한 건가?

우리가 마지막으로 자넬 보았을 때 자네 무척 나이 들어 보였어

자네의 그 명품 블루 레인코트도 어깨가 헤졌더군

순례자 레너드 코헨

단조로운 음계와 낮은 목소리로 읊조리는 난해시로 주목받는
데 성공한 레너드 코헨은 1970년 들어 자신의 영역을 넓히는 데
주저하지 않았다. 다양한 악기를 활용하여 그만의 멜로디를 생산
하려 분투했고, 영화음악에 참여하는 모험도 마다하지 않았다.
공연을 위한 세계 투어도 빼놓을 수 없는 영역 확장이었다. 'So
Long, Marianne', 에서 자신을 집시 소년이라 표현했듯이 그는
세계 여러 나라를 떠돌았는데, 단지 떠돌아다녔다기보다 순례자처
럼 삶의 의미를 구하러 다녔으리라고 나는 생각한다.

1970년 코헨은 처음으로 미국, 캐나다, 유럽 순회공연에 나
선다, 1974년 초에는 피아니스트이며 편곡자인 존 리사우어John

Lissauer와의 콜라보레이션이 비평가들로부터 찬사를 받는다. 리사우어를 만나면서 코헨의 앨범은 가공되지 않은 멜로디에서 벗어나 보컬과 만돌린, 밴조, 기타, 퍼거슨, 아랍 민족의 현악기인 우드가 어울리는 오케스트라적 사운드를 창출해낸다. 리사우어를 통해서 악기의 중요성을 깨우쳤으며, 여러 장르의 음악을 섭렵한다. 백 보컬의 샤론 로빈슨Sharon Robinson과 투어에 나선 것도 이 시기이다.

1979년 말, 유럽, 호주, 이스라엘 그리고 1980년 다시 유럽의 공연이 있었다. 투어는 'The Song of Leonard Cohen'으로 촬영되었다. 1979년 독일 ZDF TV에 출연한다. 같은 해 제니퍼 원스와 두 번째 투어에 나선다. 1970년대는 록의 황금기면서 포에틱록Poetic rock이라 부른 코헨 음악의 황금기였다.

1994년, 레너드 코헨은 갑자기 불교로 개종한 것처럼 LA 근처 불교 선원인 마운틴 발디 선원Mt. Baldy Zen Center에 들어갔다. 코헨이 불교도가 되다니! 사람들이 꽤 놀랐을 테지만, 일찍이 비틀스의 조지 해리슨이 그랬듯이 신앙처럼 자유로운 것은 없었다. 조지 해리슨이 힌두교 스승 프라부파다Prabhupada의 영향으로, 어느 신이든 자신이 믿는 신의 이름을 불러 물질세계에서 실종된 마음의 평화를 찾으려 했던 것과 비슷한 행보였다.

1996년 코헨은 '고요한Jikan'이란 법명을 얻었으며, 간화선사(看話禪師)라는 서품을 받았다.

당연한 질문이지만, 사람들은 코헨에게 왜 세상과 등졌냐고 물었다. 무언가 절박한 사정이 있어 해발 2,000m 산속에 은둔한 것으로 의심했기 때문인데, 코헨은 태연히 평소의 장난기를 발동한다.

"제가 여기 있는 것은 2년 전에 스님이 그렇게 하면 세금 문제가 더 쉬워질 거라고 해서지요."

잘 알려지다시피 선원에 들어오기 전 그는 누구도 부럽지 않은 찬란한 나날을 보냈다. 명품 블루 레인코트를 멋들어지게 잘 부른 제니퍼 원스 덕분에 미국에서도 코헨의 입지는 단단해진다. 다음 해인 1988년 그는 저 유명한 '나는 당신의 남자I'm Your Man'를 발표한다. 본격적으로 신시사이저를 사용한 이 앨범은 도무지 코헨의 음악이라 여겨지지 않을 만큼 통속한 사랑을 표현했는데, 그 덕분인지 전 세계 대중들로부터 사랑받는다. 한국에서도 예외 아니었다.

1990년대에는 영화 '볼륨을 높여라Pump Up the Volume'의 앨범 트랙, '모두 다 알고 있죠Everybody Knows'와 'I'm Your Man'이 쓰이

며, Anthem(송가)는 영화 내츄럴 본 킬러스Natural Born Killers의 배경음악으로 사용된다. 코헨의 영화 삽입곡들은 젊은 층에서도 폭발적인 인기를 얻는다.

그랬던 코헨이 머리를 깎고 검은 승복을 입다니! 매스컴은 일제히 기독교에서 불교로 개종한 레너드 코헨을 기사로 올렸다. 그러나 그 사건은 세상 사람들에게만 돌연한 사건일 뿐 코헨에게는 지극히 예정된 순서였다.

레너드 코헨이 선원장 사사키 조슈Joshu Sasaki를 알고 지낸 것은 1973년부터였다. 불교에 귀의한 코헨은 사찰에 머무는 동안 부엌일을 하고, 정원을 가꾸고, 눈을 치우면서 일상을 보냈다. 당시 그는 주변 사람들에게 말했다.

"나는 반복적인 업무에 몰입하는 것에 흥미를 느꼈어요. 다음에 무엇을 해야 하는지 생각할 필요가 없기 때문이지요."

적막한 곳에 깃든 삶은 오래전부터 코헨 곁을 맴돈 물질세계의 혼란을 이겨내려고 애쓰다 찾아낸 가장 실용적인 방법이었는지 모른다. 코헨이 불교에 귀의한 이유는 여행 작가 피코 아이어에게 전한 글로도 확인할 수 있다.

"아무 데도 가지 않기란, 세상의 소음과 단절하고 타인과 나눌 수 있는 새로운 시간과 에너지를 찾아내는 한 가지 길이다."라고 코헨은 은둔 이유를 밝혔다. 피코 아이어는 그 말을 듣는 순간, 지금까지 여행하면서 자신이 고수해온 원칙과 방식이 틀렸다는 것을 깨달았다. 코헨은 여행의 무의미를 이야기한 것이 아니라, 진정한 여행이 무엇인지 이야기한 것이었다.

다시 시작하는 순례

레너드 코헨은 마침내 7년 만에 활동을 재개한다. 1990년 중반부터 작업해온 미완성작, 'In My Secret Life'와 'A Thousand Kisses Deep'이 포함된 앨범을 완성하려고 노력한다. 이 두 곡은 2001년 앨범, 'Ten New Songs'에서 프로듀서이자 작곡가인 샤론 로빈슨과 공동 작업하면서 결실을 얻는다. 재즈피아니스트 앤저니 토마스는 코헨의 시 '안개가 흔적을 남기지 않듯이As the Mist Leaves No Scar'에 음악을 입혔다.

그렇게 무탈할 줄만 알았던 일상에로의 복귀였는데, 뜻밖에도 시련이 그를 기다리고 있었다. 2005년 가족처럼, 친구처럼 여겼던 매니저가 코헨의 은퇴 자산을 탕진하고 음악 저작권을 횡령

한 것으로 밝혀졌다. 워낙 큰돈이라 민사 소송을 벌이지 않을 수 없었다.

LA 카운티 고등법원은 피고에게 900만 불을 돌려주라고 판결했으나, 매니저는 판결을 무시하고 소환 명령에 불응했다. 코헨은 결과적으로 재산을 찾지 못했다. 5백만 달러에 달하던 은퇴 자산은 고작 15만 불만 남았다. 사실상 파산 상태였다.

레너드 코헨은 다시 기나긴 공연 투어를 시작해야 했다. 2008년 코헨은 멀고 긴 투어를 시작한다고 발표한다. 캐나다에서 시작한 1차 투어는 영국, 아일랜드, 오스트리아, 폴란드, 세르비아, 독일, 터키, 이탈리아, 뉴질랜드, 호주를 거쳐 2010년 미국 뉴저지에서 끝난다.

2009년 9월 18일 스페인 발렌시아 공연에서 코헨은 'Bird on a Wire'를 부르다 갑자기 무대에서 졸도했다. 무대 뒤에서 긴급히 병원으로 이송돼 공연이 중단되는 사태가 발생한다. 매스컴은 위장 장애라고 보도했다.

3일 후 코헨의 75회 생일을 스페인 바르셀로나에서 지냈다. 마지막 공연일지도 모른다는 소문에, 전 세계 팬들이 몰려들었다. 코헨의 생일을 축하하는 합창이 초록색 양초와 더불어 물결을 이루었다.

그 3일 후에는 이스라엘 텔아비브에서 다시금 자신의 75회 생일 축하 공연을 벌였다. 사실상 마지막 공연이었다. 이 공연은 하루 만에 티켓이 동났다.

판매 수익은 앰네스티 국제 자선기금과 이스라엘과 팔레스타인 평화 그룹의 어린이를 위한 사업과 이스라엘과 팔레스타인의 전투에 희생당한 양측 군인 가족을 위한 지원 사업에 쓰일 것이라고 코헨 측은 발표했다. 그러나 앰네스티 인터내셔널은 수익금을 받지 않겠다고 거부했다. 이해관계에 얽힌 이스라엘과 팔레스타인 단체가 코헨의 평화주의에 반발하여 은연중에 압력을 넣었으리라고 코헨은 주장했다.

2009년 코헨은 이스라엘과 팔레스타인 NGO인 '평화를 위한 유가족'을 위해 공연하며, 고대 유대교의 사제 계급인 코하님 kohanim이 주도하는 유대식 기도로 관객들과 예배 의식을 가졌다. 코헨은 여전히 자신이 아론Aaron의 후예임을 잊지 않았다. 젊었을 때부터 자신이 아론의 후예로 유대교 제사 계급인 코헨Kohen임을 주장한 그이기에 새로울 게 없었다. 한때 불교도의 길을 걷는 것처럼 보였지만 그의 종교적 뿌리는 기독교임을 여실히 보여준 사례이다.

2012년 코헨의 12번째 스튜디오 앨범인 '오래된 생각들Old Ideas'은 발표되자마자 코헨 인생 전체를 통해 가장 높은 순위에 오른다. 캐나다, 노르웨이, 핀란드, 네덜란드, 스페인…… 10개국 음반 차트에서 1위를 차지하는 눈부신 상업적 성과를 낳았다. 이 앨범에서도 특유의 낮은 목소리로 사랑의 기억을 어루만진다. 트랙의 끝에 이르는 40분간 모든 걸 내려놓고 이 앨범에 귀를 기울이는 시간만큼 느긋하고 풍요로운 휴식은 없다.

2012년 코헨은 앨범 오래된 생각들의 프로모션을 위해 새로운 투어에 오른다. 유럽의 10개국 이상을 거쳐 가는 장기 투어였다. 1, 2차를 합쳐 모두 56번이 넘었다.

투어는 레너드 코헨을 경제적 어려움에서 구했으나, 2013년 투어 이후 그의 건강은 급격히 나빠졌다. 그러나 무슨 까닭인지 그는 요양원에 잠시 들어갔다 나와 'You Want It Darker'를 리코딩했다. 아들 아담 코헨이 프로듀서로 나섰고, 자신의 자택을 임시 스튜디오로 꾸몄다. 식당에 마이크를, 거실에는 녹음 장비를 설치했다. 환자를 위한 보조 의자에 의지하며 노래하고 때때로 의료용 대마초의 힘을 빌리기도 했다.

결과적으로 이 앨범은 'Swan Song'이 되었다. 끝 모를 어둠으로 끌려가면서도 이상하게 마음이 편안해지는 'You Want It Darker'로 시작되는 트랙은 어둡지만 간결한 편곡 안에서 코헨의 그윽한 목소리가 번지듯 두 번째 트랙 Treaty로 향한다. 때때로 희화화되었던 그의 저음은 홀로 나서는 것이 아니라 기타 또는 피아노와 동행하면서 풍성해진다. 그리고 노시인이 남기는 담담한 편지 같은 'If I Didn't Have Your Love'가 흘러나온다. 편지는 사실 그가 일평생 시를 쓰고 노래를 부르는 원천이다.

코헨의 나이 9살 때 아버지가 돌아가셨다. 어린 코헨은 편지를 써서 아버지의 넥타이 안에 넣고 땅에 묻었다. 그런데 뭐라고 적었는지 기억나지 않아 몇 년 동안 땅을 파곤 했다고 고백한다. 그는 덧붙였다. 아마도 지금 내가 시를 쓰고 노래를 부르는 것도 다르지 않다고 본다. 늘 그 편지를 찾고 있는 기분이다.

마지막 편지

1960년 초, 스물여섯 살의 레너드 코헨은 캐나다와 영국을 떠나 그리스의 히드라 섬에 도착했다. 시와 소설을 쓰기 위해서였다.

226

혼자가 아니라 애인 레나와 함께였다.

히드라 섬은 여름 여행지로 인기 높은 곳이다. '꽃보다 할배'를 본 우리나라의 여유 있는 노인들은 아테네의 아크로폴리스와 올림픽 경기장에서 셀카봉을 휘두르다가 배를 타고 히드라 섬으로 간다. 아테네에서 고작 45분 만에 도착할 수 있는 곳에서 에게해의 푸른 물결에 눈길을 담근다.

히드라 섬에 온 코헨은 어이없는 일을 당한다. 평소 얼굴을 트고 지냈던 노르웨이 작가가 레나를 꾀어 어디론가 사라진 것이었다. 아내와 아이마저 내버리고 구름처럼 떠나갔다. 그때 버려진 아내가 마리안느 일렌이었다. 코헨이 1967년에 만들어서 주디 콜린스에서 전달한 'So Long, Marianne'의 실재 여인이다. 상처받은 코헨이 상처받은 그녀에게 다가갔다.

그해 가을, 할머니의 유산으로 받은 돈으로 바다가 보이는 언덕에 있는 3층짜리 흰색 집을 샀다. 젊은 나이에 쉽지 않은 결정이었다. 바다로 향하는 테라스가 있는 고풍스러운 집이었으나 전기가 들어오지 않았다. 전기가 들어올 때까지 코헨과 마리안느는 촛불을 켜고 지냈을 것이다.

마리안느에게 코헨은 삶을 지탱해주는 십자가였고, 코헨에게 마리안느는 집시 소년을 받아준 마리아와 같았다. 두 사람은 쪽빛 바다 보이는 집에서 수년간 함께 살았다.

두 사람의 사랑은 히드라 섬 바깥, 코헨이 본격적으로 가수의 길을 걸어간 캐나다와 미국에서도 변함없을 것 같더니, 어느 날, 두 사람을 아는 사람들이 무슨 까닭인지 알 수 없는 이유로 서로 남남이 되었다. 코헨은 마리안느와의 이별을 자신이 방랑이 주위 사람들에게 본의 아니게 상처를 주었다고 고백한다. 'So Long, Marianne'을 자세히 들어보면 그 사연을 어렴풋이 짐작할 수 있다.

지금 난 너의 신비한 사랑의 힘이 필요해
난 새로 산 면도날처럼 냉정해
내가 너에 대해 알고 싶어 할 때 넌 떠나는구나
한 번도 용감히 다가선 적 없었구나
오, 마리안느 안녕히! 갈 시간이 온 것 같아

이 노래 역시 편지글 같다. 듣는 이로 하여금 편지를 쓰거나 읽을 때의 느낌에 빠져들게 한다. 아버지에게 편지를 써서 땅에 묻었다가 찾지 못해서 시를 쓰고 노래를 부른다는 코헨이 마리안느에게 마지막으로 전한 것도 편지였다. 마리안느는 편지를 받고 이틀 후 세상을 떠났다.

●

레너드 코헨은, "의사들은 밤낮없이 일하지만 사랑에 대한 만병통치약은 결코 찾을 수 없고, 순수한 사랑만큼이나 사랑에 대한 알맞은 약물은 없다."라는 말을 남겼다.

제3장

아침에 일어났을 때 떠오르는 노래가 있어,

그 노래를 잘 때까지 읊조리고 있다면 당신은

세상에서 가장 행복한 하루를 보낸 것이다.

조지 해리슨

_What Is Life

우리가 원하던 것들 – 차, 집, 많은 돈을 손에 넣어도 삶은 여전히 공허할 뿐이다. 진정으로 필요한 건 물질이 아닌 정신적 충만이기 때문이다. 우리에겐 물질이 아닌 다른 형태의 평화와 행복이 필요하다.

비틀스의 막내 조지 해리슨George Harrison이 1967년 9월, 스물네 살 때 남긴 말이란다.

애늙은이가 아니고서야 어떻게 그 나이에 이런 말을 할 수 있을까. 말이 쉽지 실천하기 어려운 생각임을 젊은이들이 더 잘 알 것이다. 특히 가난을 못 견뎌 하는 대한민국 청춘남녀라면 대뜸 반박할 것이다. 그건 조지 해리슨이 부자라서 할 수 있는 말 아닐까요. 한 번도 부자가 돼 본 적 없는 사람은 늘 허기를 느끼며 살아야 할 것 같은데요. 나 또한 어느 사람에게선가, 작가란 모름지기 가난하게 살아야 글이 나옵니다, 라고 마치 작가의 삶을 꿰뚫어

보듯 말하는 것을 들은 적 있었다. 그때 나는 묵묵히 듣고만 있었지만, 가난한 작가는 가난에 쪼들려 글을 쓰는 데 집중하지 못한다는 사실을 아십니까? 라고 속으로 반문했다. 누구에게는 문학이 본업 이외의 기호일 수 있겠지만, 누구에게는 가난과 불평등을 자초한 일생일대의 선택이라고 말해주고 싶었다.

그런데 어쩐지 조지 해리슨이라면 허심탄회하게 물질에서 손을 떼리란 생각이 든다. 그는 일찌감치 깨달았다. 아무리 물질을 손에 넣어도 삶이 공허한 까닭은 집착 때문임을. 그는 부자지만 끊임없이 물질에 집착하는 졸부와는 달리 어려운 이웃에게 아낌없이 베풀 것만 같은 사람이다. 요컨대 그는 집착을 놓아버림으로써 더 근본적으로 물질로부터 해방된 사람인 것이다.

그도 그럴 것이, 1971년 인도인 라비 상카와 의기투합하여 방글라데시를 위한 콘서트Concert for Bangladesh를 열었다. 방글라데시 독립전쟁으로 굶주린 난민들을 도우려 기금을 모으는 행사였다. 록 음악 최초의 자선 콘서트에 인도 고유의 악기인 시타르를 연주하는 라비 상카를 비롯하여 당대 최고의 뮤지션들인 밥 딜런, 에릭 클랩튼, 빌리 프리스턴, 리언 러셀, 링고 스타가 기꺼이 동참했다.

이토록 선량한 조지 해리슨도 한때는 약물에 의존해서 음악 활동을 영위했다고 한다. 약물을 탐닉하는 것이 사회적 규약 안에서 정당한 행위라고 보긴 어렵지만, 창작에 몰두하는 비범한 방식의 하나라는 점에서 범죄 행위와는 다른 차원이라고 나는 생각한다. 그러나 약물로는 궁극적인 문제가 해결되지 않는다는 사실을 조지 해리슨은 깨달았다. 마침내 그는 인도 철학과 종교를 사유의 전범으로 삼는다. 인도에서 철학과 종교를 변별하는 것은 무의미하다. 조지가 갈구한 인간애와 평화를 위해서라면 힌두교와 불교를 변별하는 것도 무의미하다. 오쇼 라즈니쉬는 힌두교의 신 '크리슈나'를 불교에서 말하는 공(空)과 같은 존재라고 했다. 심지어 조지의 솔로 앨범 'All Thing Must Pass'의 수록곡 'My sweet lord'에서는 하나님을 상징하는 기독교의 '할렐루야'와 '크리슈나'를 함께 찬양한다. 인도는 조지에게, 어디에도 국경이 없는 드넓은 사유의 바다였다.

비틀스 해체 이후 발표한 'All Thing Must Pass'는 이처럼 혁명적이었고, 사람들은 이 앨범으로서 조지 해리슨이 막내의 반란을 예고했다고 말한다. 반란의 진원지가 물질이 아닌 정신, 욕망이 아닌 자비라서 그의 음악이 풍기는 아우라는 호락호락하지 않다.

누구보다 비틀스의 해체를 괴로워했던 조지는 해체의 원인을 카르마(업) 때문이라 여겼다. 업은 윤회라는 수레바퀴로 표현된다. 전생의 업을 받아 존, 폴, 링고, 조지가 돌고 돌다가 이 세상에 태어났다며 비틀스의 해체를 윤회로 설명한다.

"전생의 친구가 현생의 친구이다. 전생에서 미워했던 사람을 현생에서도 미워하게 된다. 증오심을 품으면 증오하게 되는 사람이 생긴다. 절대 진리(깨달음)에 이를 때까지 환생은 계속된다."

'삶은 공허할 뿐'이라는 조지의 지론은 공(空)이며 무(無)인 불교철학을 서양식으로 표현한 것으로 보인다. 화폐가 교환가치로 존속하지 못하고 화폐가 화폐를 낳는, 돈 버는 기술이 만연하다 추락해버린 금융위기의 시대를 겪어본 나로선 조지 해리슨의 이 말을 전심으로 이해한다. 다만 그때나 지금이나 물질이 아닌 다른 형태에서 평화와 행복을 찾지 못한 사람들이 대다수라서 안타까울 뿐이지만.

조지 해리슨의 노래들은 사람이 왜 살아야 하며, 어떻게 살아야 사람다운 삶을 살 수 있냐는, 곡진하고도 절절한 자문자답으로 채워져 있다. 그렇게 끊임없이 자아를 성찰하면서 주변 사람을 향한 따스한 베풂을 나름 실천하려고 애썼던 것 같다. 물질세계를 초월하여 구도자의 면모를 보여온 그가 음악으로 전파한 따스한 인간애에 어찌 감동하지 않을 수 있으리.

2001년. 폐암으로 58세에 사망한 조지 해리슨의 시신은 인도식으로 화장해 갠지스 강에 뿌려졌다. 그가 마지막 남긴 유언은 "서로 사랑하세요Love one another"라 한다.

닐 영

_Sugar Mountain

닐 영은 1964년 11월 12일 테이프 리코더에 대고 통기타를 치면서 홀로 노래 불렀다. 그가 작곡한 노래인데 제목은 '설탕산 Sugar Mountain'이었다. 그의 생일날이었다.

그 후 대부분 라이브 버전도 통기타와 목소리만으로 이루어졌고 때때로 하모니카를 곁들인다. 설탕산은 닐 영의 첫 솔로 데모 버전인 The Loner의 B면에 수록됐을 뿐 정식 LP에는 실리지 않았다. 1977년에야 모음집 앨범 Decade에 수록됐으니 만든 지 10년이 넘어서야 빛을 본 노래다. 그때까지 부틀렉으로만 세상에 돌아다녔다.

닐 영의 절친이며 비범한 여성 뮤지션인 조니 미첼Joni Mitchell 은 이 노래의 진가를 알아보고 즉시 답가를 만들었는데, 그 또한 The circle game이란 명곡이다.

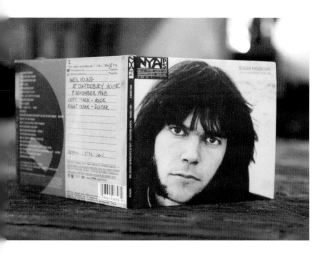

닐 영은 한때 마이클 잭슨과 휘트니 휴스턴의 이름을 직접 거론하며 "너희는 음악을 하려는 거냐, 아니면 그냥 돈벌이를 하는 거냐"라고 비난하는 노래를 부르기도 했다.

지금도 남아있는지 모르지만 스무 살이 되면 성인식이란 걸 치렀다. 특별히 절차가 있었던 것은 아니다. 술집에서 선배들이 퍼붓는 소주와 맥주와 막걸리 세례를 군말 없이 수용하는 것이 성인식이었다. 토할 때까지 받아 마셨고, 쓰러질 때까지 목구멍에 삼켰다.

왜 그토록 몸을 학대하며 술을 마셨는지 지금 생각하니, 성인식에는 인생의 쓴맛을 성인식을 통해 경험하라는 혹독한 의미가 담겼던 거 같다. 담배 연기를 잘못 삼켜 기침을 토하면서 배운 끽연도 성인이 되어 감당해야 할 쓴맛의 하나였다.

쓴맛의 대척점은 단맛이다. 왜 이렇게 빨리 떠나야만 하지? 닐 영은 설탕산을 떠나야만 하는, 인간으로서 짊어져야 할 고통의 시간 앞에서 중얼거린다. 닐 영의 설탕산을 들으면 소설가 하성란이 쓴 '웨하스'란 소설이 떠오른다. 바삭바삭하고 달콤하며 틈새에 바르는 잼에 따라 여러 가지 맛으로 변화를 시도하는 웨하스. 가지런히 정렬된 웨하스는 속포장지가 찢기는 순간부터 부스러기를 날리기 시작한다. 부스러지며 사라지는 시간을 상징하는 웨하스는, 흘러가버린 과거인 동시에 아직 오지 않은 미래이고, 현재라 명명하는 순간 과거가 되어버리는 소멸의 시간, 텅 빈 실체인 것이다.

삶은 무상하다. 쓴맛을 맛보기 시작하는 스무 살에도, 잔치가 끝나는 서른 살에도, 밥벌이의 지겨움에 치를 떠는 마흔 살에도, 그리고 나이 오십 넘어서 겨우 글을 다시 쓰기 시작한 나 같은 사람에게도 부스러지는 웨하스, 녹아 없어지는 설탕산의 시간은 반복되고 또 반복되는 것. 그 덧없음을 깨달아 조니 미첼의 회전목마The circle game에 올라타 별나라로 날아가는 꿈을 꾸는 시간도 그닥 나쁘지는 않을 것 같다. 단맛보다 쓴맛이 인생의 본질임을 깨달아 더 쓴맛을 찾아 떠나는 사람에겐 시간을 초월하여 꿈꿀 권리가 남아있을 것이기에.

나자레쓰

_Please Don't Judas Me

데드맨워킹DeadMan Walking. 사형수가 형장으로 걸어가는 것을 미국에서는 그렇게 부른다. 죽음 쪽으로 한발 한발 걸어갈 때 말이다.

우리나라에서는 사형 집행일을 알려주지 않았다고 한다. 사형수들은 당일에야 알 수 있었다. 언제 사형당할지 몰라 교도관들의 일거수일투족을 매우 민감하게 눈여겨봐야 하는 불안한 상황임을 짐작할 수 있다. 누가 면회 온 것처럼 불러내선 사형장으로 데리고 갔을지도 모른다. 사형수가 면회 장소와는 다른 낯선 길임을 알아차린 순간이 데드맨워킹의 시작인 셈이다.

미국에서는 사형 집행일을 미리 고지한다. 사형수에게 죽기 전에 먹고 싶은 음식을 차려주는 '최후의 만찬'이라는 은전도 베푼다. 사형을 폐지한 유럽연합의 여러 국가나 사형을 집행하지 않은 지 10년도 넘어 사실상 사형을 폐지한 우리나라에서는 찾아

볼 수 없는 관행이다. 따지고 보면 제자들과 최후의 만찬을 끝낸 후 십자가를 지고 골고다 언덕을 오른 예수의 행적도 데드맨워킹과 비슷하다.

　데드맨워킹은 수잔 서랜든과 숀 펜이 출연한 영화 데드맨워킹을 통해 더 널리 알려졌다. 이 영화는 사형제도 존폐를 관객에게 묻

●

나자레쓰는 스코틀랜드의 록 밴드다. 데드맨 워킹에서 독극물이 든 주사기로 사형수를 처리하는 장면이 안락사의 방식도 너무도 흡사한 데 놀라지 않을 수 없다.

는 한편, 속죄와 용서의 이름으로 인권 문제를 제기한다. 수녀 역의 수전 서랜든이 살인자 숀 펜과 마지막 순간까지 함께하고, 마침내 숀 펜의 입에서 뉘우침이 나오는 감동적 장면을 대부분 관객은 기억할 것이다.

내가 이 영화에서 주목한 것은 사형 장면이었다. 사형수가 밧줄이나 전기의자가 아니라 약물 주사로 최후를 맞이하는 장면을 나는 이 영화를 통해 처음 보았다. 밸브에 연결된 여러 주사기에서 나온 치사 약물이 숀 펜의 혈관을 빠르게 찾아갈 때 문득 내게 떠오른 생각은 엉뚱하게도 '안락사'였다.

재작년인가, 호주 출신의 저명한 생태학자 데이비드 구달이 스위스를 찾았다. 그는 안락사를 금지하는 국내법을 피해 비행기로 장장 10시간을 날아갔다. 구달은 최후의 장소인 바젤의 병원에서 애청곡인 베토벤 교향곡 9번을 마지막으로 들으며 진정제와 신경안정제를 투여받았다. 그러고는 가족들이 지켜보는 가운데 치사약물과 연결된 밸브를 제 손으로 열었다.

1970년대는 음악다방의 전성기였다. 서울에선 동네마다 음악다방이 몇 군데나 생겨 신청곡을 받았다. 신청곡을 쪽지나 담배 은박지 뒷면에 적어 DJ에게 전달했고, DJ는 신청곡을 먼저 받은 순서대로 틀어줬다. 순서를 어기면 거센 항의를 받았으며, 급기야 디제이박스 문을 발로 차고 들어오는 열성팬도 있었다.

1988년 탈주범 지강헌도 신청곡을 건넸다. 가정집에 침입해 인질극을 벌이다가 문득 듣고 싶은 곡이 있다면서 쪽지를 경찰에게 전달했다. 베토벤 교향곡 9번을 들은 데이비드 구달처럼 애청곡을 들으면서 죽고 싶었던 것일까. 권총을 인질과 자기 머리에 겨누며 날뛰는 지강헌을 진정시키느라 경찰은 부랴부랴 야외전축을 빌려왔을 것이다. 지강헌과 경찰이 대치한 현장에서 흘러나온 노래는 비지스의 홀리데이 말고도 70년대 하드록 밴드 나자레쓰Nazareth의 곡도 포함됐다고 한다. 제목은 Please Don't Judas Me.

지미 헨드릭스

_All Along the Watchtower

지미 헨드릭스Jimi Hendrix는 최고의 일렉트릭 기타리스트였다. 그는 왼손잡이 기타리스트이고, 우린 이런저런 인연으로 만나 록 음악을 함께 듣는, 요즘 말로 '덕후'인 동시에 약간 삐딱이들이었다. 얼굴 한번 본 적 없는 그를 우리는 형님이라 불렀다.

핸드릭스 형님은 대마초를 피우고 금지 약물을 상용했다. 그의 입으로 알약과 가루약이 운반되고, 혈관으로는 액체가 조용히 흘러갔을 것이다. 그는 노래를 부르다 간혹 콜록콜록 기침을 뱉어냈고, 목소리에선 잎사귀 타는 냄새가 났다. 형님은 늘 쩔어 있을 거야. 우리는 그래서 지미 헨드릭스에게 '지미 쩔어'라는 별명을 붙여주었다. 그도 그럴 것이, 청계천에서 산 어느 빽판을 보니 분명히 약에 취했으리라 의심되는 몽롱한 눈동자였다. 꼴뚜기가 오징어를 알아보는 경우다. 우리는 옥상이나 반지하나 화장실 같은 데서 한 대 피우면서 지미 헨드릭스처럼 풀린 눈동자를 마

•

지미 헨드릭스는 록의 역사에서 틀림없이 가장 위대한 기타리스트다. 그가 없었다면, 알렉트릭 기타로 고주파 굉음을 뿜어 청중을 압도하는 장면을 그때보다 훨씬 늦게 목격했거나 지금까지도 그렇게 연주하는 기타리스트를 볼 수 없었을지 모른다.

주 보고 웃었다.

원하는 것이 없을 때 우리는 다량의 감기약을 구하러 다녀야 했다. 더운 여름에도 감기약을 찾아 약국을 찾아다녔는데, 어렵사리 구한 감기약 이름이 하필 '지미신'이었다. 동영상을 볼 수 없는 시대여서 우리는 지미가 노래 부를 때도 껌을 씹는다는 따위 출처를 알 수 없는 잡소문에 감탄하곤 했다.

확실히 지미 헨드릭스에겐 다른 뮤지션을 압도하는 뭔가가 있었다. 밥 딜런 원곡의 All Along The Watchtower나 Like A Rolling Stone을 지미의 버전으로 들어보라. 가사는 사라지고 리듬만 남는다. 언어가 지겹고 논리는 더더욱 지겨울 때 지미 형님의 음악을 들으면 탁 트인 아프리카 들판을 벌거벗고 달리는 기분이다. 지미의 검고 기다란 손가락 끝에서 피어나는 디스토션은 마술사의 주술이고, 나팔바지 아래 퓨즈 박스에서 나오는 전기음은 기나긴 밤의 향연 같다.

신촌의 록카페 마운틴에서 가게 문을 닫고 밤새 록을 들었다. 역시 지미 헨드릭스야. 새벽에 지미의 음악을 듣고서 우리가 내린 결론이었다. 지미가 연주하는 와일드 씽Wild Thing을 들으니, 그 이전까지 들었던 블랙 사바스, 레드 재플린, 블라인드 페이스의 음악들이 순식간에 무효가 돼버린다. 지미의 발아래서 울려오는 노이즈가 진공청소기처럼 그들의 음악을 쓸어버렸다.

운 나쁘게도 우리는 향정신성의약품 복용 위반인지 뭔지 하는 죄명으로 구치소에 가서 죽도록 매를 맞았다. 같이 핀 놈들 또 대

봐. 걔밖에 몰라요. 니들 더 맞아야겠구나, 정말 몰라? 추궁 끝에 형사가 다시 몽둥이를 든다. 그때 누군가 마지막으로, 비명처럼 외친 이름이 지미 헨드릭스였다. 역시 지미 헨드릭스야.

초저녁 잠을 경계해야 한다. 새벽에 눈을 뜨면 다 잊어버린 줄 알았던 옛 애인만 문득 기억나는 것은 아니다. 그녀를 만나러 갔을 때 청량리 시계탑의 시침과 분침이 가리키고 있던 9시 30분이란 시각도 떠오른다. 1970년, 27살 나이에 죽은 지미 헨드릭스가 불쑥 찾아온 새벽, 유튜브를 뒤져 그를 영접한 나는 지금도 감탄사를 아니 뱉을 수 없다. 역시 지미 헨드릭스야.

제니스 조플린

_Me And Bobby McGee

제니스 조플린은 27살 때 세상을 떠났다. 생전에 4장의 음반만 나왔다. 지구별에 오토바이를 타고 와서 오토바이를 타고 떠나야 했던 그녀에게는 4장의 앨범도 적은 숫자가 아니었다.

그녀는 왜 오토바이를 타고 왔을까? 그야 조플린 같은 히피한 테 어울리잖아. 이렇게 간단하게 이야기할 수도 있겠다. 그도 그럴 것이, 히피들의 록을 가리켜 저항 음악이라 부르지 않는가. 자동차가 도로 위에서 다른 차와 교통통제를 의식하며 달릴 때 오토바이는 엄청난 속도위반으로 자동차들 사이를 비집고 달린다. 기존의 질서와 관습을 무너뜨리고자 하는 도발의 속성을 록은 지녔던 것이다

록이 저항의 대상으로 삼는 건 무엇보다 '기존'이다. 기존 문명과 기존 문화는 모두 허위와 기만을 토대로 이뤄냈으므로 허물어야 할 공공의 적이란 것이 노랫말 대부분이다. 국가와 사회를 위

한 일들인데 뭐가 잘못이람? 정치인과 자본가들, 기존을 이루는 시스템을 옹호하는 데 앞장서 온 제도권 사람들의 머리로는 도저히 이해하기 어렵다. 잘못을 모르는 것이 바로 잘못이지. 히피들의 조롱과 비난에도 불구하고 기존이 구축한 주류사회는 금성철벽처럼 요지부동이다.

반면, 국가와 사회보다는 개인의 자유를 중요시하여 반전·인종주의에의 저항을 내세운 히피들은 마약·폭주·징병 기피의 오명을 뒤집어쓰고 사라졌다. 결국 히피들의 혁명은 실패로 끝났고, 그

짙은 선글라스 안쪽에서 재니스 조플린의 눈은 웃고 있다. 그러나 그녀는 약혼자와 결혼하는 대신에 죽음이란 거울 속으로 들어갔다. 자살은 그녀가 선택한 평화였다.

들이 남긴 음악만 흘러간 유행가처럼 오늘에 이르고 있다.

히피들로서는 허위와 기만에 패배한 셈이다. 거꾸로 생각하면 여전히 허위와 기만이 삶이 본질인 양 호도되는 시대에 우리는 살고 있다. 제니스 조플린은 일찌감치 이를 예감했는지 모른다. 그녀는 부조리에 맞서 오토바이를 타고 달려야 했고, 폭음과 마약과 섹스……. 속도를 낼수록 그녀의 삶은 단축됐다.

히피들이 활개 치던 시대를 어떤 사람들은 '혼란'으로 규정한다. 그러나 혼란을 뒤집어 보면 그만큼 인간의 사고와 감정이 자유로웠다는 뜻이 된다. 그 시대의 음악들이 '록의 황금기'를 누릴 자격은 충분히 있었다. 음악을 통해 세상과 삶의 근본을 진지하게 탐구했던 시기가 그때 말고 또 있을까. 대한민국이라는 작은 땅에 사는 나 같은 사람조차 한 시절 록에 열광한 건 지금 시대의 지당한 논리와 촘촘한 사고방식으로는 풀 수 없는 난제를 그들이 거친 음악을 통해 감당했기 때문은 아니었을까. 나는 여전히 그들이 주장한 자유와 인간의 문제에 매력을 느끼고 있다.

짙은 선글라스 안쪽에서 제니스 조플린의 눈은 웃고 있다. 그녀가 지구별에 와서 오토바이 엔진을 끄고 잠시 머문 곳은 공원이었다. 그런데 공원이라고 해서 마냥 자유로운 곳은 아니다. 사회에서 요구하는 질서를 공원에서도 지켜야 한다. 그녀의 왼쪽으로 경비원이 어슬렁거리고 있다. 그때나 지금이나 굉음은 절대 금지다. 오토바이 바퀴 자국을 잔디에 함부로 남겨서도 안 된다.

제프 버클리

_Hallelujah

슬픔은 샘물에서 발원한다. 샘물은 시냇물과 강물로 흐르고, 출렁출렁 바다로 나아간다. 바다에 고인 슬픔은 수증기를 타고 하늘로 올라가 구름창고에 잠시 머문다. 몹시 흐린 날 구름창고가 열리고 슬픔이 흘러나온다. 슬픔은 빗줄기를 타고 하늘에서 땅으로 내려온다. 슬픔은 땅에 스몄다가 샘물이 되어 다시 솟아나온다.

샘물은 어디에 있는가. 사람의 눈물샘에 있다. 제프 버클리의 눈물샘이 슬픔의 발원지다. 왜 울어? 그에게 슬픔을 묻는 건 바보짓이다. 울려고 내가 왔기 때문이다. 하지만 얄궂은 할렐루야여, 그토록 잘생긴 청년의, 그토록 짧은 삶에 울어야 할 의무를 부여하다니!

할렐루야는 레너드 코헨이 만들었지만 제프 버클리Jeff Buckley의 눈물샘에서 퍼온 눈물방울들이다. 할렐루야는 제프 버클리가 불

1997년 5월 29일, 제프 버클리는 레드 제플린의 'Whole Lotta Love'를 부르며 친구와 맴피스의 강가를 걷다가 갑자기 물에 뛰어들었다. 그리고 일주일이 지나서야 멤피스 강 상류에서 시신으로 발견되었다. 그의 어머니 메리 귀베르는 추모 동판에 제프에게 보내는 메시지를 새겨 넣었다. "다시 너에게 입맞출 때까지, 우리의 눈물은 결코 마르지 않을 거란다."

러야 더 잘 어울린다. 어려서 죽은 아이의 영혼은 천사를 닮았다고 한다. 할렐루야를 들으면서 일찍 죽은 제프 버클리의 눈물을 나는 손가락으로 찍어 맛보았다. 과연 다른 사람의 눈물처럼 짜지 않았다. 맹물 같은 눈물을 혀로 음미하면서 나는 알았다. 진짜 눈물에는 마음이 없다는 것. 까닭 없이 슬플 뿐이라는 것.

쥬디 콜린스

_Send In The Clowns

영화 조커의 클라이맥스는 뭘까? 나는 아서 플랙이 머레이 프랭클린을 생방송 중에 권총으로 쏴버린 장면이라 생각한다. 코미디언을 꿈꾸는 아서 플랙이 존경해 마지않는 현역 코미디언 머레이 프랭클린을 토크쇼 중에 쏴 죽임으로써 자가당착을 드러냈을 때 말이다.

이 장면을 이해하려고 멀리 갈 필요는 없다. 영화의 도입부에서 터져 나오는 울음과 구별하기 어려운 아서의 웃음소리를 따라가면 쉽사리 예상할 수 있는 상황인 것이다. 뇌를 다쳐 기분과 상관없이 터져 나오는 소리라고 아서가 고백한 대로다. "내 인생은 비극인 줄 알았는데 코미디었어."라고 그는 확실히 자신을 진단한다. 머레이처럼 뭐가 웃기는지 안 웃기는지 판단하는 것이야말로 천박한 자본주의에 길든 저질 코미디다. 아서에게 인생이란 별로 계획된 게 없다. 이 세상에 잘 못 태어난 해피한 아이일 뿐. 즉흥성이

농후한 그의 인생은 어쩌면 음악에 가까울지도 모른다. 재즈의 스캣처럼. 그 흔한 카레이싱이나 건물 폭파 씬 없이도 스크린에서 시선을 떼기 어려웠던 건 아서 플랙 역할을 맡은 호아킨 피닉스의 출중한 연기력 때문이겠지만, 나는 음악에 더 주목했다. 지하철 살인 장면에서 세 증권맨이 부른 '어릿광대를 불러요. Send In The Clowns', 가면을 쓴 폭도들의 배경 음악 이었던 크림의 White Room, 마지막을 장식한 프랭크 시내트라의 That's Life, 이렇게 세 곡이다.

단연 최고는, 음악이 호야킨 피닉스의 연기

●

Send In The Clowns, 어릿광대를 보내달라는 것은 남녀 사이의 미묘한 긴장감을 어릿광대를 통해 유모러스하게 해소해 보자는 노래다. 노랫말이야 어쨌든 아름다운 선율로 정평이 나 있다. 길을 걷다가 이 노래를 들으면 자연스레 발길이 멈춰질 정도로.

력을 만나면서 빚어낸 '춤'이었다. 지하철에서 증권맨들을 죽이고 화장실에서 춤추는 장면이 아직도 기억에 선연하다. 급기야 정신병원에서 어머니의 병력과 아동학대 등 자신의 과거를 알고도 춤을 멈추지 않는다. 상반신을 벗은 채 춤을 추다 냉장고로 들어가 안에서 문을 잠그는 장면은 신박한 은유를 자아낼 만한 그만의 애드리브다. 불온하게도 정신병을 앓는 사람의 머릿속에서는 항상 음악이 흘러 자신도 모르게 춤을 춘다는 것이 호아킨 피닉스의 생각일까? "호아킨 피닉스에게 전적으로 맡겼다!"라고 감독 토드 필립스는 말했다.

그리고 보니 내 몸에서 춤이 빠져나간 지 오래다. 한때 공개된 장소에서건 나 홀로 방구석에서건 음악을 들으면서 춤을 추는 것을 즐겼는데 말이다. 신명을 잃어버려선지 인생이 재밌는지 별로 모르겠구나! 신명이 다시 내 몸에 깃든다면 기꺼이 받아들이고 춤을 추겠다. 호아킨 피닉스처럼 비극적인 춤이 아니라면 언제, 어디서든.

로버트 존슨

_Cross Road

어디서나 날이 저물고, 원효가 불법을 공부하러 당나라로 가는 길인 당항성(唐項城)에도 날이 저문다. 짙은 습기를 머금은 어둠 속을 오래 방황하면 하늘은 물론 땅에서도 가랑비가 솟아오른다. 원효는 온몸이 축축하게 젖어 겨우 움집을 찾아내지만 그곳은 고총(古塚)이었다.

누구나 꿈을 꾸고, 원효가 꾸는 꿈에도 동티가 나타나서 밤새 머리맡을 어지럽힌다. 블루스의 아빠이며 록의 할배인 로버트 존슨Robert Johnson에게도 귀신이 나타났는데, 어둠이 내리깔린 델타 마을의 교차로에서였다. 서양 귀신Devel과 존슨 사이에 누가 먼저 영혼과 음악을 교환하자고 제안했는지 자세한 기록은 없다. 그때 이후 존슨은, 먼 옛날 원효가 해골에 괸 물을 마시고 득도했듯이 어디서 유래했는지 모를 그만의 곡을 연주한다. 음악만이 기록을 대체한 셈이다.

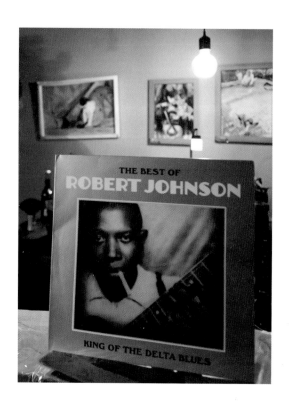

블루스의 신화적 인물인 로버트 존슨은 관객에게 손을 보이
지 않으려고 등을 돌려 기타를 쳤다고 한다. 이는 누가 자신
의 기타 연주 기술을 훔쳐보는 걸 원하지 않았기 때문이라고.

존슨의 불가사의한 음악은 훗날 여러 갈래로 회자한다. 교차로는, 존슨이 걸어온 길을 미국 현대사의 한 지점에 옮겨 놓은 은유라는 것이다. 존슨의 블루스가 흑백 인종 사이의 문화적 교차로에서 탄생한 음악이라는 것. 그리하여 존슨이 들려준 격렬한 팔세토 보컬과 신들린 기타 연주는 대중음악사의 혁명적 전환점이라는 것. 그 밖에도 델타 블루스가 시카고 블루스로 이양하는 양상— 어쿠스틱에서 일렉트릭으로, 남부 시골에서 북부 도시로 확장되는 과정이 공포와 어두운 감정의 체화라는 존슨 음악의 특징으로 나타났다는 설들은 나름으로 타당한 구석이 있다.

여기에 하나 덧붙이고 싶은 건 존슨이 만난 귀신이 서양 악기, 기타가 아니겠느냐는 내 추측이다. 원효에게는 해골이 당나라 불경에 버금갔듯이 기타를 만난 존슨은 비참한 흑인 노예의 읊조림을 차원 높은 한의 노래, 블루스로 바꿔 놓았으니.

에릭 클랩튼

_Give Me Strength

세상에는 길이 너무 많아 자칫 한눈이라도 팔면 미로 속을 오래 방황할지도 모른다. 아예 수렁에 빠져 헤어 나오지 못하다가 생을 마감하는 사람도 있을 것이다. 그러나 나는 인생에는 2막이 있으리라 생각한다. 누군가 도와줘서 길을 다시 찾거나, 아니면 잃어버린 길에서 저 홀로 새로운 삶을 꽃피울 수 있다고 믿기 때문이다.

에릭 클랩튼Eric Clapton의 '461 Ocean Boulevard'은 재기 앨범이다. 고통을 뚫고 마이애미 해변에서 다시 태어난 음악에는 1974년이란 선명한 시간이 찍혀 있다.

언젠가 나는 새벽비에 잠에서 깨어나 불현듯 이 앨범의 수록곡 'Give Me Strength'를 떠올렸다. 다시 길을 떠나야 한다고 나는 생각했다. 하지만 어디로 가야 하나? 혼자서는 버거우니 누가 나와 함께 그 길을 걸어줘. Give Me Strength!

1974년 발매한 461 Ocean Boulevard는 헤로인 중독 증세를 보인 에릭 클랩튼이 재활하려고 머무른 플로리다의 집 주소다. 그의 솔로 커리어 역사에서 가장 음악성이 높은 정규 앨범으로 평가받는다.

제니스 이안

_In The Winter

캄캄한 겨울밤, 외출했다 집에 돌아와서 방문의 비밀번호를 풀려다 말고 손을 멈췄다. 바깥보다는 안에서 더 컴컴한 어둠이 밀려 나올 거 같다. 방안이 항상 환해서 문 앞에 서 있기만 해도 저절로 문이 열릴 것 같은 시기가 나에게 있었다는 사실이 믿어지지 않는다. 나는 천천히 도어락의 숫자들을 눌렀다. 그때 내게 들려온 노래가 제니스 이안Janis Ian의 'In The Winter'였다.

삶이란 외롭지만 이웃집에서 들려오는 말소리에 귀 기울일 수 있고, 라디오를 들으면서 혼자 웃을 수도 있고, 동전 하나만 있으면 신에게 전화를 돌려 기도할 수 있다고 말하는 문학소녀 제니스 이안의 노래를 들으면서 나는 자주 위로받는다. 물론 나는 이 노래에 담긴 자조적 반어법을 모르지 않지만, 어쩐지 노래를 부르는 이안의 마음이 내 마음과 다르지 않은 데서 위로를 느낀다. 위로받고 싶은데 제때 위로받을 수 있는 노래가 있다는 게 얼마나 감사한가. 겨울이 닥쳐와 가난한 사람들을 곤혹스럽게 하겠지만, 낡은 히터를 고치고 담요를 둘러쓰면 걱정 없다고 노래하는 제니스 이안의 달관이야말로 내 마음을 금세 따뜻하게 덮어 주는 난방장치다. 음악이란, 그리고 문학이란 가난할지언정 결코 비루하지 않아야 한다.

천재 음악 소녀 제니스 이안은 일찍 데뷔했으나 1975년 7번째 정규앨범 Between the Lines를 발표할 때까지 실패와 파산을 거듭한다. 그런 과정을 거쳐선지 수록곡 'In The Winter'는 너무나도 솔직하고 자조적인 노랫말로 듣는 이의 심금을 울린다.

폴 매카트니

_Eleanor Rigby

오늘 가회동에서 계동으로 걸어 내려오는 언덕길에서 문득 폴 매카트니Paul McCartney가 생각났다. 그 사람, 어떻게 'Eleanor Rigby'란 이름을 생각해냈지? 리버풀의 한 교회 땅에 묻힌 비석에 일리노어 릭비란 여자 이름이 묘비명으로 새겨져 있다는 건 단지 풍문에 불과하단다. 폴의 머릿속에 어떻게 그 낯선 여자가 나타났을까? 더 의아스럽기는 어떻게 그녀 이름이 물 흐르듯 노래로 변했을까? 나는 문득 가회동 공기에 대고 내가 살아오는 동안 한 번도 본 적 없는 여자의 이름을 몇차례 불러본다. 전……덕……자. 전, 덕, 자. 전덕자. 그러나 한참을 기다려도 전덕자는 노래로 변하지 않는다.

삶과 죽음이 어떻게 다를 수 있겠는가. 우리가 사는 것은 조금씩 죽어가는 것이다. 도시란 살아있는 사람의 영역인 동시에, 도시에서 죽은 사람의 영역이기 때문이다.

퇴직해서 세계여행을 다니며 곳곳에 있는 묘지를 즐겨 찾는 친구가 나에게 있다. 그가 전하길, 유럽 대부분 나라의 묘지는 생활공간 속에 자리 잡고 있다고 한다. 쇼팽과 짐 모리슨이 잠든 파리의 페르 라세즈 공동묘지, 도스토옙스키와 차이콥스키의 상트페테부르크그넵스키 수도원, 레닌이 임종 때처럼 말없이 누워있는 모스크바 레닌 묘지…….

친구가 묘지를 찾는 이유는 동시대인이라 해도 만나기 어려울 저 위대한 인물을 묘지에서 대면하는 데서 오는 경이로움 때문이라고 했다. 무덤 앞에 준비해 간 꽃을 놓으면, 비록 다른 시간이지만 같은 공간에서 조우하는 느낌이거든. 요컨대 현재와 과거의 경계를 넘어서 옛사람과의 대화가 가능해지지. 네가 좋아하는 비틀스의 노래 일리노어 릭비와 어디서든 마주칠 수 있다는 얘기야. 그들 도시에서는 뒷동산을 산책하다가도 묘지를 만나는데, 죽은 이를 어디서든 만날 수 있다는 사실이 내 삶에 의미를 부여하는 것 같아.

친구로부터 이런 말을 듣고서야 나는 폴 매카트니가 그처럼 젊은 날에 가공인물 일리노어 릭비를 창조해낸 까닭을 알 수 있었다. 어렸을 때부터 무덤, 즉 성소(聖所)를 가까이 두고 살아왔기

대중음악 역사상 가장 성공한 싱어송라이터로, 다루는 악기가 30가지 넘을 정도로 천재지만, 젊은 시절의 폴 매카트니는 악보를 볼 줄 몰랐다고 한다. 메모지에 가사를 적고 그 위에 코드를 표기하는 방법으로 작곡했다고.

때문이구나.

묘역은 죽은 자를 위한 공간이 아니다. 폴 매카트니란 전설적 인물은 지금도 살아서 묘역 주변을 빙빙 돌고 있다. 존 레논과 조지 해리슨도 묘역을 돌다가 일찌감치 저세상으로 가버렸다. 링고 스타가 살아있으니까 나는 비틀스가 반만 살아있는 시대에 살고 있는 셈이다.

낮과 밤이 교차하고 있었다. 삶과 죽음의 경계를 걷듯 가회동에서 계동으로 이어지는 언덕길을 장님처럼 더듬어 내 집에 왔다.

마할리아 잭슨

_Summertime/Sometimes I Feel Like A Motherless Child

물안개가 자우룩이 피어오르고 있었다. 강가에 차를 세운 나는 운전석 창문을 열고 밀려오는 안개에 넋을 팔았다. 먼 데서 아련히 들려오는, 낚싯배 물 위를 지나는 소리가 주변을 더 고요하게 했다. 꾸역꾸역 밀려오는 안개와 삐그덕삐그덕 노 젓는 소리 때문인지 뒤늦은 졸음이 밀려오기 시작했다. 바쁘고 고단한 하루를 보냈는데도 간밤에 잠을 이루지 못해 뒤척였다. 잠자리에서 일어난 나는 차를 타고 무작정 양수리로 왔다.

신새벽인데도 후덥지근해서 차 안에서 에어컨을 켜야 했다. 뉴올리언스의 여름도 이랬을까. 목화가 무럭무럭 자라는 어느 여름날을 마할리아 잭슨Mahalia Jackson은 노래했다. 오페라 '포기와 베스' 1막에서 흑인 거주지 캐트피슈 로우에 사는 어부의 아내 클라라가 처음 불렀던 서머타임Summertime이란 자장가Lullaby다.

아빠는 부유하고 엄마는 아름답단다

그러니 아가야 울지 마라

　일종의 반어법으로, 노랫말과 달리 오페라 속의 클라라는 가난했다. 아빠가 부유하다는 말은 식구들 굶기지 않으려고 궂은 일 마다하지 않는 흑인 가장으로서는 사치스러운 꿈일 뿐이었으리라. 서머타임을 다시 부른 마할리아 잭슨도 뉴올리언스의 기찻길과 하천 제방 사이의 집에 태어나 가난하고 비천한 어린 시절을 보냈다.

어느 날 아침 너는 일어나 노래할 거야

날개를 펴고 하늘로 날아오를 거야

아침이 오기 전까지 아무도 너를 해치지 못해

아빠와 엄마가 네 곁에 있잖아

　그 시절 병들거나 굶어 죽는 흑인 아기가 적지 않았기에, 흑인 부부는 둥지 속의 불쌍한 아기가 날개를 펴고 하늘을 날아오를 때까지 잘 보듬어야 했을 것이다. 이처럼 구슬픈 이야기이기

가스펠의 여왕 마할리아 잭슨은 타의 추종을 불허하는 예리한 본능으로 음율에 반응했다. 독실한 기독교 신자인 그녀는 종종 노래를 부르면서 눈물을 흘렸는데, 슬퍼서가 아니라 신앙에서 오는 기쁨을 눈물로 표현했다.

에 블루스의 침울한 음조가 잘 어울리고, 대표적인 흑인 영가인 Sometimes I Feel Like A Motherless Child(때때로 고아처럼)과 자연스레 합류한다. 과연 날개를 펴고 둥지를 떠난 새는 어떤 삶을 대면해야 했을까. 가난을 대물림받아 하루하루 힘겨운 노동으로 이어지는 삶이 부모의 삶과 비슷하지 않았을까.

어쩌면 우리의 삶도 저 아메리카 흑인과 다를 바 없을지 모른다. 아무리 노력해도 인생이 실패로 끝날 것 같은 불안감, 어머니를 잃은 고아와 같은 상실감에 편히 잠들 수 없는 밤에는 말이다. 마할리아 잭슨의 절묘한 가성과 허밍은 그처럼 원초적인 체념과 고독에도 불구하고 희망을 잃지 말라고 위로하는 소리다. 나를 높여 주실 수 있는 분은 하나님 밖에는 없다는 것. 내가 유일하게 좋아하는 가스펠이 바로 그녀가 부른 블루스 가스펠이다.

마할리아 잭슨은 동정녀 마리아처럼 노래 부른다. 마할리아 잭슨은 관세음보살처럼 노래 부른다. 마할리아 잭슨은 삼신할미처럼 노래 부른다. 그녀의 노래 'Summertime/Sometimes I Feel Like A Motherless Child'를 들으면 내 입술은 어느새 삼신할미의 젖을 빨고 있다. 그녀의 젖물은 사내의 정기로 빚어진 것이 아니기에 북한강의 새벽안개처럼 내 몸으로 흘러들어온다. 차 안에서 깊이 잠이 든 나. 그때 나는 이 세상에서 가장 행복한 아기처럼 웃음을 지었겠지만, 울음기도 약간은 얼굴에 번져 있었을 것이다.

냇 킹 콜

_Unforgettable

어느 봄, 김천 불령산 기슭 청암사에서 죽은 복숭아나무에 핀 복숭아꽃을 보았다. 아니다. 자세히 보니 거무스레 죽어있는 복숭아나무에 산 복숭아나무가 연리지처럼 한데 얽혀 피어난 꽃이었다. 극락전으로 걸어가다가 우연히 발견한 두 나무를 물끄러미 보고 있으려니, 이상도 하지, 아버지 등에 업혀 있는 딸의 모습이 내게 떠올랐다. 아버지가 딸을 재우려 자장가를 부르고 있었고, 딸도 옹알이하듯 따라 부르고 있었다.

오늘 냇 킹 콜Nat King Cole과 그의 딸인 나탈리 콜Natalie Cole이 함께 부른 '잊지 못할 사랑Unforgettable'을 들었다. 냇 킹 콜은 나탈리가 열다섯 되는 해 죽었단다. 살아생전 딸과 함께 음반을 취입한 적도, 무대에 같이 선 적도 없었지만, 누군가가, 아마도 공연이나 음반 기획자가 시공을 편집하고 합성해서 아버지와 딸이 듀엣곡을 불렀더란다.

그 말을 듣는 순간 내 머릿속에서도 복숭아꽃이 피었다. 삶과 죽음이 꽃을 피워내 함께 자장가를 부르고 있었다.

냇 킹 콜은 사후에 딸과 함께 노래한다. 무
슨 말이냐면 딸 나탈리 콜이 아버지가 1951
년 발표한 Unforgettable 음악파일을 스튜디
오에서 콜라보하여 듀엣곡으로 내놓았기 때
문이다.

닉 드레이크

_Cello Song

아침엔 손을 뻗쳐 무심코 만져지는 것이
무언가 아름다운 것인 줄 몰랐어요

이성복은 두 줄 짧은 시로써, 무심코 만져지는 것이 아름답다고
한다. 그렇다. 잠에서 깨어나면 손을 더듬어 무언가 찾으려 할 때
가 있다. 시력이 나쁜 나는 안경부터 찾는다. 오랜 습관이므로 '무
심코 만져지는 것'이랄 수 있다.

이성복 시인이 '만져진다'라는 피동사를 사용한 건 의식을 배제
하려는 의도 같다. 무의식이 손을 뻗어 처음 감촉하는 사물, 인식
이 개입하기 이전의 텅 빈 상태가 아름답다는 뜻은 아닐까. 불교
에서 말하는 '진공묘유(眞空妙有)'를 그렇게 생각할 수도 있겠구나.

오늘 아침 나에게 들려온 노래는 닉 드레이크가 부른 'Cello
Song'이었다. 그렇게 눈을 뜨자마자 텅 빈 소리처럼 내 귀에 만져
진 노래가 대개는 그날의 기분을 지배한다.

닉 드레이크는 주요 우울 장애
를 앓았고, 이는 상업적 성공에
지장을 주었다. 1974년 11월, 드
레이크는 처방된 향우울제 40알
을 먹고 과다복용으로 사망했다.
자살이었다.

조니 미첼

_Cello Song

시인 릴케에 따르면, 사랑은 영혼을 만지는 것이라고 한다. 'Blue'의 인트로는 이 말을 피아노 건반을 짚어가며 되새기는 듯하다. 육체가 아닌 영혼이기에 주삿바늘이 살갗을 뚫고 들어가 핏속에 검푸른 잉크를 주입한다 해도 이상할 게 없다. 혹은 푸른 와인이나 환각제가 들어갔다 한들 무엇이 문제일까.

일설에 따르면 'Blue'가 조니 미첼의 연인으로 추정되는 데이비드 블루라고 한다. 그래서 그런지 노랫말의 처음에 자주 블루를 소환하는 것이 그를 향한 메시지처럼 들리기도 하지만, 유감스럽게도 앨범 재킷을 가득 채운 푸른색만큼 강렬하고 상징적이지는 않다.

사람들은 왜 푸른색을 보고 우울을 이야기할까? 어느 해 나는 남해의 바닷가에서 일출을 바라보고 있었다. 해가 뜨자 붉은색이 하늘과 바다를 물들였지만, 내가 넋을 놓고 바라본 풍경은 일출 이전의 검푸른 하늘이었다. 그것을 과학적으로 어떻게 설명하든 내 눈엔 슬픔이 산란하는 모습으로 보였다. 바닷가 절벽 위에는 오래된 절이 있었다. 아마도 그 절 주지 스님과 전날 밤 주고받은 법담 가운데, 삶의 본질은 슬픔이라는 말을 들은 데서 파생한 감정인지 모른다.

조니 미첼도 어느 바닷가에선가 새벽하늘을 바라보았을 것이다. 사실이지 블루는 바다를 떠올릴 때 가장 먼저 떠오르는 본질적 이미지이고, 사람의 살갗을 파고드는 푸른색은 그 파편적 이미지에 해당한다. 몸속에서 잉크가 번지듯 다가온 사랑에 그녀는 하염없는 우울에 빠져든다.

Ink on a pin
핀에 묻은 잉크가
Underneath the skin
피부 아래로 들어가
An empty space to fill in
빈 곳을 채우네

우울은 문신과도 같다고 그녀는 노래한다. 한번 사랑에 빠지면

조니 미첼은 사랑, 상실, 불안, 고독을 예민한 감수성으로 자신의 내면에 흡수하여 피아
노, 기타, 애팔래치안 덜시머 등 악기들을 다루면서 누구도 흉내 내기 어려운 청아한 목
소리로 표현했다.

문신처럼 잘 지워지지 않기에, 사랑이란 역경에 가깝기도 할 것이다. 술과 총과 웃음으로 그 역경, 그 파도를 헤쳐 나갈 수도 있겠지만, 그러는 대신 자신이 겪은 사랑이 이별, 슬픔, 상실, 우울로 변주되는 과정을 찬찬히 둘러보겠단다. 어떤 정황에 놓이든 사랑은 늘 불완전하기에. 언제 파도가 들이닥쳐 그와 자신을 갈라놓을지 모른다는 불안감에 그녀는 절박하게 "I Love You"를 외친다. 고음으로 치닫는 그 소리가 얼마나 가파른지 노래 전체가 한순간 망가질 것 같다. 다행히도 피아노 소리가 계속 이어지고, 블루를 위해 조개껍질을 준비했다는 뒤늦은 고백도 들린다.

영어와 시(詩)에 정통하지 않는 내가 'Blue'를 들으면서 이렇게밖에 해석할 수 없는 것을 용서하기 바란다. 정확한 전달을 중요하게 여기는 이에게는 잡설로 보일지도 모르겠지만, 왠지 이런 절름발이 청음이 나를 더 오래 여운 속에 머물게 한다.

다시 남해의 바닷가로 돌아가 본다. 돌이켜보니 삶의 본질은 슬픔이란 말에 어떤 논리적 배경이 있었는지 기억나지 않는다. 내가 지금까지 감동적으로 들은 음악들도 그 비슷하지 않을까. 조니 미첼이 무슨 말을 전했든 내가 공감한 것은 이미지로만 존재하는 언어 너머의 세계였다.

프레디 머큐리와 브라이언 메이

Mother Love

영화 보헤미안 랩소디Bohemian Rhapsody를 나도 보았다. 페이스북에 진작 촌평이라도 올리려 했다가 워낙 여기저기서 칭찬 일색인 영화라서 그만두었다. 뜻밖에도 젊은 사람들이 상영관에 몰리는 것을 보고 어떤 음악평론가는 록의 시대가 다시 돌아오는 증거라고 했다. 진위를 알 수 없는 주장이지만, 록을 그닥 듣지 않지 않는 세대마저 열광하는 모습이 싫진 않았다.

록의 시대가 끝났다는 말을 자주 들었다. 프로그레시브 록의 진수라는 킹 크림슨King Crimson의 에피타프Epitaph를 심각하게 들으면서 나와 함께 청춘을 보낸 어떤 친구는 뽕짝이 좋아져서 더 이상 록을 듣지 않는다고 했다. 나훈아의 '테스 형'을 들었을 때 나는 복병을 만난 기분이었다. 무어라 감정이 정리되지 않는 노래였다. 킹 크림슨의 에피타프나 레너드 코헨의 낸시와는 다른 차원의 이해를 내게 요구했다. 테스 형의 중반부를 듣는 순간 손이 오글거렸다고 속내를 발설했다간 트렌트를 읽지 못하는 꼰대라고 조롱당할 것 같았다. 이런 사회 분위기를 대세라고 여겨야 하나? 내가 뭔가 놓치고 살아가는 것은 아닌지 곰곰이 생각해 봤다.

50년 가까이 록을 들어왔다. 록을 찬양하는 마음이 어느새 집착으로 변한 것은 아닐까. 내가 이 세상에 태어나길 잘했다고 생각하는 이유 중 하나가 록의 황금기와 내 청춘을 함께할 수 있었기 때문이라고 나는 서슴없이 주변 사람들에게 말해왔다. 보헤미안 랩소디가 우리나라에 건너와서 인기를 끄는 모습이 내 눈엔 아직 꺼지지 않은 불길을 보는 기분이었다.

그렇지만 솔직히 내 취향으로는 소문난 잔치였다. 보헤미안 랩소디는 올리버 스톤 감독의 도어스The Doors와 토드 헤인즈의 아임 낫 데어I'm Not There만큼 나를 몰입시키지 못했다. 보헤미안 랩소디를 만든 브라이언 싱어는, 두 감독이 그려낸 짐 모리슨과 밥 딜런만큼 치밀하고 섬세하지는 않지만, 프레디 머큐리를 드라마틱한 인물로 이끌어가는 데 그럭저럭 성공한 것처럼 느껴지긴 했다.

그 이전에, 탄자니아 잔지바르에서 유색인의 피를 받고 태어나 에이즈로 죽은 프레디 머큐리의 삶이 흥행에 이바지하는 요소가 적지 않았을 것이다. 물론 개성적인 로커이고 무대를 지배할 줄 아는 스페셜리스트였음을 영화에서도 충분히 증명한다. 그렇지만 프레디 머큐리 역의 배우 라미 말렉의 싱크로율에도 불구하고, 그가 표현한 양성애자 프레디 머큐리는 어쩐지 스케치만 그려 놓은 것 같았다. 영화를 보고 난 뒤의 느낌도 올리버 스톤이나 토드 헤인즈의 그것과는 사뭇 달랐다. 감동적이긴 하되, 전작이 숙제를 얻고 영화관을 나오는 데 반해 보헤미안 랩소디에는 그런 여운이 없다.

영화를 본 많은 사람이 보헤미안 랩소디의 노랫말, Mama, just killed a man(엄마, 방금 한 남자를 죽였어요), 혹은 I don't wanna die(전 죽고 싶지 않아요)를 언급하는데, 프레디 머큐리가 사망하기 전 마지막으로 녹음한 미완성의 노래 'Mother Love'의 노랫말을 들으면서도 삶의 안쪽을 깊숙이 들여다보기 바란다. 머큐리는 1991년 사망했는데 이 노래 Mother Love는 그 4년 후인 1995년에 퀸의 팀원들이 나머지를 완성해 Made in Heaven 앨범에 수록한다. 내가 Mother Love를 듣고 솔깃했던 노랫말은 Mama please, let me back inside(엄마, 제발 다시 들어가게 해주세요.) 혹은 I'm coming home to my sweet – Mother love(이제 난 집으로 돌아가요, 사랑하는 어머니에게로.)이다.

●

프레디 머큐리는 스위스 몽트뢰의 녹음실에서 죽기 2주 전 생애 마지막 노래를 부른다. 죽기를 각오하고 보드카를 마시며 노래를 불렀으나 겨우 1절에 그치고 말았다. 1991년 11월, 그가 죽자 동료 브라이언 메이가 나머지를 불러 1995년에 앨범을 완성한다.

'Mother Love'를 듣고서 나는 전신마취 당한 채 수술을 받아야 했던 때를 생각했다. 어떻게 내 몸이 마취 약물에 침식당하는 지조차 모르게 의식이 한순간 캄캄해졌다. 갑작스럽고도 완벽한 소등. 그 순간에 대비하여 빛을 발하도록 고안된 별도의 기억장치란 내게 없었다. 기억은 약물을 만나면서 통증과 함께 사라지고, 그 사라진 자리에서 시간은 어둠과 만나면서 형체를 잃었다.

그 소등의 순간 나는 무엇을 보았던가. 확실치는 않지만 돈암동 집 대문 앞에 서 있는 어머니를 보았던 것 같다. 어머니가 나를 향해 손을 흔들었다. 얘야, 해가 저물었잖니. 인제 그만 들어오렴.

나는 어머니 말을 들은숭 만숭 태연히 어둠 속에서 뛰어놀았다.

소문난 개구쟁이였던 나는 지금도 철이 들지 않았고, 죽을 때까지도 장담하기 어렵다. 공사하는 집 앞, 인부들이 힘들게 져다 부린 모래더미 위에 올라가 발로 마구 뭉개 놓기도 하고, 모래를 한 움큼 집어 또래 꼬마 녀석들에게 뿌리기도 했다. 모래를 뒤집어쓴 녀석들도 가만있지는 않아 금세 난장판이 돼버렸지. 권태로움을 즐기는 놀이도 있었다. 모래에 한 손을 푹 쑤셔 넣고 "두껍아, 두껍아. 헌 집 줄게, 새집 다오"라는 노동요를 부르면서 다른 한 손으로 토닥토닥 두드린다. 그 후, 슬그머니 손을 빼면 에스키모 집이 생기는데, 그 모양에 만족스러운 웃음을 짓는 것도 잠시, 단번에 모래집을 부숴버린다. 다시 만들기 위해…….

누구나 모래 위에 글씨나 그림 따위를 한두 번은 그렸으며, 어떤 녀석은 한나절 거대한 모래성을 쌓아 올리기도 했다. 세상에 태어나서 누구나 그렇게 모래 위에서 장난을 치다 보면 날이 저문다.

대부분 날이 저물기 전에 스스로 집에 들어가는데, 끈질기게 놀이터에 남아 있던 녀석도 자신을 낳아준 엄마가 부르면 결국은 집에 가야 한다.

제4장   별에게로 망명하다

생각해보니, 밤하늘에 별들이 가득 차서

가물거리고 있었을 때

음악이 내 귀에 가장 잘 들렸던 거 같다.

나를 상실한 시대의 하루키

누굴 좋아하게 되는 순간이랄까, 사람과 사람이 가까워지는 데는 계기가 있다. 지하실이나 외딴 방에서 만난 혁명 동지와 단번에 믿음을 주고받을 수 있고, 정기적으로 만나는 사교클럽에서 처음에는 그닥 눈에 잘 띄지 않던 사람인데 어느 때 같은 테이블에 앉고 나서 마음을 빼앗길 수도 있다. 직장 상사나 거래처 직원의 웃는 얼굴에 반할 수도 있고, 화내는 모습에 빵 터져서 그전보다 훨씬 가까워질 수도 있다. 나로 말하자면 화장실 뒤로 담뱃불을 빌리러 온 한 여자 후배와 친해져 수년간을 연인 사이로 지냈던 적이 있다.

나는 무라카미 하루키의 단편소설 하나만을 제대로 읽었다. 하루키 글이 내 취향과 멀어서가 아니라, 하루키라는 일본 작가가 본격적으로 우리나라에 알려지기 시작했을 무렵이 내겐 가장 먹고살기 바빴기 때문이다. 그의 단편소설을 읽었을 때 우아하면서 감각적인 문장을 선호하는 독자에게 어필할 수도 있겠거니 짐작하긴 했다. 패기만만했던 문학청년의 기세가 꺾이고 대책 없이 결혼까지 했다. 비록 성실한 가장으로서 임무를 다하지 못했지만 나름 가족 부양의 책임을 잊은 적은 없었다.

하루키를 예찬하는 소개 글이 워낙 넘쳐 그럴 자격을 갖춘 작가로만 하루키를 알고 있었다. 등단해서 활동하는 후배들 얘기로는 어느새 하루키 아류가 우리 문단에 생겨났다고 한다. 하루키 책을 사려고 교보문고에 줄지어 선 우리나라 청년들을 뉴스에서 보기도 했다. 그 모습을 먼 산 바라보듯 했으나 솔직히 내가 도달하지 못한 세계에 올라서서 마음껏 춤을 추는 그 일본인 소설가가 부럽기만 했다.

한때 나는 음악동호회 사이트에 짧은 글을 쓰는 걸 낙으로 삼았다. 문학에서 멀어진 자의 소일거리였다. 팝, 재즈, 록, 클래식 등 다양한 음악이 하루가 멀다고 홈페이지 게시판에 올라왔다. 나는 성장기 때부터 심취한 록 이야기를 썼고 소소한 일상을 다룬 잡글도 곁들였다. 고료가 나오지는 않았지만, 댓글로 이어지는 즉각적인 호평에 모니터를 향해 소리 없이 웃곤 했다. 밥벌이에 몰두해야만 했던 시기에 내가 선택할 수 있었던 '소확행'이었다. 소소하지만 확실한 즐거움이란 말을 세 글자로 줄인 이 소확행도 하루키가 유행시킨 말이다.

15년 전 그때 썼던 글들을 모았다. 허기를 채우듯 글을 쓰는 내 모습이 안쓰러운지 한 친구가 책을 내자고 제안했다. 광고회사로 돈을 번 그가 출판계로 발을 넓히려 했을 때였다.

그러나 친구의 사업이 돌연 휘청거리면서 글쓰기를 중단할 수밖에 없었다. 갑자기 무라카미 하루키가 생각난 건 그때 내가 쓰려고 했던 음악 이야기가 떠올랐기 때문이다. 엊그제 나는 그 원고를 책상 서랍에서 발견했다. 이상하게도 잊어먹을 때면 숨바꼭질하듯 나타나는 원고다. 밥 딜런, 조안 바에즈, 제니스 조플린, 짐 모리슨, 김정미, 쳇 베이커 이야기가 산동네 가난한 집 아들딸처럼 나를 올려다본다. 족히 200페이지는 넘겠다.

하루키는 음악에 조예가 깊기로 소문난 작가다. 그래선지 포탈 검색창에 하루키가 소설에 삽입한 음악, 하루키가 쓴 음악 에세이, 하루키가 음악에 관해 쓴 글들을 우리나라 애호가들이 편집한 책들과 어록들이 쏟아져 나온다.

그중 한 블로거가 인용한 하루키 글에 눈길을 멈췄다.

도넛의 구멍을 공백으로 받아들이느냐, 존재로 받아들이냐는 어디까지나 형이상학적인 문제이며, 그러한 일로 딱히 도넛의 맛이 변하는 것은 아니다.

하루키가 불교 신자였나? 도넛의 구멍을 공백으로 받아들이느냐, 존재로 받아들이느냐. 대승불교의 공(空)을 얘기하는 것 같아서 놀라웠는데, '그러한 일로 도넛의 맛이 변하는 것은 아니다.'라는 결구는 곡선을 그리던 야구공이 홈플레이트를 지나면서 직구로 돌변한 느낌이다. 위트 넘치는 글이다. 모름지기 글이란 이렇게 예상치 못한 공간에서 타자(독자)의 허를 찌르는 재미가 있어야 하지 않을까. 무엇보다 변화무쌍한 하루키 글이 좋아졌다!

하루키의 많고 많은 책 가운데 음악 이야기는 빠짐없이 읽어보아야겠다.

봄의 삼중주

소설가 무라카미 하루키는 '오자와 세이지 씨와 음악 이야기'란 책에서 글쓰기에는 어떤 리듬이 있다고 했다. 브람스의 '막간'을 일본의 세계적인 마에스트로 오자와 세이지와 함께 들으며 하루키는 건넨다.

"전 글 쓰는 법 같은 걸 누구한테 배운 적 없고, 딱히 공부하지도 않습니다. 그럼 어디서 글 쓰는 법을 배웠느냐 하면 음악에서 배웠거든요. 거기서 뭐가 중요하냐 하면 리듬이죠."

세이지가 글의 리듬에 대해 구체적으로 묻자 하루키는, 단어의 조합, 문장의 조합, 문단의 조합, 딱딱함과 부드러움, 무거움과 가벼움의 조합, 균형과 불균형의 조합, 문장부호의 조합, 톤의 조합에 의해 리듬이 생긴다고 했다.

음악평론가를 압도하는 하루키의 음악적 지식은 알려진 대로 광범위하지만, 이 대답에 비하면 별로 놀라울 게 없다고 나는 생각했다. 그의 장기는 역시 오자와 세이지 같은 음악 대가도 쉽사리 접근하기 어려운 언어적 차원에 있었다. '음악이란 저변이 넓고 속이 깊으므로, 벽을 통과하는 유효한 통로를 찾아내는 것이 중요하다'는 그의 말에 찌릿하게 공감했다. 역시 하루키 특유의 감성적 차원을 보여주는 언술이었다.

하루키가 언급한 통로는 글과 음악 사이를 잇는 리듬이라고도 할 수 있지 않을까. 하루키처럼 나도 재즈를 좋아해서 재즈 뮤지션들이 몇 가지 코드가 적힌 악보를 토대로 자유롭게 즉흥연주를 시도하듯 글을 쓴 적이 있었다. 엉뚱한 흉내 내기지만, 재즈를 들으면서 봄을 소재로 글을 쓰기 시작했다. 즉, 턴테이블 위에 내가 자주 들어온 재즈 뮤지션의 대표 음반을 올려놓고 그 음감을 글로 대입해 보았다. 막상 쓰고 나서 보니, 과연 이 글이 내가 들은 음악과 무슨 상관이 있는지 의아스러웠다. 상관이 있는 것도 같고 아닌 것도 같았다. 이로써, 글을 더 잘 쓸 수 있었는지, 아무런 효과가 없었는지 결론을 내는 것도 도넛의 구멍을 공백으로 받아들이든 존재로 받아들이든 무의미할 뿐이라고 생각한다.

제비를 기다리다

키스 자렛Keith Jarrett_ My Song

창문으로 보이는 하늘이 유난히 허전해서 문득 달력을 더듬으니 강남 갔던 제비가 돌아온다는 삼월삼짇날이다. 이맘때면 제비들이 분분히 지붕 위를 돌며, 처마 밑 둥지에 깃들어 쫏쫏거리는 소리를 내기도 했던 것이 그리 옛날도 아닌 나 어렸을 때였다.

서울 하늘에서 사라진 지 오래인 제비는 이제 사람의 기억으로부터도 멀어지고 있다. 제비를 봄의 전령이라고 말하는 사람은 이제 거의 없으니 말이다. 사람들은 새장에 가두지 않고도 손쉽게 붙잡아 땅에 세울 수 있는 꽃나무들을 봄의 전령으로 삼았다. 개나리꽃, 진달래꽃, 목련꽃, 유채꽃, 수선화, 수수꽃다리가 경쟁하듯 피어나고, 외래종인 튤립과 베고니아도 도시의 공원을 종종 물들인다. 모두 일부러 심은 것들이다. 그중 장관은 뭐니 뭐니해도 벚꽃이다. 한때 일본 국화라고 멸시했던 그 꽃이 서울의 거리를 새하얗게 점령해 버리지만, 이젠 누구도 저 어두운 식민지를 입 밖에 내지 않는다.

봄부터 첫서리가 내리는 가을까지 날랜 동작으로 서울 하늘을 누비던 제비를 기억하는 사람이 점점 줄고 있다. 영악한 사무원 같고, 역(驛)에 기생하는 소매치기 같고, 교복이 잘 어울리는 여학생 같던 제비를 요즘 아이들은 아예 알지 못한다. 그 때문에 초등학교 선생님들은 흥부전에 나오는 제비를 설명할 때 그림책을 펼쳐 보여야 할 것이다. '제비가 낮게 나니 비가 올 징조이다.'라는 말은 시나브로 죽은 말이 되었다. 강남에 간 제비가 돌아오지 않는 건 환경 탓이다. 서울 하늘에 가득 고인 매연이 제비가 즐겨 먹는 날벌레들을 앗아갔다. 게다가 아파트가 아니면 집으로 여기지도 않는 세상 아닌가. 두꺼운 콘크리트에 낀 문들은 비밀번호로 꼭꼭 채워지고, 에어컨 송풍기가 설치된 창문들은 한여름에도 빠짐없이 닫혀 있다.

제비가 깃들 틈이라곤 어디에도 없는 아파트 앞을 언젠가 나는 식은땀을 흘리며 빙빙 돌았다. 그 옛날 서식지를 잃어버린 제비가 나와 같지 않았을까. 자라면서 나는 내 뒷머리가 제비 꼬랑지를 닮아 뾰족한 제비초리인 걸 알았다. 자라면서 내가 남달리 말수가 적었던 건 제비들이 눈에 띄게 줄어들었기 때문은 아닐까. 오지 않는 제비를 기다리느라 창문에 짙은 그림자를 드리운 채 나의 사춘기는 지나갔다.

키스 자렛의 마이 송은 음악을 들으면서 계속 앨범 표지에 눈을 두게 한다. 서정적인 멜로디에 간간이 녹아드는 즉흥연주에 이끌려 표지의 아이들처럼 천진무구한 시절로 돌아가는 느낌이다. 쿼텟 가운데 피아노와 색소폰의 궁합은 최상이다.

지금도 나에겐 빈 창문 곁에 오래 서 있는 버릇이 남아있다. 제비가 없는 하늘을 살찐 비둘기가 풍선처럼 둥둥 떠다닌다. 제비가 없는 세상의 그늘에서 제비꽃이 쓸쓸히 피고, 제비족이 어두운 카바레에 나타나서 사모님을 유혹한다.

얼마 전 남산골 한옥마을에서는 삼월삼짇날을 맞아 화전(花煎)을 부쳤다고 한다. 강남 갔던 제비가 돌아오는 날 진달래꽃으로 만든 부침개를 먹으며 봄을 기렸던 풍습을 잊지 않아서다. 제비가 그렇게 명을 이어간다는 소식에 문득 내 눈이 매워지는 건 무슨 까닭일까. 얼마 전이었다. 누군가 청계천에서 제비를 보았다기에 소상히 추궁하니 들은 얘기라며 발을 빼는 것이었다. 그러나 헛소문이 아닐 수도 있다. 하늘은 넓고 철새들은 많으니, 하늘을 날다 길을 잃은 제비 한 마리쯤 서울을 방황할 수도 있지 않은가. 제비가 오지 않아도 봄은 오겠지. 창문에 기대어 빈 하늘을 오래 바라보면 오직 나만을 그리워하며 살아야 할 느낌에 빠져든다. 그때마다 손발이 몹시 시리다.

＊글을 쓰면서 귀로는 음악을 듣고, 눈으로는 My Song의 앨범 재킷을 바라보았다. 이 곡의 선율을 이루는 피아노와 색소폰이 마

치 두 아이로 변해서 보도블록이 깔린 길을 걷고 있는 느낌이다. 콘트라베이스와 드럼은 아이들 뒤로 보이는 회색 담이나 검은 나무라고 해두자. 아이들은 왜 거리로 나왔을까? 가벼운 옷차림이나 손에 든 종이가방으로 보아 간단한 심부름을 수행 중인지 모르겠다. "자, 사진 한 번 찍어줄게." 모퉁이에서 사진사가 갑자기 나타나서 카메라를 들이댄다. 깜짝 놀라 걸음을 멈춰 섰다가 이내 카메라를 향해 활짝 웃었던 순간을 어른이 된 저 두 아이는 기억하고 있을까? 그러고 보니 살면서 기억에서 멀어진 짧은 시간들이 얼마나 많은가. 키스 자렛의 My Song은 어느 날 문득 떠오른 기억의 편린 같은 곡이다. 그런 기억은 정작 노래하지 않고 선율로만 흐른다.

양귀비를 만났네

마일즈 데이비스Miles Davis_ Kind of Blue

바람이 멈춰버린 서울 하늘에 운무가 가득하다. 출구를 봉쇄당한 거대한 가스 덩어리가 담뱃불이라도 부치려 라이터 뚜껑을 튕

일종의 블루? 그래서 뭐? 마일즈 데이비스의 걸작이라는 Kind of Blue와 수록곡 So what은 제목만 봐도 '삐딱함'으로 가득 찬 세계이다. 늘 새로움을 추구하는 재즈 뮤지션에게는 악보조차 무의미하다. 식스텟의 계산된 멜로디지만, 즉흥적으로 이루어지는 순간들이 빈번해 다시 연주하면 전혀 다른 멜로디로 들릴지도 모른다.

기는 순간, 단번에 지옥 불로 쏟아져 내릴 기세이다. 봄을 시샘한 어느 짓궂은 천신(天神)이 세상의 꼭대기에 달린 굴뚝을 코르크 마개로 닫아버렸나 보다.

긴급한 용무가 아니면 외출을 삼가세요. 기상청에서 권고하지 않아도 차라리 검은 페인트통을 던져버리고픈 충동인 진회색 하늘 아래, 나는 통로 잃은 쥐처럼 불안하였다. 창문 밖으로 보이는 하늘이 며칠째 노란 골판지에 덮여 있다.

지인에게서 만나자는 문자가 왔다.

며칠 전부터 성북동 소재 길상사에 인도해 달라고 내게 부탁해온 신심 깊은 불자인 그 역시 기상청 정보 따위는 그닥 중요하지 않은 듯싶다. 날씨도 엉망인데 다음에 만납시다. 당연히 나는 이 비슷한 답글을 넣어야 하건만 한시바삐 세상으로 나서야 한다는 강박한 심사일까, 길상사에서 보자, 라고 지체없이 회신했다.

바람은 쉬이 불지 않을 테고 압구정동은 예서 너무 멀다. 기실 하늘을 더럽히는 운무를 탓하기 이전부터 나는 며칠째 단단히 응고된 시멘트에 쥐구멍이 막혀버린 느낌이었다. 이런 때 어떤 사람은 짐짓 칭병하여 드러눕는다. 문밖에 계엄군의 탱크가 지나다녀도 무심하게 눈을 감아버리면 그만이다. 내일 지구가 멸망할 리 없으므로, 사과나무를 심을 까닭이 그에겐 없다.

하지만, 쥐의 먹성을 타고난 나는 배고파서 눈을 감을 수 없다. 지금껏 무수히 먹어왔건만 여전히 배고프다. 내 위장은 몸을 통과한 음식과 신속히 이별을 선언한다. 모든 음식은 위장을 부풀릴 때만 음식으로써 의무를 다할 뿐이니, 눈을 감은들 천장을 설레는 쥐로 말미암아 깊이 잠들 리 없다.

딱히 길상사에 가야 할 이유가 지인 때문만은 아니다. 길상사 엔 유독 봄꽃이 많다. 자연스레 피어난 꽃이 아니라서 유감이지 만 사람 손을 탄 꽃이라 해서 아름답지 않은 것은 아니다. 게다 가 마약 성분을 제거한 양귀비꽃이라면 그 자체로도 충분히 관심 을 끌 만하지 않은가.

1998년, 화류계의 왕언니 김 보살의 시주로 길상사가 생겨났다. 본래는 장안의 유우명짜한 요정이었다. 길상사에 발을 놓을 때마 다 보이지 않는 곳에서 풍겨오는 요사한 화장품 냄새가 불단의 향 냄새를 압도하는 느낌에 빠져드는 건 아마도 그 때문이리라. 보이 는 곳에서 길상사는 과거의 향락을 뻐젓이 불사로 압도하지만, 전 생을 현세까지 부려놓는다는 연기법에서 어찌 자유로울 것인가.

작년 이쯤, 길상사의 요사채를 끼고 돌다 담장의 돌 틈에 피어 난 양귀비꽃을 우연히 발견하고는 그 붉음의 유혹 앞에 나도 모 르게 무릎이 꺾였었다. 전생에 스님이리란 소리를 자주 들어선지 꽤나 절간을 배회했건만 양귀비꽃을 보기란 길상사가 처음이었 다. 문 열어라 꽃아, 문 열어라 꽃아. 서정주 시인의 주술이 꿀벌 처럼 내 귓가에서 왱왱거렸다. 꽃의 한가운데 정말 홍등을 켠 창 문이 있고, 창문 안쪽은 먼 옛날 사복(蛇伏)이 발견한 불 밝은 지하 세계인 듯싶었다. 세상을 유혹한 양귀비는 바로 그 지하 세계에서 솟아오른 꽃이었나.

늦은 봄날 길상사에는 양귀비꽃이 핀다. 아니 양귀비꽃이 길상사를 피워낸다. 보이는 현재가 보이지 않는 과거를 끌어안아 한 몸으로 희롱한다. 쥐를 닮은 먹성이 양귀비꽃을 취하고픈 눈부신 욕망과 종이 한 장 차이로 포개져 있다. 양귀비꽃 또한 종이 한 장 차이로 세상 곳곳에 만발한 유혹의 꽃 위에 포개져 있다.

*마일즈 데이비스의 음악은 아름다움을 넘어 향기롭다. 그가 그런 음악을 완성하려고 스튜디오에서 단원들과 연습할 때 유별나게 냉정하고 까칠하게 굴었단 것은 잘 알려진 이야기다. 재즈의 복잡한 화성을 타파하려고 중세 서양음악의 모드mode를 도입해 펼쳐낸 향연이 Kind of Blue이다. 그래서 그런지 재즈의 복잡함이 풍성함으로 변했다. 발터 벤야민식 어법으로는 새로운 고전이 탄생한 셈이다. 듣고 나면 푸른 고요가 공기 속에 평온하게 스미는 느낌은 마일즈 데이비스의 창의성 덕분인데, 놀라운 것은 앨범에 수록된 어떤 곡도 구체적인 악보 작업을 하지 않았다는 사실이다.

검은 눈, 매연, 황사의 계절

존 콜트레인John Coltrane_ Blue Train

때아닌 검은 눈발에 봄은 갈 길을 잃고 방황한다. 시간은 직선으로 곧게 뻗은 길로 나아가는 버스를 먼 후방에서 볼 때처럼 움직임이 없다. 누군가, 혹은 무엇인가 시선을 집요하게 교란하고 있으나 도무지 정체를 알 길 없다. 축구공이 골대 상단에 붙어있다. 아니, 골대에 맞은 축구공을 보는 순간 모든 시공이 정지된다. 세상은 불확실성으로 가득 차 있다. 자욱이 안개에 휘감긴 빌딩들 위로 황사(黃沙) 날아든다. 머리를 쳐들기도 버거운 공기를 뚫고 오가는 사람들을 나는 믿을 수 없다.

이런 날 흐린 창문 곁에서 누군가 자살을 기도할지도 모른다. 나도 지금 흐린 창문 곁에 있지만 아직은 마른 비스킷을 커피에 찍어 먹고 싶다. 날이 저물기 이른 시간인데도 골목길이 어슴푸레하고 술집 간판이 노란 불빛을 머금고 있다. 하지만 테이블을 사이에 두고 손님들이 벌써 지당한 말씀들을 나누리라고는 상상하기 어렵다. 모텔들이 많은 골목은 늘 한적하다. 이 시간에 어떤 연인은 이별을 선언하고 있을 것이다. 이 시간에 어떤 연인은 모텔 안

존 콜트레인의 Blue Train
은 궤도 위를 달리는 기차
가 아니라, 하늘에 사다리
를 걸쳐놓고 공중으로 비
상하는 소리를 색소폰으
로 그려낸다. 절제된 음율
을 유지하다가 갑자기 방향
을 전환하듯 돌변하는 그
의 연주는, 즉흥연주의 날
개를 달고 궁극적으로 자
유를 얻으려는 몸짓이다.

에서 후끈 달아올라 있을 것이다. 이 시간에 어떤 연인은 수없이

이별을 선언하고도 중독증처럼 모텔을 찾아 골목길을 걷고 있을

것이다. 마침 한 쌍의 남녀가 골목길 모퉁이를 돌아 나오고 있지

만, 단물이 빠져나간 껌 같은 얼굴들이다. 저기 저, 늙은 남녀처

럼 사랑도 미움도 떠나버리면 무얼 느끼고 사나? 하기야 기쁨과 슬픔은 잠시뿐이지. 사람의 얼굴에 오래 머무는 건 원래 무표정 아닌가. 그러고 보니 창밖을 지나는 사람의 얼굴 모두가 전차 바퀴에 밟혀 납작해진 못대궁 같아 보인다. 검은 눈, 안개, 황사의 봄, 사람들은 하나뿐인 입을 마스크로 가린다. 기상청에서 외출을 자제하라고 누차 당부하지만 너나 할 것 없이 불가피한 사연들로 마스크를 써야 한다. 하지만 정말 불가피한 건 하나뿐인 생명을 언젠가 놓아버리는 일. 검은 눈, 안개, 황사의 봄에는 눈에 보이는 모든 풍경이 거짓 같다.

*색소포니스트 존 콜트레인을 즉흥연주의 천재라고 불러선가, 글을 쓰면서 이 음악을 듣는데 유하의 시 '재즈처럼, 나비처럼'이 생각났다. '재즈처럼, 예정된 멜로디의 행로 바깥에서 한참을 놀다, 아예 길을 잃었네' 준비한 악보가 있으되, 즉흥적으로 선율이 바뀌는 재즈의 특성을 길을 잃었다고 표현한 것이다. 그러나 어쩌나. 세상에는 길이 너무 많아 한 번 미로에 빠지면 영원히 출구를 찾지 못할지도 모르는데…… 재즈 바깥에서 우리 삶에는 너무나 거미줄이 많은 것도 사실 아닌가.

별의 정거장

소리로 세상을 봐야 하는 시절이 나에게 있었다. 그때 세상에는 텔레비전보다 라디오가 더 많았다. 라디오는 세상이 어떻게 동작하는지 소리로 들려주는 기계였다. 라디오에 붙은 둥근 스위치를 오른쪽으로 돌리면 세상이 움직이기 시작하고, 왼쪽으로 돌리면 소리가 잦아들면서 이윽고 세상이 정지된다.

스위치의 오른쪽과 왼쪽을 경계로 세상에는 소리와 소리 아닌 것, 두 가지만 존재했다. 스위치를 켜고 끌 때마다 딸깍, 매우 짧고도 분명하게 그 경계를 알렸다. 그 무렵 웬일인지 나는 방문과 창문을 꼭꼭 닫아 스스로를 유폐했다. 자고 나면 한 뼘씩 키가 자라나는 느낌이었다. 목소리도 이상하게 변하기 시작했다. 나중에야 알았지만, 그때가 나의 사춘기였다.

내 사춘기는 다른 소년들보다 길었고, 금성라디오만이 내 유일한 말동무였다. 이따금 바람이 들이닥쳐 골목길과 면한 내 방 유리창을 흔들고 지나갔다. 유리창은 금이 가서 바르르 떨리곤 했다. 금 간 유리창처럼 불안한 나날이었지만, 라디오가 있는 내 방은 쓸쓸한 즐거움으로 넘쳤다. 라디오의 붉은 화살을 움직여 주파수를 찾아내면 들리는 것이 보이는 것인 세상이 열렸다. 여기 숲이 있다, 라고 말하지 않아도 나뭇가지를 흔드는 바람과 새들의 지저귐만으로 숲은 간단히 묘사된다. 라디오 속에서 전차가 궤도 위를 지나고, 야구공이 허공을 가르고, 전차와 야구공 사이에서 남녀가 만나고 이별한다. 내레이터는 지구별에 떠도는 모든 이야기를 목소리에 담았다. 그렇지만 어떤 이야기도 음악만큼 솔깃하게 내 귀를 이끌 순 없었다.

어느 날 아버지께서 전축을 사 오셨는데 이름이 별표전축이라고 했다. 별표전축은 이웃들도 보란 듯 안방과 건넌방 사이 대청마루에 놓여 있었다. 누구나 우리 집 마당에 들어서면 대청마루 한가운데 버티고 앉은 별표전축을 올려다볼 수 있었다.

커다란 라디오 위에 축음기가 올라앉은 형상이었다. 턴테이블과 함께 LP가 돌아가고, 커다란 스피커가 양쪽으로 달려 소리의 날개가 펄럭인다. 그렇다고 새의 형상도 아닌 것이, 네모난 마호가니

상자를 네 발이 떠받치고 있다. 내 집에 깃든 별표전축은 사람의 상상력이 빚어낸 기이한 전자 동물이었으되, 세상과의 불화를 의미하는 생김새는 아니었다. 앨범을 수납하는 서랍에 데미안 같은 소설책을 넣어둘 수도 있었기 때문이다.

어머니는 전축을 가구로 여겼는지 래커칠한 표면을 수시로 닦아 광을 내었다. 그 별표전축에서 음악이 들려올 때마다 내 귀는 진공관 필라멘트처럼 붉게 달아올랐다.

대청마루에 있던 별표전축이 내 방으로 건너온 건 돈암동 집을 팔고 산동네를 전전했을 때였다. 아버지가 돌아가시고 5년 만에 우리 집은 그야말로 폭풍처럼 가세가 기울었다. 전축을 놓을 데가 마땅치 않자, 어머니는 자주 처분을 언급해서 나를 아프게 했다. 길음동 산동네로 이사하던 날이 마지막인 줄 알았다. 트럭 위에 이삿짐을 대부분 올려놓고 혼자 남은 전축을 안쓰럽게 쳐다보던 어머니의 눈길이 나에게로 향했다. "저것도 실어야겠지?" 어머니는 내가 마음속으로 울고 있다는 걸 알고 계셨던 것이다.

그날부터 별표전축과의 고독한 동거가 시작되었다. 비좁은 방에서 전축과 나는 더 가까워졌다. 잦은 이사와 누추한 집, 식은 밥과 허름한 교복…… 식구들 모두 가난에 익숙해졌던 시기에도 이

따금 나는 청계천에 가서 빽판이라고 부른 LP를 샀다. 돈을 마련하는 방법은 아껴 쓰고 남은 용돈이었지만, 탐나는 LP를 발견했을 때는 학교 수업에 필요하다는 이유로 명목에 없는 거짓말도 불사했다.

길음동 산동네 집에서 창문을 열고 하늘을 바라보면 서울 하늘에 별들이 총총했다. 별들이 멀리서 보내오는 주파수를 별표전축은 수신했다. 스피커는 별의 입술이었다. 밥 딜런과 조안 바에즈의 노래를 듣다가 잠이 든 밤에도 나는 레코드점이 많았던 청계

전원을 켜도 바로 소리가 나오지 않았다. 진공관 속의 필라멘트가 붉게 달아올라서야 웅 하는 기척 소리를 냈다. 아니 내 기억이 틀렸는지 모른다. 기척 소리가 먼저 나고 진공관이 은은하게 불빛을 머금기 시작했던가. 그 소리만으로 방 안의 공기 밀도가 높아진 느낌이었다. 한겨울에도 포근했다.

천을 거닐 듯 별들 사이를 여행했다.

눈을 떠보면 신기하게도 카트리지 바늘이 대기상태로 되돌아와 LP를 내려다보고 있었다. 그 모습을 보면 별의 정거장에 서 있는 고독한 여행자가 떠올랐다.

그 시절 나는 빈센트 반 고흐의 그림에 흠뻑 빠져있었다. 고흐, 아니 그 시절 고호라 부른 네덜란드 화가가 쓴 일기와 그의 동생 테오와 주고받은 편지를 읽고 또 읽었고, 1888년에 고흐가 썼다는 일기의 한 대목이 지금껏 기억에 선연하다.

프랑스 지도를 펼치면 타라스콩과 루앙이라는 마을이
밤하늘의 별처럼 점을 찍고 있다. 거기 가려면 기차를 타야 하지만,
사람이 별에 가려면 죽어야 한다.

사람이 죽으면 별에서 다시 태어난다는 믿음을 전제한 글이다. 얼핏 불교에서 말하는 내세와 비슷하면서도 차원이 다른 이야기다. 불교의 내세와 달리 죽은 후에 별에서 다시 태어난다고 장소를 특정했기 때문이다.

놀랍게도 반 고흐처럼 생각한 미개 족속이 아프리카 어딘가에

실존했었다고 한다. 사람이 죽으면 바다에서 피어오른 수증기가 구름이 되듯 별이 된다고 믿었다는 것이다. 몇몇 사람이 개별적으로 그렇게 믿을 수도 있겠지만 집단적인 믿음이었다니 신앙에 가까웠다고 봐야 하지 않을까. 동시에 그런 믿음은 반 고흐 같은 예술가나 미개 족속만의 전유물이 아닐지도 모른다. 피를 흘리면 녹슨 쇳내가 난다. 천체물리학자 하인츠 오버훔머는 피에 들어 있는 철분에 주목했다. 덩달아 우리 몸의 뼈나 장기 조직에 녹아 있는 칼슘과 탄소, 수분 속의 수소가 모두 별에서 온 것이라며, 별이 생명의 기원임을 주장했다.

부언하면 이렇다. 아주 먼 옛날 100억여 년에 걸쳐 별이 폭발했다. 그때 핵 연소 과정에서 생겨난 원소들이 성간물질로 우주를 떠돌다 지구를 형성하는 일부분이 되었다. 원소들은 지구에서 생명이 태어날 때 세포 안으로 들어왔고, 그 생명이 진화해서 인간의 몸을 이루었다. 우리가 이 지구에 태어난 것은 수많은 별이 우주에 태어난 것과 같으며, 우리의 생주이멸(生住異滅) 또한 별을 닮았기 때문이란다. 쉽게 말하자면, 사람의 죽은 몸이 어느 화장터에서 한 줌 재로 변했다가 바람에 흩어지고, 그것이 여기저기 우주를 떠돌다 어느 것은 가까운 화성에, 어느 것은 먼 천왕성에 닿

앗으리란 것이다.

예술가란 어떤 존재일까. 동생이 그림 판매상이지만 전시회 한 번 열어본 적 없고, 생전에 그림 한 점 팔아본 적 없는 고흐는 자신이 별에서 다시 태어나야 하는 운명임을 자각했다. '별이 빛나는 밤'이란 풍경화를 남겼듯이 그의 삶은 소용돌이치는 별처럼 뜨거웠고, 그 아래 마을처럼 적막한 밤에 잠겨 고독했다.

고흐가 들판에 나가 권총으로 자살한 건 삶의 본질이 별임을 깨달아 한시바삐 거기로 가야 했기 때문은 아니었을까. 나는 누구일까, 누구일까……. 그때 고흐는 죽음을 재촉하듯 뇌까렸을지도 모른다.

나는 누구일까. 어리석게도 별처럼 이름을 남기고 싶어 하는 사람일 뿐이지 않을까, 나를 들여다본다. 내 삶의 풍경화에서는 아주 미미한 흔적으로만 뜨거움과 고독이 어른거린다. 나는 일찍이 문학을 통해 삶의 의미를 부여하고 싶었지만 철저히 전념하지 못했고, 범속함을 인정하려 들지 않았기에 생활에 전념할 수도 없었다. 어떤 삶에도 편입하지 못한 원초적 방랑자에게 결혼은 어울리지 않는 선택이었다. 처음부터 가장으로서의 임무를 완수하기 어려운 사람이었다. 그 사실을 알기에 수면제나 진통제를 꺼내는 대신 새벽에 이 글을 쓴다. 글을 쓰는 순간 내 삶이 제법 리듬을 타는 것 같다. 마음을 억누르는 무거움이 한순간 재로 변해 어디론가 바람에 불려 가는 느낌이다.

창문을 열고 별들이 보이지 않는 밤하늘을 눈으로 더듬는다. 어렸을 때 서울의 밤하늘에는 얼마나 별들이 많았던가. 밤이 이슥할 때 마당에 서면 별들이 하늘에서 부서져 내려와 지붕 위에서 반짝거렸고, 별들이 그처럼 가까이 내려온 만큼 나 또한 지구의 지붕 위에 올라선 기분이었다. 반 고흐처럼은 아니지만 그때나 지금이나 내 삶과 죽음이 별과 무관하지 않음을 희미하나마 나는 예감하고 있다. 언젠가는 나도 죽어서 다른 별의 기차역에 내리겠지.

그렇다. 사람들은 누구나 별의 정거장에 서 있다. 언제부턴가 밤하늘에서 별이 지워지고 사라져, 죽음을 잊고 사는 데 익숙해졌을 뿐이다. 내가 록이나 팝을 듣던 1970년대에는 달랐다. 나는 자주 밤하늘을 가득 채운 죽음들을 보았다. 별들이 음악처럼 나를 스치고 지나갔다. 삶이 본래 고달플지라도 반짝이는 죽음들이 나는 좋았다.

에필로그

우리들의 황금기

오랜만에 사촌 형을 서촌에 있는 LP 카페 '늘 편한 사람들'에서 만났다. 3년 전부터 내가 출입하는 경복궁 부근 음악 카페다.

나에게 음악이라는 불씨를 전해준 사촌도 어느새 나이 일흔으로 가고 있다. 당뇨를 앓아 건강이 별로 좋지 않다. 한때 건축연구소에서 승진을 거듭한 그였지만, 어느새 후배들에게 밀리고 연구로부터도 소외돼 정년을 2년 앞두고 명퇴했다. 그 무렵 형수와 성격 차이를 이유로 이혼하고 날마다 술에 젖더니 덜컥 병을 얻었다.

일본인도 들어가기 어려운 명문 도쿄대 출신의 말년은 쓸쓸했다. 유일한 재미는 컴퓨타나 스마트폰으로 MP3 음악을 듣는 것이라고 했다. 그도 그럴 것이, 혼자 살다 보니 모든 환경이 축소 지향적으로 변하더란다. LP를 들으려면 오디오 시스템을 갖춰야 하는데, 도저히 그 부피를 건사할 엄두가 나지 않더라고 했다. 값어치를 인정받은 LP는 인터넷에 올려 팔아치웠다. 그러고도 남은 LP 때문에 이사를 앞두고 며칠 고민하다가, 이삿짐 차가 도착하고서야 미련 없이 아파트 쓰레기

사촌 형과 70년대를 회고하면서 음악을 들은 서촌의 LP 카페. 오래된 LP는 격동의 시간을 보내 껍데기부터 헤지고 닳았다. 스크래치가 많은 알맹이는 지글거리기 일쑤여서 참을성 없는 젊은이는 오래 머물지 못한다. 그런데도 카페 주인은 노이즈조차 음악이라고 생각하는지 CD나 MP3로 대체하지 않는다. 신청곡을 받으면 여기저기 서 있거나 누워있는 4만여 장의 LP를 뒤져 기어코 찾아낸다.

장에 버렸다며 형은 씁쓸하게 웃었다.

사촌 형이 일본에 가면서 나에게 준 LP 50장이 생각났다. 그 일이 벌써 50여 년 전이다. 그 무렵, 방학을 맞아 귀국한 사촌은 내 방에 와서 디 퍼플의 라이브 공연을 봤다고 자랑했었다. 그때 보다 살이 조금 올랐으나 여전히 왜소한 체격이고, 탈모가 진행된 지 오래여서 겨우 양쪽 귀 부분에만 머리숱이 남아 있다. 한때 내가 떠올렸던 영웅의 모습은 오간 데 없었다.

"식구들이 형을 데모꾼이라고 비웃었지만 나는 그런 형이 늘 멋져 보였어요. 모든 면에서 앞서간 형이니까 장차 대단한 민주투사로 칭송받을 거라 생각했지요. 그런데 정말 놀랐어. 형이 갑자기 일본에 가버렸을 때 말이야."

내가 말을 꺼내자 사촌의 표정이 금세 굳어졌다. 그렇지만 나는 짓궂은 질문을 중단하고 싶지 않았다.

"형, 다시 물어보는데 일본엔 왜 갔어요? 일본에 가야만 공부가 되는 특별한 분야라도 발견한 거야? 설마 디 퍼플을 보러 간 건 아니겠고."

꽤 오래 대답이 없다가 형은 깊은 한숨을 쉬었다.

"사실은 말이다. 내가 일본에 간 건 시위 주동자를 밀고하고서

양심상 도무지 한국에 남아 있을 수 없었기 때문이야. 경찰에 붙잡힌 나는 심하게 고문을 당하지도 않았으면서 그깟 구타 몇 대에 술술 불었지."

사촌에게서 뜻밖의 고백을 들은 나는 어리둥절했다.

"거봐라. 너도 실망하잖니. 하지만 경찰에 끌려가서 불지 않은 학생이 몇이나 되겠니? 그 일을 당하고서 내 앞엔 두 가지 선택지가 있었어. 예수를 배반한 유다처럼 뒤늦게라도 회개하고 진정한 민주투사로 거듭나느냐, 아니면 내 양심에는 비겁하지만 세상과 타협하고 보통 사람처럼 직업을 얻고 결혼을 하고 사느냐."

사촌 형은 두 갈래 길에서 번민하다가 일본행을 결심했다고 했다. 어떤 선택도 무의미하다는 걸 깨달아선데 지금도 후회하지 않는다는 것이었다.

사촌의 결정에 동의하기 어려웠지만 그때 정황을 이해할 수는 있을 것 같았다. 비록 소수지만 민주투사란 이름으로 온몸에 불을 붙이고 건물 옥상에서 뛰어내렸을 때 다수는 묵묵히 직장을 다니지 않았던가. 그 가운데는 전면에 나서지 않았을 뿐 숨죽여 소수를 응원한 사람들이 적지 않았다. 먹고사는 일이 우선이었지만 그 어느 때보다 정의를 갈망한 시대였던 것이다.

지금은 어떠한가. 우리는 지금 과거 수십 년간 미래에 걸었던, 고도성장을 통한 선진국 진입과 군부정권 타도를 통한 민주주의의 획득이 모두 부질없는 기대였다고 생각하고 있지는 않을까. 인사청문회 때마다 붉어지는 부패 문제는 군부 정권 때 인물이나 민주 정권 때 인물이나 별 차이가 없다. 밥 딜런이 일찍이 체념했듯이, 세상은 어쨌든 음악을 듣지 않는 자들이 지배하기 마련이기 때문이다. 이 사회에서 정의 대신 공정을 외치는 소리가 높아진 것은 우리가 체험한 과거를 부정하고픈 심리인지 모른다. 단지 모두를 시험에 들게 하여 엄격하게 평가하는 것으로는 공정을 이룰 수 없기에.

빈부의 차이는 나날이 심해지는데 사회적 약자를 배려하는 데 필요한 복지시스템은 선진국에 비해 턱없이 허술하다. 여러 리서치 전문업체가 설문 조사를 통해 격동의 70년대를 겪어온 세대에게 소망을 물었더니 '삶의 질 개선'이란다. 50여 년 전이나 지금이나 먹고사는 일에서 벗어나지 못한 상태인 것이다.

더 큰 문제는 빈곤의 현실적 파장이 노후대책과 주거비 부담, 질병에 그치지 않고 인간의 근원적인 불행으로 이어지고 있다는 사실에 있다. 노인을 위한 나라는 없다. 저 아파트로 촘촘한 거주지, 저 유리빌딩으로 반질반질한 거리 위에서 통증처럼 고독을 호소하지만 아무도 들어주는 사람이 없다.

대한민국처럼 상처 입은 사람들이 많은 나라가 또 있을까. 세계 최고의 자살률, 어디서든 볼 수 있는 노숙자, 그중 세계 최고의 이혼율, 점점 연령대가 낮아지는 고독사를 보면 꼭 노령층이거나 빈곤층이라서 생기는 상처도 아닌 듯싶다.

젊은이의 상처는 인생을 잘 못 살아서가 아니라 태생적인 한계에 해당한다. 미혼남녀가 증가하고 있으며, 출생률은 세계 최하위권이다. 한국에서 사는 젊은이는 누군가 그토록 죽고 싶었고 태어나고 싶지 않았던 하루를 사는 셈이란 말도 들린다. 사정이 이렇다 보니 누구나 아프다고 한다. 상처를 치유해야 한다는 생각이 계층을 초월하는 정서가 돼버렸다. 이처럼 불행한 나라라면 행복을 찾기보다 더 이상 불행해지지 않는 것이 우선 아닐까.

그 이전에 무엇이 행복인지 곰곰이 생각하지 않을 수 없다. 손바닥에 스마트폰을 올려놓고 세상을 일목요연하게 들여다보지만, 행복은 어디서든 깜깜무소식이니 말이다.

"형, 우리에겐 황금기가 없었던 걸까요? 70년대 록의 황금기처럼 말예요"

"왜 없었겠냐……"

나는 사촌이 무얼 얘기하려는지 잘 알고 있었지만, 다시 듣고 싶었다.

"바로 그 록을 들었던 때가 우리들의 황금기지."

사촌과 나는 탁자에 팔을 올려놓고 턱을 괸, 똑같은 자세로 서로 마주 보고 웃었다.

"형이나 저처럼 그 시절 록을 들었던 사람들은 다들 그렇게 얘기하지요."

"재니스 조플린이나 짐 모리슨이 갑작스레 죽었다고 불행하다고 할 수는 없지. 어쩌면 말이야, 행복이란 늘 고통스러웠던 우리가 매우 짧게나마 거기에서 벗어난 시간인지도 몰라. 고통의 유예랄까, 그 시간이라야만 고통이 상대적으로 부재하는 거야."

"우리가 원하는 삶이 아니었다고 불행이라 여길 순 없지요. 이 세상은 원래 무관심하잖아요. 우리 역시 웃고 울 때보다 무표정할 때가 더 많잖아요."

그러고 보니 죽은 사람들의 얼굴도 예외 없이 무표정한 것 같다. 미소를 머금고 죽은 사람도 있다지만, 내가 보기에 대개는 무표정했다. 죽음이 점점 흔해지고 있다. 언제부턴가 록 스타들

Pisces Fish는 조지 해리슨 사후에 발매된 앨범 'Brainwashed'의 수록곡이다. 아들 다니 해리슨과 오버더빙, 삽화 등 제작을 공유하며 완성도를 기했으나, 다니 해리슨만이 세상에 나온 앨범을 보았다.

의 사망 소식이 차례로 들려온다. 작년에는 크림Cream에서 드럼을 치던 말라깽이 진저 베이커Ginger Baker가 사망해서, 4줄 베이스를 치며 white room을 부르다 먼저 저세상으로 떠난 잭 부르스Jack Bruce를 따라갔다.

정말 나는 운이 좋아 그들과 지구별에서 한때를 보낼 수 있었다. 록은 나처럼 길을